U0466058

茅盾文学奖获奖者
散文丛书

商州往事

贾平凹 著

张学昕 编选

江苏凤凰文艺出版社

图书在版编目（CIP）数据

商州往事 / 贾平凹著. — 南京：江苏凤凰文艺出版社，2019.1(2023.7 重印)
（茅盾文学奖获奖者散文丛书）
ISBN 978-7-5399-9498-7

Ⅰ.①商… Ⅱ.①贾… Ⅲ.①散文集－中国－当代 Ⅳ.①I267

中国版本图书馆 CIP 数据核字(2016)第 171308 号

商州往事

贾平凹　著

出 版 人	张在健
责任编辑	蔡晓妮
装帧设计	马海云
责任校对	于　莹
责任印制	刘　巍
出版发行	江苏凤凰文艺出版社
	南京市中央路 165 号，邮编：210009
网　　址	http://www.jswenyi.com
印　　刷	江苏凤凰新华印务集团有限公司
开　　本	880 毫米×1230 毫米　1/32
印　　张	8.625
字　　数	210 千字
版　　次	2019 年 1 月第 1 版
印　　次	2023 年 7 月第 3 次印刷
书　　号	ISBN 978-7-5399-9498-7
定　　价	58.00 元

江苏凤凰文艺版图书凡印刷、装订错误，可向出版社调换，联系电话 025-83280257

目　录

第一辑　儿女情长

003＿纺车声声

015＿我的小学

021＿读书示小妹十八生日书

025＿祭父

035＿风筝——孩提纪事

041＿月迹

045＿月鉴

050＿六棵树

059＿初入四记

109＿我的台阶和台阶上的我(节选)

112＿四十岁说

116＿我不是个好儿子

121＿在女儿婚礼上的讲话

第二辑　文字天涯

125＿商州初录(节选)

133__商州又录

149__五味巷

154__河南巷小识

161__在米脂

164__走三边

174__陕西小吃小识录

190__定西笔记

第三辑　生活滋味

243__吃面

245__茶事

251__品茶

255__看人

262__弈人

266__说孩子

第一辑 儿女情长

纺车声声

如今,我一听见"嗡儿,嗡儿"的声音,脑子里便显出一弯残月来,黄黄的,像一瓣香蕉似的吊在那棵榆树梢上;院子里是朦朦胧胧的,露水正顺着草根往上爬;一个灰发的老人在那里摇纺车,身下垫一块蒲团,一条腿屈着,一条腿压在纺车底杆上,那车轮儿转得像一片雾,又像一团梦,分明又是一盘磁音带了,唱着低低的、无穷无尽的乡曲……

这老人,就是我的母亲,一个没有文化的、普普通通的山地小脚女人。

那年月,正是"文化大革命"中期,我刚刚上了中学,当校长的父亲就被定为"走资派",拉到远远的大深山里"改造"去了。那是一座原始森林林场,方圆百里是高山,山上是莽林,穿着"黑帮"字样衣服的"改造者",在刺刀的监督下,伐木,运木,运木,伐木。这是后话,都是父亲后来告诉我的。他在那里"改造"了七年。七年里,家里只有母亲,我,和一个弟弟、两个妹妹。没有了父亲的工资,我们兄妹又都上学,家里就苦了母亲。她是个小脚,身子骨又不硬朗,平日里只是洗、缝、纺、浆,干一些针线活计。现在就只有没黑没明地替人纺线赚钱了。家里吃的,穿的,烧的,用的,我们兄妹的书钱,一应大小开支,先是还将就着应付,麦子遭旱后,粮食没打下,日子就越发一日不济一日了。我瞧着母亲一天一天头发灰白起来,心里很疼,每天放学回来,就帮她干些活:她让我双手扩起线股,她拉着线头缠团儿。一看见她那凸起的颧骨,就觉得那线是从她身上抽出来的,才抽得她这般的瘦,尤其不忍看那跳动的线团儿,那似乎是一颗碎了的母亲的心在颤抖啊!我说:

"妈,你歇会儿吧。"

她总给我笑笑,骂我一声:

"傻话!"

夜里,我们兄妹一觉睡醒来,总听见那"嗡儿,嗡儿"的声音,先觉得倒中听,低低的,像窗外的风里竹叶,又像院内的花间蜂群,后来,就听着难受了,像无数的毛毛虫在心上蠕动。我就爬起来,说:

"妈,鸡叫二遍了,你还不睡?"

她还是给我笑笑,说:

"棉花才下来,正是纺线的时候,前日买了五十斤苞谷,吃的能接上秋了,可秋天过去,你们又是一个新的学期呀……"

我想起上一学期,我们兄妹一共是二十元学费,母亲东借西凑,到底还缺五元。学校里硬是不让我报名,母亲急得发疯似的,嘴里起了火泡,热饭吃不下去,后来变卖了家里一只铜洗脸盆,我才上了学,已经是迟了一星期的了。现在,她早早就做起了准备……我就说:

"妈,我不念了,回来挣工分吧!"

她好像吃了一惊,纺车弦一紧,正抽出的棉线"嘣"的一声断了,说:

"胡说!起了这个念头,书还能念好?快别胡说!"

我却坐起来,再说:

"念下去有什么用呢?毕了业还不是回来当农民?早早回来挣工

分,我还能养活你们哩!"

母亲呆呆地瓷在那里了,好久才说:

"你说这话,刀子扎妈的心。你不念书了,叫我怎么向你爸交代呀?"

一提起爸爸,她就伤心了,大颗大颗的眼泪滚下来。我看得害怕了,就再不敢说下去,赶忙向她求饶:

"妈,我再不敢说这话了,我念,我一定好好念。"

妈却扑过来,紧紧地搂住了我,搂得那么紧,好像我是一块冰,她要用身子暖化成水儿似的。油灯芯跳了几下,发出了土红色,我要爬过去添油,她说:

"孩子,别添了。妈听你的,妈要睡呀。"

这一夜,她一直搂着我。

秋里雨水很旺,庄稼难得的好长势,可谁也没有料到,谷子饱仁的节候,突然一场冰雹,把庄稼全都砸趴到泥里去了。收成没了指望,母亲做饭更难了。一天三顿,半锅水下一小瓢儿米面,再煮一把豆子。吃饭时,她总是拿勺捞着豆子倒在我们碗里,自己却撇上边的汤喝;我们都夹着豆子要让她吃,她显得很快活,却总是说:

"我是嫌那有豆腥气,吃了犯胃的。"

母亲那时是真有胃病的;可我们却傻,还以为她说的是实情哩。

日子是苦焦的,母亲出门,手就总是不闲,常常回来口袋里装些野菜,胳肘下夹一把两把柴禾。我们也就学着她的样,一放学回来,沿路见柴禾就捡,见野菜就挑,从那时起,我才知道能吃的菜很多:麦瓜龙呀,苽苽草呀,灰条,水蒿的。这一天傍晚,我和弟弟挑了一篮子灰条,高高兴兴地回来,心想母亲一定要表扬我们了,会给我们做一顿菜团团吃了,可一进门,母亲却趴在炕上呜呜地哭。我们全都吓慌了,跪在她的身边,不知道发生了什么事,她突然一下子把我们全搂在怀里,问:

"孩子,想爸爸吗?"

"想。"我们说,心里咚咚直跳。

"爸爸好吗?"

"好。"我们都哭开了。

"你们不能离开爸爸,我们都不能离开爸爸啊!"她突然大声地说,并拿出一封信来。我一看,是爸爸寄来的,我多么熟悉爸爸的字呀,多少天来,一直盼着爸爸能寄来信,可是这时,我却害怕了,怕打开那封信。母亲说:

"你五叔已经给我念过了,你再念一遍吧。"

我念起来:

"龙儿妈:

"我是多么想你们啊!我写给你们几封信,全让扣压了,亏得一位好心的看守答应把这封信给你们寄去……接到信后,不要为我难过,我一切都好。

"算起来,夫妻三十年了,谁也没料到这晚年还有那么大的风波!我能顶住,我相信党,也相信我个人。活着,我还是共产党人,就是死了,历史也会证明我是共产党的鬼。可是现在,我却坑害了你们。我知道你和孩子正受苦,这是使我常常感到悲痛的事,但你们要活下去,而且要活得好!所以,我求你们忘掉我,龙儿妈,还是咱们离了婚好……"

我哇地一声哭了,弟弟妹妹也哭了起来,母亲却一个一个地拉起我们说:

"孩子,不要哭,咱信得过你爸爸,他就是坐个十年八年牢,咱等着他!龙儿,你给你爸爸回封信吧,你就说:咱们能活下去,黄连再苦,咱们能咽下!"

母亲牙齿咬着,大睁着两眼,我们都吓得不敢哭了,看着她的脸,像读着一本宣言。母亲的那眼睛,那眉峰,那嘴角,从那以后,就永生永世地刻在我的心上了。

这天夜里,天很黑,半夜里乌云吞了月亮,半空中响着雷,电也在闪,像魔爪一样在撕抓着,是在试天牢不牢吗?母亲安顿我们睡下了,她又坐在灯下纺起线来。那纺车摇得生欢,手里的棉花无穷无尽地抽线……鸡叫二遍的时候,又一阵炸雷,她爬过来,就悄悄地坐在我们身边,借着电光,端详起我们每一张脸,替我们揩去脸上的泪痕,当她给我揩泪的时候,我终忍不住,眼泪从闭着的眼皮下簌簌流下来,她说:

"你还没睡着?"

我爬起来,和母亲一块坐在那里。母亲突然流下泪来,说:

"咳,孩子,你还不该这么懂事的呀!"

我说:

"妈,你儿子已经长大了哩!"

母亲赶忙擦了擦眼泪说:

"孩子,我有一件事想给你说,我作难了半夜,实在不忍心,可也只有这样了。今年年景不好,吃的、烧的艰难,我到底是妇道人家,拿不来多少;你爸不在,弟弟妹妹都小,现在只能靠得上你了,你把书拿回来抽空自学吧,好赖一天挣些工分,帮我一把力吧。"

我说:

"我早该回来了,你别担心,我挣工分了,咱日子会好过哩。"

从此,我就退学务农了。生产队给我每天记四分工,算起来,每天不过挣了二角钱。但我总不白叫母亲养活了!母亲照样给人纺线,又养了猪,油、盐、酱、醋,总算还没断过顿的。

但是,这年冬天,母亲的纺车却坏了。先是一个轮齿裂了,母亲用铁丝缠了几道箍,后来就是杆子也炸了缝,一摇起来,就呱啦呱啦响,纺线没有先前那么顺手了:往日一天纺五两,现在只能纺三两。母亲很是发愁,我也愁,想买一辆新的,可去木匠铺打问过了,一辆新纺车得十五元。这十五元在哪儿呢?

这一天,我偷偷跑上楼,将爸爸藏在楼角的几大包书提了下来,准备拿到废纸收购店去卖了。正提着要出门,母亲回来了,问我去干啥,我说卖书去,她脸变了,我赶忙说:

"卖了,能凑着给你买一辆新纺车啊……"

母亲一个巴掌就打在我的脸上,骂道:

"给我买纺车? 我那么想买纺车的?! 唵!"

"不买新的,纺不出线,咱们怎么活下去呀?"我再说。

"活? 活? 那么贱着活? 为啥全都不死了?!"她更加气得浑身发抖,嘴唇乌青,一只手死死抓着心口,我知道她胃疼又犯了,忙近去劝她,她却抓起一根推磨棍,向我身上打来,我一低头,忙从门道里跑出来,她在后边骂道:

"你爸一辈子,还有什么家当? 就这一捆书,他看得命样重,我跟了他三十年,跑这调那,我带什么过? 就这一包袱一包袱背了书走! 如今又为这书,你爸被人绳捆索绑,我把它藏这藏那,好不容易留下来,你却要卖? 你爸回来了还用不用? 你是要杀你爸吗!"

听了母亲的话,我才知道自己错了。我不敢回去,跑到生产队大场上,钻在麦秸堆中呜呜地哭了一场。哭着哭着,便睡着了,一觉醒来,竟是第二天早上了,拍打着头上的麦草,就往回走。才进巷口,弟弟在那里嘤嘤泣哭,一见我,就喜得不哭了,给我笑笑,却又哭开了,说:"昨天晚上,全家人到处找你,崖沟里看了,水塘里看了,全没个影子,母亲差不多快要急疯了,直着声哭了一夜,头在墙上都撞烂了。"

"哥哥,你快回去吧,你一定要回去!"

我撒脚就往回跑,跪在母亲面前,让她狠狠骂一顿,打一顿,但是,母亲却死死搂住我,让我原谅她,说她做妈的不好。

中午,隔壁刘五叔到家里来,给我们送了半口袋苞谷面,他是一位老实庄稼人,常常来家里走动,说他历史清白,世代贫农,到"黑帮"家里来,不怕被开除了农民籍。他问了父亲的近况,叹息了一番,就和母亲唠叨起家常,说到今年的收成,说到柴禾茶饭,末了,就说起买纺车的事,他便出了主意:让我进山砍柴去卖吧;柴价上涨,一次砍五六十斤吧,也可以卖到二元钱哩。母亲先是不同意,我在旁紧紧撺掇,她沉吟了一会,说:

"他五叔,这行吗?孩子太嫩啊,有个三长两短,我对得起他爸吗?"

五叔说:

"这有什么办法呢?总要活呀!你放心吧,孩子交给我,我护着他,包没甚事的。"

母亲总算同意了,就帮我收拾了背笼、砍刀,天一黑,早早催我去睡了。半夜里,她摇我醒来,炕头上已放了碗热腾腾的糊涂饭,说是吃早饭。我怨她做饭做得稠,她说这是去出力呀,可不比平日。我给她盛了一碗,她硬不吃;逼紧了,扒拉两口,却把弟弟妹妹全摇醒,分给他们吃了。末了,我和五叔出门,她给我装了一手巾烤洋芋,一直送着出了村,千叮咛万叮咛了一番,方才抹着泪回去了。

在山上砍柴,实在不是件轻松事,我们弯弯曲曲地在河沟钻了半夜,天放亮的时候,才赶到砍柴的地方。我们将干粮压在石板底下,五叔说,这样才不会让老鸹叼走的,就爬上崖上去砍那些枯蒿野棘。崖很陡,我总是爬不上去,五叔拉我上去了,却害怕地挪不开脚来。一棵野棘没有砍倒,手上就打了血泡,衣服也划破了,五叔就让我别砍了,他身子贴在崖壁上,砍得很是凶,满山满谷都是回音。我帮他整理柴堆,整到一块了,他捆成捆儿,就从山上推下沟去了。中午的时候,我们便溜下沟,拾掇了背笼,吃了干粮,欢天喜地地往回赶了。

　　回来的路显得比去时更长,走不到几程,小腿就哗哗直抖,稍不留神,就会跪倒下去了。路是顺河绕的,时不时还要过河面上的列石:走一步,心就在喉咙处跳一下;我一步一颠地,好容易过了最后一块列石,使劲往岸下一蹲,没想一步没踩稳,便"扑"地倒下了。五叔忙过来拉我,好容易从柴堆下爬起来,腿却碰破了,血水往外流。五叔就在山上撕一把蓖蓖芽草,在嘴里嚼烂了,敷在上面。血是不流了,但疼得厉害,五叔就让我只身走,他将两个背笼来回转背着。我看着心里不安,硬嚷着要背,他便让我背了在后边慢慢走,他将他的背笼背一程了,回来再接我。这样一直到了太阳西下,我们总算钻出了山沟,离家只有八里路了吧。我心里很高兴,时不时抬头看看前边:过了这个村,到了哪个庄呢?离家还能有多远呢?这一次刚一抬头,就看见前边走来一个人,背着一个空背笼,头发被风刮披在后肩,样子很是单薄。啊,这不是母亲吗?我大声叫道:

　　"妈!妈——"

　　果然是母亲!她是来接我的。一看见我背了这么多的柴,喜欢得什么样的,再一见我腿上的伤,眼泪就流了下来,我说:

　　"妈,这一定有六十斤哩,可以卖二元钱哩,再去砍上五六次,就可以买个新纺车了哩!妈,你也应该高兴呀!"

　　母亲就对我努力地笑笑,分了一半柴背了,娘儿俩一路说不完的话。

　　这背笼柴,第三天的集市上便卖了,果然卖了二元钱。一家人捏着那票子,一张一张蘸着唾沫数了,又用红布包了,压在箱子底里。打这以后,打柴给了我希望和力量,差不多隔三天就进一次山。头几次倒要五叔照顾,后来自己也练出来了。柴打回来,是我最有兴致的时候,总是不歇,借杆秤称了,一根一根在门前垒齐了,就给母亲和弟妹讲山上的故事。我讲多长,他们就听多久。

就在那月底,我们全家人都到木匠铺去,买回来了一辆新的纺车。最高兴的莫过于母亲了,她显得很年轻,脸上始终在笑着,把那纺车一会儿放在中堂上,一会儿又搬到炕角上,末了,又移到院中的榆树下去纺。她让我给爸爸写信,告诉他这是我的功劳,说孩子长大了,真的长大了,让他什么也别操心,好好珍重身子,将来回来了,儿子还可以买个眼镜给他,晚上备课就不眼花了。最后,硬要弟弟、妹妹都来填名,还让我握着她手在信上画了字。这一次,她在新纺车上纺了六两线,那"嗡儿,嗡儿"的声音,响了一天半夜,好像那是一架歌子,摇摇任何地方,都能发出音乐来的。

母亲的线越纺越多,家里开始有了些积攒,母亲就心大起来,她从邻居借了一架织布机,织起布来卖了。终日里,小院子里一道一道的绳子上,挂满了各色二浆线。太阳泛红的时候,就喜欢经线、经筒儿一摆儿插在那里,她牵着几十个线头,魔术似的来回拉着跑,那小脚踮踮的,像小姑娘一样的快活了。晚上,机子就在门道里安好了,她坐上去,脚一踏,手一搬,哐里哐当,满机动弹:家里就又增加起一种音乐了。

母亲织的布,密、光、白的像一张纸,花的像画一样艳,街坊四邻看见了,没有一个不夸的。布落了机,就拿到集市去卖,每集都能买回来米呀,面呀,盐呀,醋呀,竟还给我们兄妹买了东西:妹妹是一人一面小圆镜;我和弟弟是一支钢笔,说以后还要再买些书,让我们好好自学些文化。

我照例还去砍柴。没想有一次砍了漆树,竟中了毒,满脸满身上长出红疹子,又肿起来,眼睛都几乎看不见了。不几天,弟弟妹妹和母亲也中毒,脸都肿得发亮。听人说,用韭菜水洗能治好,母亲就到处找韭菜,熬了水一天三次给我们洗。可她,还是照样纺线,照样织布,当织完一个布下来,她眼睛快肿成一个烂桃儿样了。我拿了这布去卖,没想,那集上来了民兵小分队,说是要刹资本主义妖风,就开始包围了集市检查。集市炸了,人们没命地惊跑,我抱了布慌慌张张跑进一个巷去,那巷却是条死巷,就叫小分队将布收走了。我哭着回来,又不敢回家,只坐在村口哭。母亲知道了,把我拉了回去,弟弟妹妹在家里也哭作一团,眼看太阳压山了,中午饭也没心思去做。母亲让弟弟做,弟弟说他不饿,让我去做,我说肚子发鼓胀,母亲叹了一口气,自己去舀水起火,但很快又从厨房出来,端了一盆韭菜水放在我们面前,说:

"不许哭!都洗洗脸!"

我们都止了哭,洗了脸。

母亲就拉了我们向镇子上走去,一直走到镇中一家饭馆里,让我们坐了,买了五碗米饭,一盘大肉,一盘豆腐,一盘粉条,说:

"吃吧,孩子,这饭可香哩!"

我们都不吃,她就先吃起来,大口大口地,吃得很香;我们也就都吃起来,但觉得并不香。母亲问:

"香吗?"

弟弟摇摇头,我赶忙递过一个眼色,于是我们都齐声说:

"好香。"

吃罢饭,母亲说她到民兵小分队部去一趟,让我把弟弟妹妹领回去,再好好洗洗韭菜水。这一夜,她便没有回来,我们都提心吊胆的。第二天一早,她回来了,满脸的高兴,说她把布要回来了,可走到半路,就又出售,接着就手揣在怀里,说:

"你猜,我给你买了什么?"

"烧饼!"我说。

"再猜。"她笑着说。

"帽子!"我想这一下一定猜对了。

母亲还是摇摇头,突然一亮手,原来是一本语文课本。她喜欢地说:

"孩子,日子能过得去了,就要把学习捡起来,要不爸爸回来了,看见一个校长的儿子是文盲,他会怎么个伤心呢?"

我说:

"学那有什么用场?!"

她生气了:

"再不准你说这没出息的话!文化还有瞎的地方?"

我问起布是怎么还来的,她只笑笑,说句"我要的",就罢了。后来我才打听到,原来母亲去要布时,人家百般训斥,拿难听的话骂她,她只是不走,人家就下令:要取回布,必须把分队部门前的一条排水沟挖通。她咬了咬牙,整整在那里挖了一夜……可她,我的好母亲,至今没有给我们说过这一段辛酸事儿。

有了笔,又有了书,一抽空,我就狠命地学习起来。每天晚上了,我要是看书,母亲就纺着线陪我;她要是纺线,我就看着书陪她。这样,分两处点油灯,煤油用得很费,母亲就把纺车搬到我的房间来纺,可那纺车"嗡儿,嗡儿"地响,她怕影响我,就又把纺车搬到院里的月光下去纺了。每当我看书看得身疲意懒,就走出门来,站在台阶上看母亲纺线,那"嗡儿,嗡儿"的响声,立刻给我浑身一震,脑子也就清醒多了,返身又去看书。

几乎就从那时起,我便坚持自学,读完了初中课程,又读完了高中课程,还将楼上爸爸的那几大包书也读了一半。"四人帮"一粉碎,爸爸"解放"回来了,那时他的问题才着手平反,我就报考了大学,竟被录取了。从此,我就带着母亲为我做的那套土布印花被子,来到了大城市,开始了新的生活;几年间,再没有见到我的母亲。后来,父亲给我来了信,信上说：

"我的问题彻底落实了，组织上给平了反，恢复了职务，又补发了二千元工资。但你母亲要求我将一千元交了党费，另一千元买了一担粮食，给救济过咱家的街坊四邻每家十元，剩下的五百元，全借给生产队买了一台粉碎机。她身体似乎比以前还好，只是眼睛渐渐不济了，但每天每晚还要织布、纺线……"

读着父亲的信，我脑子里就又响起那"嗡儿、嗡儿"的声音了。啊，母亲，你还是坐在那院中的月光底下，摇着那辆纺车吗？那榆树梢上的月亮该是满圆了吧？那无穷无尽的棉线，又抽出了你多少幸福的心绪啊，那辆纺车又陪伴着你会唱出什么新的生活之歌呢？母亲！

我的小学

小学是在寺庙里,房子都老高老高,屋脊上雕着飞龙走兽,绿苔长年把瓦槽生满,有一种毛拉子草,一到雨天,就肉肉地长出半尺多高来。老师们是住在殿堂里,那里原先有个关帝爷,脸色枣一样红,后来搬掉了,胎泥垫建了院子,那一对眼珠子,原来是两个上了釉的瓷球,就放大门口的照壁顶上,夜里还在幽幽地放光。两边的廊房,就是教室。上课的是高年级学生。台阶很高,我可以双脚从上边跳下来,但却跃不上去。每次要绕到山墙角儿,却轻轻松松地从那一边石头铺成的漫道上单脚蹦上去。那山墙角地是一棵裂了身子的老苦楝树。树顶上有个老鸦巢,筛筐般大,巢下横枝上吊着一口钟,钟敲起来,那一家老鸦却并无动静,这奇怪使我不解了好几年呢。

五岁那年,娘牵着我去报名,学校里不收,我就抱住报名室的桌子腿哭,老师都围着我笑;最后就收下了,但不是正式学生,是一年级"见习生"。娘当时要我给老师磕头,我跪下就磕了,头还在地上有了响声。那个女老师倒把我抱起来,我以为她要揪我的耳朵了,那胖胖的、有着肉窝儿的手,一捏,却将我的鼻涕捏去了。"学生了,还流鼻涕!"大家都笑了,我觉得很丢人，从此就再不敢把鼻涕流下来。因为没有手巾，口袋里常装着杨树叶子，每次进校前就揩得干干净净了。

因为学校教室少，因为我们是一年级学生，那寺庙的大院里没有我们的座位，只好就在院外的一家姓刘的祠堂里上课。祠堂里挂着一块黑板，用土坯垒起一些柱墩儿，村子里就将夏天河面上的木板桥拆了架，上边作了课桌。凳子是自带的。我们那时没分家，堂兄堂姐多，凳子有限，我常常抢不到凳子，加上我个子矮，坐在小凳子上又趴不到桌面上，就一直站着听课。实在腿困了，就将家里的劈柴拿来一根，在前后的柱墩儿上掏出窝儿架好，骑在上边。这种凳子虽然不舒服，但坐上去却从来不打瞌睡。只是课余时间，同学们都拿着凳子在祠堂后的一个土坡上反放着，由上往下"开汽车"，我只好蹴上往下滑，常常把握不好，就一个跟头滚下去，弄得一脸的泥土。

家里没有表，早晨总估摸不了时间，有几次起床迟了，就和娘哭闹。娘后来一到半夜就不敢睡，一边在灯下纳鞋底儿，一边逮那学校的钟声。到了冬天，起来得早，月亮白花花的，我们就在村里喊着同学一块儿去。大家都有书包，我没有，娘将一个小包袱皮给我，严严实实包了，让我夹在胳膊下，我那时很要强，唯这一点总不如人，但娘说没有钱，我也没了办法。祠堂的门关着，班长带着钥匙，他还没有来，我们就在祠堂前跳起舞来。跳的是新学的《找朋友》："找呀找呀找朋友，找到一个好朋友！"大家很快活，有时找着小霓，有时找着芳芳，就一对一对跳起来。到了三年级以后，这舞就不跳了，而且男的和女的就分开来。我曾经和芳芳一块踢过毽子，同学们都说我和芳芳好，是夫妻，拿指头羞我，我便和芳芳成了仇人。等到班长来了，开了祠堂门，我们就进去坐在自己的座位上。祠堂里还黑隆隆的，因为没灯，少半时候，我们点些松油节取亮，大半时候就摸黑坐着。黑板上边的墙头上，那时还留着祠堂里的壁画，记得是

《王祥卧冰》,虽然不懂得具体意思,但觉得害怕。大家坐下后,都不敢靠墙,也不敢提说那壁画,就闭着眼睛把课文从第一课一直背诵下去。一旦一个人停下来,大家就都停下来,祠堂里静悄悄的。风把方格子窗上的麻纸吹得哗哗响,大家便又都害怕了,一哇声再背诵开来,声越来越高,全为了壮胆。要不,一个忽地跑出去,大家就都往外跑,我常常跑在最后,大呼小叫,声都变了腔。祠堂前的平台上就是荷花塘,冬天里荷花败了,塘里结了冰,大家就去那芦草窝里掏一种鸟儿,或许折下那枯莲茎秆儿,点着当烟吸,呛得鼻涕、眼泪都流下来。

在这个祠堂内,我们坐了两年,老师一直是一个女的,就是捏我鼻涕的那个。她长得很白,讲课的声音十分好听,每每念着课文,就像唱歌儿。我从来没有听到过她这么好听的声音,开头的半年时间里,几乎没有听懂她讲的什么,每一堂却被她的声音陶醉着。所以,每当她让我站起来回答问题时,我一句话也答不出,她就说:"你真是个见习生!"见习生的事原先同学们都不知道,她一说,大家都小瞧起我了,以后干什么事,他们就朝我伸小拇指头,还要在上边呸呸几口,再说两句:"哼,你能干什么?你真是个见习生!"我们就打过几次架。娘后来狠狠揍了我一次,罚我一顿不准吃饭。老师知道了,寻到我家,向我和娘作了检讨,说是她的不对,问我是不是听不懂课。我说:"我光听了你的声,你的声音好听!"她脸红红的,就笑了。从此,我就下了决心,一定不落人后,老师对我格外好起来,她的声音还是那么好听,但一下课,就来辅导我,惹得同学们都眼红起来。

一年级学完后,老师对我说:"你年纪小,不让你升级。"我当下就吓哭了。老师却将我抱起来,说她是哄我,宣布我再也不是见习生了。我一高兴,就叫她"姨姨",叫完就后悔了。她却并没有恼我,还拧了我一下嘴:她笑了,我也笑了。下午,她拿着成绩单到我家,向娘夸说我乖,学习进步快,娘给她打荷包鸡蛋吃。我便大胆起来,说:"老师,你的声音好听,你能给我唱个歌吗?"她就唱起来,腮帮上深深显出两个酒窝,唱完就咯咯地笑。

到了夏天,学校里中午要睡午觉,我们就都不安分,总是等大伙伏在桌上睡着以后,就几个人偷偷到荷花塘里去玩水。胆大的都到深水里去,趴浮、立浮,还有仰浮,将小肚子露在水面。我因为胆小,总是在塘边抓住树根,双脚在水面打着浪花。那些女生就常常告发我们,老师就每次用手在我们胳膊上抓一下,看有没有水锈的白道,结果,总要挨一顿剋。但是,水里的诱惑力十分大,我们免不了还是要去,而且每次去时对女生晃晃拳头,再是去了将衣服藏在树丛里,跑到荷花塘深处去玩。有一次,竟被校长发现了,狠狠地批评了老师,老师委屈得哭了。我们知道后,心里很难受,去向老师承认错误。却恨起校长来,就在祠堂门前挖一个坑儿,用泥捏一个胖胖的校长,埋在里边。又是女生告发了,老师在课堂上让我们几个站起来,大发脾气,末了,查出是我的主意,就把我推出教室,将一颗扣子也拉扯掉了。下课后她给我缝扣子,我哭得泪人儿一样,连夜写了检讨书,一直在教室里贴了三天。

我那时最爱语文,尤其爱造句,每一个造句都要写得很长,作业本就用得费。后来,就常常跑黄坡下的坟地,捡那死人后挂的白纸条儿,回来订成细长的本子,一到清明,就可以一天之内订成十多个本子呢。但是,句子造得长,好多字不会写,就用白字或别字替着,同学们都说我是错别字大王,教师却表扬我,说我脑子灵活,每一次作业都批"优秀",但却将错别字一一划出,让我连作三遍。学写大字也是我最喜欢的课,但我没有毛笔,就曾偷偷剪过伯父的羊皮褥子上的毛做笔,老师就送给我一支。我很感谢,越发爱起写大字,别人写一张,我总是写两张三张。老师就将我的大字贴在教室的墙上,后来又在寺庙的高年级教室展览过。她还领着我去让高年级学生参观。高年级的讲台桌很高,我一走近,就没了影儿,她把我抱起来,站在那椅子上。那支毛笔,后来一直用秃,我还舍不得丢掉,藏在家里的宋瓷花瓶里,到了"文化大革命",破起"四旧",花瓶被没收走了,笔也就丢失了。

从一年级到二年级,我的父亲一直在外地工作,娘要给父亲去信,总是拿着几颗鸡蛋来求老师代写,教师硬是不收鸡蛋,信写得老长。到了二年级下半学期,她说:"你现在能造句了,你怎么不学着给你父亲写信呢?"我说我不会格式,她说:"你家里有什么事情,你就写什么,不要考虑格式!"我真的就写起来,因为家里的事我都知道,都想说给父亲听,比如奶奶的病好转了,夜里不咳嗽了。娘的身体很好,只是唠叨天凉了,父亲的棉衣穿上没有。还有家里的兔又下了崽,现在一共是六只了,狗还很凶,咬伤了三娃的腿,其实是三娃用棍打它,它才咬的。还有我学习很好,考试算术得了一百分,语文得了九十八分,是一个字又写错了。信花了三天才写好,老师又替我改了好多错字,说:"以后到高年级做作文,或者长大写文章,你就按这路子写,不要被什么格式套住你,想写什么就写什么,熟悉什么就写什么,写清、写具体就好了。"我从那时起就记住了老师的话,之所以如今我还能写些小说、散文,老师当时的话对我影响很大。

这一年,我们上完了二年级。三年级学生可以到寺庙大院里去住了,我们都很高兴。寒假里,同学们都去挖药、砍柴卖钱,商量春节给老师买些年画拜年。到了腊月三十日中午,我们就集合起来,拿着一卷子年画,还有一串鞭炮去找老师,但是,老师却不在。问校长,原来她调走了。校长拿出一包水果糖来,说是我们的老师临走时,很想各家去看看我们,但时间来不及了,就买了这糖,让开学后发给我们每人一颗。我们就都哭了。从那以后,我再也没有见到我的那位老师,在寺庙里读了四

/ 019 /

年书，后来又到离家十五里外的中学读了三年，就彻底毕业了，但我的启蒙老师一直没有下落。现在是二十五年过去了，老师还在世没有，我仍不知道，每每想起来，心里就充满了一种深深的惆怅。

读书示小妹十八生日书

七月十七日,是你十八岁生日,去旧迎新,咱们家又有一个大人了。贾家在乡里是大户,父辈那代兄弟四人,传到咱们这代,兄弟十个,姊妹七个;我是男儿老八,你是女儿最小。分家后,众兄众姐都英英武武有用于社会,只是可怜了咱俩。我那时体单力孱,面又丑陋,十三岁看去老气犹如二十,村人笑为痴傻。你又三岁不能言语,哇哇只会啼哭,父母年纪已老,恨无人接力,常怨咱们这一门人丁不达。从那时起,我就羞于在人前走动,背着你在角落玩耍;有话无人诉说,言于你你又不能回答,就喜欢起书来。书中的人对我最好,每每读到欢心处,我就在地上翻着跟斗,你就乐得直叫;读到伤心处,我便哭了,你见我哭了,也便趴在我身上哭。但是,更多的是在沙地上,我筑好一个沙城让你玩,自个躺在一边读书,结果总是让你尿湿在裤子上。你又是哭,我不知如何哄你,就给你念书听,你竟不哭了。我感激地抱住你,说:"我小妹也是爱书人啊!"东村的二旦家,其父是老先生,家有好多藏书,我背着你去借,人家不肯,说要帮着推磨子。我便将你放在磨盘顶上,教你拨着磨眼,我就抱着磨棍推起磨盘转,一个上午,给人家磨了三升苞谷,借了三本书,我乐得去亲你,把你的脸蛋都咬出了一个红牙印儿。你还记得那本《红楼梦》吗？那是你到了四岁，刚刚学会说话，咱们到县城姨家去，我发现柜里有一本书，就蹲在那里看起来，虽然并不全懂，但觉得很有味道。天快黑了，书只看了五分之一，要回去，我就偷偷将书藏在怀里。三天后，姨家人来找，说我是贼，我不服，两厢骂起来，被娘打过一个耳光，我哭了，你也哭了，娘也抱住咱们哭。你那时说："哥哥，我长大了，一定给你买书！"小妹，你那一句话，给了兄多大安慰，如今我一坐在书房，看着满架书籍，我就记想那时的可怜了。

咱们不是书香门第，家里一直不曾富绰，即使现在，父母和你还在乡下，地分了，粮是不短缺了，钱却有出没入。兄虽每月寄点，也只能顾住油盐酱醋，比不得会做生意的人家。但是，穷不是咱们的错，书却会使咱们位低而人品不微，贫困而志向不贱。这个社会，天下在振兴，民族在发奋，咱们不企图做官，以仕途之路做功于国家，但作为凡人百姓，咱们却只有读书习文才能有益于社会啊。你也立志写作，兄很高兴，你就要把书看重，什么都不要眼红，眼红读书，什么朋友都可抛弃，但书之友不能一日不交。贫困倒是当作家的准备条件，书是总富，人富则思惰。你目下处境正好逼你静心地读书，深知书中的精义。这道理人往往以为不信，走过来了方才醒悟，小妹可将我的话记住，免得以后"悔之不及"。

兄在外已经十年，自不敢忘了读书，所作一二篇文章，尽属肤浅习作，愈使读书不已。过了二月二十一日，已到了而立之年，方更知立身难，立德难，立文难。夜读《西游记》，悟出"取经唯诚，伏怪以力"，不觉怀有感激，临风叹息。兄在你这般年纪，读书目过能记，每每是借来之书，读得也十分注重。而今桌上、几上、案上、床上满是书籍，却常常读过十不能记下四五，这全是年龄所致也。我至今只有以抄写辅助强记，但你一定要珍惜现在年纪，多多读书啊！

既有条件,读书万万不能狭窄。文学书要读,政治书要读,哲学、历史、美学、天文、地理、医药、建筑、美术、乐理……凡能找到的书,都要读读。若读书面窄,借鉴就不多,思路就不广,触一而不能通三。但是,切切又不要忘了精读,真正的本事掌握,全在于精读。世上好书,浩如烟海,一生不可能读完,且又有的书虽好,但不能全为之喜爱,如我一生不喜食肉,但肉却确实是世上好东西。你若喜欢上一本书了,不妨多读:第一遍可囫囵吞枣读,这叫享受;第二遍就静心坐下来读,这叫吟味;第三遍便要一句一句想着读,这叫深究。三遍读过,放上几天,再去读读,常又会有再新再悟的地方。你真真正正爱上这本书了,就在一个时期多找些这位作家的书来读,读他的长篇,读他的中篇,读他的短篇,或者散文,或者诗歌,或者理论,再读外人对他的评论,所写的传记,也可再读读和他同期作家的一些作品。这样,你知道他的文了,更知道他的人了,明白当时是什么社会,如何的文坛,他的经历、性格、人品、爱好等等是怎样促使他的风格的形成。大凡世上,一个作家都有自己一套写法,都是有迹而可觅寻,当然有的天分太高了,便不是一时一阵便可理得清的。兄读中国的庄子、太白、东坡诗文,读外国的泰戈尔、川端康成、海明威之文,便至今于起灭转接之间不可测识。说来,还是兄读书太少,觉悟浅薄啊!如此这番读过,你就不要理他了,将他丢开,重新进攻另一个大家。文学是在突破中前进,你要时时注意,前人走到了什么地方,同辈人走到了什么地方?任何一个大家,你只能继承,不能重复,你要在读他的作品时,就将他拉到你的脚下来读。这不是狂妄,这正是知其长,晓其短,师精神而弃皮毛啊。虚无主义可笑,但全然跪倒来读,他可以使你得益,也可能使你受损,永远在他的屁股后了。这你要好好记住。

在家时,逢小妹生日,兄总为你梳那一双细辫,亲手要为你剥娘煮熟的鸡蛋。一走十年,竟总是忘了你生日的具体时间,这你是该骂我的了。

今年一入夏,我便时时提醒自己,要到时一定祝贺你成人。邻居妇人要我送你一笔大钱,说我写书,稿费易如就地俯拾,我反驳,又说我"肥猪也哼哼"。咳,邻人只知是钱!人活着不能没钱,但只要有一碗饭吃,钱又算个什么呢?如今稿费低贱,家岂是以稿费发得?!读书要读精品,写书要立之于身,功于天下,哪里是邻居妇人之见啊!这么多年,兄并不敢奢侈,只是简朴,唯恐忘了往昔困顿,也是不忘了往昔,方将所得数钱尽买了书籍。所以,小妹生日,兄什么也不送,仅买一套名著十册给你寄来,乞妹快活。

祭 父

父亲贾彦春,一生于乡间教书,退休在丹凤县棣花;年初胃癌复发,七个月后便卧床不起,饥饿疼痛,疼痛饥饿,受罪至第二十七天的傍晚,突然一个微笑而去世了。其时中秋将近,天降大雨,我还远在四百里之外,正预备着翌日赶回。

我并没有想到父亲的最后离去竟这么快。以往家里出什么事,我都有感应,就在他来西安检查病的那天,清早起来我的双目无缘无故地红肿,下午他一来,我立即感到有悲苦之灾了。经检查,癌已转移,半月后送走了父亲,天天心揪成一团,却不断地为他卜卦,卜辞颇吉祥,还疑心他会创造出奇迹,所以接到病危电报,以为这是父亲的意思,要与我交代许多事情。一下班车,看见戴着孝帽接我的堂兄,才知道我回来得太晚了,太晚了。父亲安睡在灵床上,双目紧闭,口里衔着一枚铜钱,他再也没有以往听见我的脚步便从内屋走出来喜欢地对母亲喊:"你平回来了!"也没有我递给他一支烟时,他总是摆摆手而拿起水烟锅的样子,父亲永远不与儿子亲热了。

守坐在灵堂的草铺里,陪父亲度过最后一个长夜。小妹告诉我,父亲饲养的那只猫也死了。父亲在水米不进的那天，猫也开始不吃，十一日中午猫悄然毙命，七个小时后父亲也倒了头。我感动着猫的忠诚，我和我的弟妹都在外工作，晚年的父亲清淡寂寞，猫给过他慰藉，猫也随他去到另一个世界。人生的短促和悲苦，大义上我全明白，面对着父亲我却无法超脱。满院的泥泞里人来往作乱，响器班在吹吹打打，透过灯光我呆呆地望着那一棵梨树，这是父亲亲手栽的，往年果实累累，今年竟独独一个梨子在树顶。

父亲的病是两年前做的手术，我一直对他瞒着病情，每次从云南买药寄他，总是撕去药包上癌的字样。术后恢复得极好，他每顿已能吃两碗饭，凌晨要喝一壶茶水，坐不住，喜欢快步走路。常常到一些亲戚朋友家去，撩了衣服说：瞧刀口多平整，不要操心，我现在什么病也没有了。看着父亲的豁达样，我暗自为没告诉他病情而宽慰，但偶尔发现他独坐的时候，神色甚是悲苦，竟有一次我弄来一本算卦的书，兄妹们都嚷着要查各自的前途机遇，父亲走过来却说："给我查一下，看我还能活多久？"我的心咯噔一下沉起来，父亲多半是知道了他得的什么病，他只是也不说出来罢了。卦辞的结果，意思是该操劳的都操劳了，待到一切都好。父亲叹息了一声："我没好福。"我们都默然无语，他就又笑了一下："这类书怎能当真？人生谁不是这样呢！"可后来发生的事情，不幸都依这卦辞来了。

先是数年前母亲住院，父亲一个多月在医院伺候，做手术的那天，我和父亲守在手术室外，我紧张得肚子疼，父亲也紧张得肚子疼。母亲病好了，大妹出嫁，小妹高考却不中，原本依父亲的教龄可以将母亲和小妹的户口转为城镇户口，但因前几年一心想为小弟有个工作干，自己硬退休回来，现在小妹就只好窝在乡下了。为了小妹的前途，我写信申请，父亲四处寻人说情，他是干了几十年教师工作，不愿涎着脸给人家说那类话,但事情逼着他得跑动,每次都十分为难。他给我说过,他曾鼓很大勇气去找人,但当得知所找的人不在时,竟如释重负,暗自庆幸,虽然明日还得再找,而今天却免去一次受罪了。整整两年有余,小妹的工作有了着落,父亲喜欢得来人就请喝酒,他感激所有帮过忙的人,不论年龄大小皆视为贾家的恩人。但就在这时候,他患了癌病。担惊受怕的半年过去了,手术后身体一天天好起来,这一年春节父亲一定要我和妻子女儿回老家过年,多买了烟酒,好好欢度一番,没想年前两天,我的大妹夫突然出事故亡去。病后的父亲老泪纵横,以前手颤的旧病又复发,三番五次划火柴点不着烟。大妹带着不满一岁的外甥重又回住到我家,沉重的包袱又一次压在父亲的肩上。为了大妹的生活和出路,父亲又开始了比小妹当年就业更艰难的奔波,一次次的碰壁,一夜夜的辗转不眠。我不忍心看着他的劳累,甚至对他发火,他就再一次赶来给我说情况时,故意做出很轻松的样子,又总要说明他还有别的事才进城的。大妹终于可以吃商品粮了,甚至还去外乡做临时工作,父亲实想领大妹一块去乡政府报到,但癌病复发了,终未去成。父亲之所以在动了手术后延续了两年多的生命,他全是为了儿女要办完最后一件事,当他办完事了竟不肯多活一月就溘然长逝。

俗话讲,人生的光景几节过,前辈子好了后辈子坏,后辈子好了前辈子坏,可父亲的一生中却没有舒心的日月。在他的幼年,家贫如洗,又常常遭土匪的绑票,三个兄弟先后被绑票过三次,每次都是变卖家产赎回,而年仅七岁的他,也竟在一个傍晚被人背走到几百里外。贾家受尽了屈辱,发誓要供养出一个出头的人,便一心要他读书。父亲提起那段生活,总是感激着三个大伯,说他夜里读书,三个大伯从几十里外扛木头回来,为了第二天再扛到二十里外的集市上卖个好价,成半夜在院中用石槌砸木头的大小截面,那种"咣咣"的响声使他不敢懒散,硬是读完了中学,成为贾家第一个有文化的人。此后的四五十年间，他们兄弟四人亲密无间，二十二口的大家庭一直生活到六十年代，后来虽然分家另住，谁家做一顿好吃的，必是叫齐别的兄弟。我记得父亲在邻县的中学任教时期，一直把三个堂兄带在身边上学，他转到哪儿，就带在哪儿，堂兄在学生宿舍里搭合铺，一个堂兄尿床，父亲就把尿床的堂兄叫去和他一块睡，一夜几次叫醒小便，但常常堂兄还是尿湿了床，害得父亲这头湿了睡那头，那头暖干了睡这头。我那时和娘住在老家，每年里去父亲那儿一次，我的伯父就用箩筐一头挑着我，一头挑着粮食翻山越岭走两天，我至今记得我在摇摇晃晃的箩筐里看夜空的星星，星星总是在移动，让我无法数清。当我参加了工作第一次领到了工资，三十九元钱先给父亲寄去了十元，父亲买了酒便请了三个伯父痛饮，听母亲说那一次父亲是醉了。那年我回去，特意跑了半个城买了一根特大的铝盒装的雪茄，父亲拆开了闻了闻，却还要叫了三个伯父，点燃了一口一口轮流着吸。大伯年龄大，已经下世十多年了，按常理，父亲应该照看着二伯和三伯走，可谁也没想到，料理父亲丧事的竟是二伯和三伯。在盛殓的那个中午，贾家大小一片哭声，二伯和三伯老泪纵横，瘫坐在椅子上不得起来。

正月十五的下午，母亲炒了家中仅有的一疙瘩肉盛在缸子里，伯父买了四包香烟，让我给父亲送去……父亲送我走过拐角，却将缸子交给我，说："肉你拿回去，我把烟留下就是了。"我出了院子的栅栏门，门很高，我只能隔着栅栏缝儿看父亲，我永远忘不了父亲呆呆站在那儿看我的神色。后来，父亲带着一身伤残被开除公职押送回家了，那是个中午，我正在山坡上拔草，听到消息扑回来，父亲已躺在床上，一见我抱了我就说："我害了我娃了！"放声大哭。父亲是教了半辈子书的人，他胆小，又自尊，他受不了这种打击，回家后半年内不愿出门。但家庭从政治上、经济上一下子沉沦下来，我们常常吃了上顿没有下顿，自留地的苞谷还是嫩的便掰了回来,苞谷儿和穗儿一起在碾子上砸了做糊糊吃,麦子不等成熟,就收回用锅炒了上磨。全家唯一的指望是那头猪,但猪总是长一身红绒,眼里出血似的盼它长大了,父亲领着我们兄弟将猪拉到十五里的镇上去交售,但猪瘦不够标准,收购站拒绝收。听说二十里外的邻县一个镇上标准低,我们决定重新去交,天不明起来,特意给猪喂了最好的食料,使猪肚撑得滚圆,我们却饿着,父亲说:"今日把猪交了,咱父子仨一定去饭馆美美吃一顿!"这话极大地刺激了我和弟弟,赤脚冒雨将猪拉到了镇上。交售猪的队排得很长,眼看着轮到我们了,收购员却喊了一声:"下班了!"关门去吃饭。我们迭声叫苦,没有钱去吃饭,又不能离开,而猪却开始排泄,先是一泡没完没了的尿,再是翘了尾巴要拉,弟弟急了,拿脚直踢猪屁股,但最后还是拉下来,望着那老大的一堆猪粪,我们明白那是多少钱的分量啊。骂猪,又骂收购员,最后就不骂了,因为我和弟弟已经毫无力气了。直等到下午上班,收购员过来在猪的脖子上捏捏,又在猪肚子上踹踹,头不抬地说:"不够等级!下一个——"父亲首先急了,忙求着说:"按最低等级收了吧。"收购员翻着眼训道:"白给我也不收哩!"已经去验下一头猪了。父亲在那里站了好大一会儿,又过来蹲在猪旁边,他再没有说话,手抖着在口袋里掏烟,但没有掏出来,扭头对我们说:"回吧。"父子仨默默地拉猪回来,一路上再没有说肚子饥的话。

在那苦难的两年里,父亲耿耿于怀的是他蒙受的冤屈,几乎过三天五天就要我来写一份翻案材料寄出去。他那时手抖得厉害,小油灯下他讲他的历史,我逐字书写,寄出去的材料百分之九十泥牛入海,而父亲总是自信十足。家贫买不起纸,到任何地方一发现纸就眼开,拿回来仔细裁剪,又常常纸色不同,以致后来父子俩谈起翻案材料只说"五色纸"就心照不宣。父亲幼年因家贫害过胃疼,后来愈过,但也在那数年间被野菜和稻糠重新伤了胃,这也便是他恶变胃癌的根因。当父亲终于冤案昭雪后，星期六的下午他总要在口袋里装上学校的午餐，或许是一片烙饼，或是四个小素包子，我和弟弟便会分别拿了躲到某一处吃得最后连手也舔了，末了还要趴在泉里喝水涮口咽下去。我们不知道那是父亲饿着肚子带回来的，最最盼望每个星期六傍晚太阳落山的时候。有一次父亲看着我们吃完，问："香不香？"弟弟说："香，我将来也要当个教师！"父亲笑了笑，别过脸去。我那时稍大，说现在吃了父亲的馍馍，将来长大了一定买最好吃的东西孝敬父亲。父亲退休以后，孩子们都大了，我和弟弟都开始挣钱，父亲也不愁没有馍馍吃，在他六十四岁的生日我买了一盒寿糕，他却直怨我太浪费了。五月初他病加重，我回去看望，带了许多吃食，他却对什么也没了食欲，临走买了数盒蜂王浆，叮咛他服完后继续买，钱我会寄给他的，但在他去世后第五天，村上一个人和我谈起来，说是父亲服完了那些蜂王浆后曾去商店打问过蜂王浆的价钱，一听说一盒八元多，他手里捏着钱却又回来了。

父亲当然是普通的百姓，清清贫贫的乡间教师，不可能享那些大人物的富贵……

在贾氏家族里，父亲是文化人，德望很高，以致大家分为小家，小家再分为小家，甚至村里别姓人家，大到红白喜丧之事，小到婆媳兄妹纠纷，都要找父亲去解决。父亲乐意去主持公道，却脾气急躁，往往自己也要生许多闷气。时间长了，他有了一定的权威，多少也有了以"势"来压的味道，他可以说别人不敢说的话，竟还动手打过一个不孝其父的逆子的耳光，这少不得就得罪了一些人。为这事我曾埋怨他，为别人的事何必那么认真，父亲却火了，说道："我半个眼窝也见不得那些龌龊事！"父亲忠厚而严厉，胆小却嫉恶如仇，他以此建立了他的人品和德行，也以此使他吃了许多苦头，受了许多难处。当他活着的时候，这个家庭和这个村子的百多户人家已经习惯了父亲的好处，似乎并不觉得什么，而听到他去世的消息,猛然间都感到了他存在的重要。我守坐在灵堂里,看着多少人来放声大哭,听着他们哭诉"你走了,有什么事我给谁说呀?!"的话,我欣慰着我的父亲低微却崇高,平凡而伟大。

在我小小的时候,我是害怕父亲的,他对我的严厉使我产生惧怕,和他单独在一起,我说不出一句话,极力想赶快逃脱。我恋爱的那阵,我的意见与父亲不一致,那年月政治的味道特浓,他害怕女方的家庭成分影响了我,他骂我,打我,吼过我"滚"。在他的一生中,我什么都听从他,惟那件事使他伤透了心。但随着时代的变化,家庭出身已不再影响到个人的前途,但我的妻子并未记恨他,像女儿一样孝敬他,他又反过来说我眼光比他准,逢人夸说儿媳的好处,在最后的几年里每年都喜欢来城中我的小家中住一个时期。但我在他面前,似乎一直长不大,直到我的孩子已经上小学了,一次他来城里,见面递给我一支烟来吸,我才知道我成熟了,有什么事可以直接同他商量。父亲是一个普通的乡村教师,又受家庭生计所累,他没有高官显禄的三朋,也没有身缠万贯的四友,对于我成为作家,社会上开始有些虚名后,他曾是得意和自豪过。他交识的同行和相好免不了向他恭贺,当然少不了向他讨酒喝,父亲在这时候是极其慷慨的,身上有多少钱就掏多少钱,喝就喝个酩酊大醉。以致后来,有人在哪里看见我发表了文章,就拿着去见父亲索酒。他的酒量很大,原因一是"文革"中心情不好借酒消愁,二是后来为我的创作以酒得意,喝酒喝上了瘾,在很长的日子里天天都要喝的,但从不一人独喝,总是吆喝许多人聚家痛饮,又一定要母亲尽一切力量弄些好的饭菜招待。母亲曾经抱怨:家里的好吃好喝全让外人享用了!我也为此生过他的气,以我拒绝喝酒而抗议,父亲真有一段时间也不喝酒了。一九八二年的春天,我因一批小说受到报刊的批评,压力很大,但并未透露一丝消息给他。他听人说了,专程赶三十里到县城去翻报纸,熬煎得几个晚上睡不着。我母亲没文化，不懂得写文章的事，父亲给她说的时候，她困得不时打盹，父亲竟生气地骂母亲。第二天搭车到城里见我，我的一些朋友恰在我那儿谈论外界的批评文章，我怕父亲听见，让他在另一间房内休息，等来客一走，他竟过来说："你不要瞒我，事情我全知道了。没事不要寻事，有了事就不要怕事。你还年轻，要吸取经验教训，路长着哩!"说着又返身去取了他带来的一瓶酒，说："来，咱父子都喝喝酒。"他先倒了一杯喝了，对我笑笑，就把杯子交给我。他笑得很苦，我忍不住眼睛红了，这一次我们父子都重新开戒，差不多喝了一瓶。

自那以后，父亲又喝开酒了，但他从没有喝过什么名酒。两年半前我用稿费为他买了一瓶茅台，正要托人捎回去，他却来检查病了，竟发现患的是胃癌。手术后，我说："这酒你不能喝了，我留下来，等你将来病好了再喝。"我心里知道，父亲怕是再也喝不成了，如果到了最后不行的时候，一定让他喝一口。在父亲生命将息的第十天，我妻子陪送老人回老家，我让把酒带上。但当我回去后，父亲已经去世了，酒还原封未动。妻说："父亲回来后，汤水已经不能进，就是让喝酒，一定腹内烧得难受，为了减少没必要的痛苦，才没有给父亲喝。"盛殓时，我流着泪把那瓶茅台放在棺内，让我的父亲在另一个世界上再喝吧。如今，我的文章还在不断地发表出版，我再也享受不到那一份特殊的祝贺了。

父亲只活了六十六岁，他把年老体弱的母亲留给我们，他把两个尚未成家的小妹留给我们，他把家庭的重担留给了从未担过沉的长子的我。对于父亲的离去，我们悲痛欲绝，对于离去我们，父亲更是不忍。当检查得知癌细胞已广泛转移毫无医治可能的结论时，我为了稳住父亲的情绪，还总是接二连三地请一些医生来给他治疗，事先给医生说好一定要表现出检查认真，多说宽心话。我知道他们所开的药全都是无济于事的，但父亲要服只得让他服，当然是症状不减，且一日不济一日，他说：

"平呀,现在咋办呢?"我能有什么办法呀,父亲。眼泪从我肚子里流走了,脸上还得安静,说:"你年纪大了,只要心放宽静养,病会好的。"说罢就不敢看他,赶忙借故别的事走到另一个房间去抹眼泪。后来他预感到了自己不行了,却还是让扶起来将那苦涩的药面一大勺一大勺地吞在口里,强行咽下,但他躺下时已泪流满面,一边用手擦着一边说:"你妈一辈子太苦,为了养活你们,舍不得吃,舍不得穿,到现在还是这样。我只说她要比我先走了,我会把她照看得好好的……往后就靠你们了。还有你两个妹妹……"母亲第一个哭起来,接着全家大哭,这是我们唯有的一次当着父亲的面痛哭。我真担心这一哭会使父亲明白一切而加重他的负担,但父亲反倒劝慰我们,他照常要服药,说他还要等着早已订好的国庆节给小妹结婚的那一天,还叮咛他来城前已给菜地的红萝卜浇了水,菜苗一定长得茂密,需要间一间。就在他去世的前五天,他还要求母亲去抓了两服中草药熬着喝。父亲是极不甘心地离开了我们,他一直是在悲苦和疼痛中挣扎,我那时真希望他是个哲学家或是个基督教徒,能透悟人生,能将死自认为一种解脱,但父亲是位实实在在的为生活所累了一生的平民,他的清醒的痛苦的逝去使我心灵不得安宁。当得知他在最后一刻终于绽出一个微笑,我的心多多少少安妥了一些。可以告慰父亲的是,母亲在悲苦中总算挺了过来,我们兄妹都一下子更加成熟,什么事都处理得很好。小妹的婚事原准备推迟,但为了父亲灵魂的安息,如期举办,且办得十分圆满。这个家庭没有了父亲并没有散落,为了父亲,我们都努力地活着。

按照乡间风俗,在父亲下葬之后,我们兄妹接连数天的黄昏去坟上烧纸和燃火,名曰"打怕怕",为的是不让父亲一人在山坡上孤单害怕。冥纸和麦草燃起,灰屑如黑色的蝴蝶满天飞舞,我们给父亲说着话,让他安息,说在这面黄土坡上有我的爷爷奶奶,有我的大伯,有我村更多的长辈,父亲是不会孤单的,也不必感到孤单;这面黄土坡离他修建的那一院房子不远,他还是极容易来家中看看,而我们更是永远忘不了他,会时常来探望他的。

风　筝
——孩提纪事

初春,天还森冷森冷的,大人们都干着他们的事了;我们这些孩子,积了一个冬天烦闷,就寻思着我们的快乐,去做风筝了。

在芦塘里找到了几根细苇,偷偷地再撕了作业本儿,我们便做起来了。做一个蝴蝶样儿的吧,做一个白鹤样儿的吧;我们精心地做着,把春天的憧憬和希望,都做进去;然而,做起来了,却是个什么样儿都不是的样子。但我们依然快活,便叫它是"幸福鸟",还把我们的名字都写在了上边。

终于拣下个晴日子,我们便把它放起来:一个人先用手托着,一个人就牵了线儿,站在远远的地方;说声"放",那线儿便一紧一松,眼见得凌空起去,渐渐树梢高了;牵线人立即跑起来,极快极快地。风筝愈飞得高了,悠悠然,在高空处翩翩着,我们都快活了,大叫着,在田野拼命地追,奔跑。

满村的人差不多都看见了,说:

"哈,放得这么高! 叫什么名呀?"

"'幸福鸟'!"

"幸福鸟？啊，多幸福的鸟！"

"那是我们的呢！"

我们大声地宣告，跑得更欢了，似乎是一群麝，为自己的香气而发狂了呢。

玩过了一个早晨，又玩过了一个中午，到下午，我们还是歇不下来，放着风筝在田野里奔跑。风筝越飞越高，目标似乎就在那朵云彩上，忽然有了一阵小风，线儿"嘣"地断了。看那风筝，在空中抖动了一下，随即便更快地飞去了。我们都大惊失色起来，千呼万唤地，但那风筝只是飞去，愈远愈高，愈高愈小，倏忽间，便没了踪影。没有太阳的冷昏的天上，只留下一个漠漠的空白。

我们都哭起来了，向着大人们诉苦，他们却说："飞就飞了，哭什么呀！"

我们却不甘心，又在田野里寻找起来：或许它是从天上掉下来了，掉在一块麦田的垄沟里呢？还是在一棵杨树的枝梢，在一道水渠的泥里呢？可是，我们差不多寻了半个下午了，还是没个踪影。我正歪着身子瘫在那里怄气，一抬头，看见远远的河边有一座小小的房子，房子的水面上半沉半浮着一个巨大的木轮，不停地转着，将水扬起来，半圈儿水的白光。

"那里找过了吗？"

那里是我们村的水磨坊。从我们记事的时候，那里有这座小房，那里就有个看管磨坊的女人。据说，她原是城里人，是个"右派"，下放到这里来的；如今房子依然老样，水轮天天转动，她却是很老很老的了。我们平日从不去那里玩耍，只是家里米面吃完了，父母说："该去磨些粮食了。"我们才会想起这么个小房子，想起这个小房子里的老女人。

"没去过的，说不定'幸福鸟'落在那里呢。"大家说。

我们向那房子走去,这房子果然很小,很矮;屋檐下,墙壁上,到处挂着面粉的白絮儿,似乎这里永远是冬天呢。有一家人正在那里磨面,粉面儿迷蒙,雷一样的石磨声使人耳聋。我们推开东边那个小门,这是那老女人的住处:一个偌大的土炕,炕上一堆儿各色布头;一盆旺火在脚底烧着,暖融融的;窗台上一盆什么花草儿,出奇地竟开了三朵四朵白花。

"婶婶!"我们叫着。

没人回答,却分明地听见了屋后什么地方,有嚓嚓的声音。我们走出来,转到屋后,那老女人正弯身站在河边的一个水洼里,努力地用石头砸着洼里的冰。冰是青青的,裂开无数的白缝。她开始用手去扳冰块,嘴里吸溜吸溜着;一抬头看见了我们,说:"这洼水冰严了,一条鱼儿冻住了!"

我们果然看见那大冰块里,有一条小鱼,被直直地封在里边,像是块玻璃雕刻的鱼纹工艺品。我们动手去扳,老女人却千叮咛万叮咛着小心;一直到我们把鱼放进河水里,才笑了。

"那鱼还能活吗?"我们说。

"或许能活呢,孩子;河水是热的,冰块会融化的。"

"鱼儿游来的时候,它是一洼水吧,或许它正快活地游过时忽然就被冻住了呢!"

噢,我们可怜可悲起这小鱼儿了:为什么要到这洼水里游呢? 这可恶的水,为什么就要变成冰呢?!

"婶婶,你见着我们的'幸福鸟'了吗?"我们终于问她。

"幸福鸟?"

"是的。我们的风筝。"

"啊,多好的名字! 是到我这儿来了吗?"她说,显得很高兴。

"是的,你一定看见了。"

她却摊摊手,说是没有。

"是不是在这房上呢?"

我们急急找起来,可是没有。又在河边找了,也没有。我们都心凉下来,待在那里,互相看着,差不多又要哭了。

"'幸福鸟'呢?我们的'幸福鸟'呢?"

难道一个冬天的烦闷还要继续下去吗?辛辛苦苦地忙活了几天几夜,我们的乐趣就这么快地结束了吗?

我们终于哭起来了。

"不要哭,孩子!哭什么呢?你们瞧,那冰冻的鱼儿已经到了深水里,很快就会游起来呢。"老妇人一直站在河边,风吹着她的头发,头发上落着厚厚的面粉,灰蒙蒙的,像落上了霜的茅草。

"可我们的'幸福鸟'呢?"

她那么笑笑地走过来,拍着我们的头,说:"它是飞走了,就让它飞走吧。"

大人们总要这么说……我们再不理她了,只是哭着,想着:"幸福鸟"该在哪儿呢?那几根细苇,我们去折它的时候,是踏着塘里的薄冰去的,是那么晶莹,那么有趣,可骤然间在脚下铮铮地裂开了,险些掉进水去……可是,"幸福鸟",却倏忽间飞走了。

"回屋去吧,孩子们,屋里有火呢。"老女人说。我们都没有动;她拉,谁也不去。"你不懂!"我们说,"'幸福鸟'飞走了,我们是多么伤心,你知道它给了我们多少快乐!它为什么给了我们快乐,又要把快乐收去呢?"

老女人冷丁站在那里,不再言语了,似乎也像那冰冻了的鱼儿一样,只是冻住她的不是水,而是身后的灰色的天幕。

她突然说:"唉,孩子,我怎么不理解你们呢?你们是不幸的;不幸的人谁不是最懂得、最爱慕快乐的啊?!"

老女人的话,使我们都吃惊了:她原来是理解我们的,她是不同于那些大人们的呢。"孩子,不要难过,快进屋去吧。"我们进屋去了,就坐在火盆边儿,将冻得红红的手凑近去烤着。

"婶婶,'幸福鸟'是走了,可它去哪儿了呢?"

"地上找不着,那就在天上吧。"

"天上什么地方?"

"什么地方它都可以去。"

"那,天是什么呢?"

"天是白的;那是它该去的地方。"

"白的?!那它不寂寞吗?"

"白的地方都不寂寞。"她说,"你瞧见那水轮下的水了吗?它是白的,因为流着叫着,它才白哩。石磨因为呼呼噜噜地响着转着,磨出的面粉才是白的哩。还有,瞧见那盆花了吗?它是开着的、放着的,它也才白了呢。"

我们都觉得神奇了,似乎是听明白了,又似乎听得不明白;但心里稍稍有些慰藉了:啊,"幸福鸟"在天上,天上那么白,它是不会寂寞的,那真是它该去的地方。

我们看着老女人一头一身的面粉,突然说道:"你也是白的呢。""是吗?"她笑了。"可你……你就一个人吗?就总是一个人在这小屋里吗?你不寂寞吗?"

"我这里有水声,有石磨声,有鱼,有花,有你们来:你们说呢?"

"你也是不寂寞的!"

"你们这些乖孩子哟!"她于是从炕角的口袋里抓出大把的黄豆来,在火盆里爆了,分给我们,我们吃得很香,一直待到天快要黑了,才想到要回家去。

田野上,风还在溜溜地吹,几棵柿树,叶子早落了,裸露着一树的黑枝,像是无数伸抓什么的手。这柿树,也在索要着失去的什么吗?

　　回头看看那水磨坊,老女人还站在那里看着我们,我们突然都这么想:今天夜里,"幸福鸟"是住在哪一朵云上呢?那里是不寂寞的,是快乐的,它应该飞去啊!

　　它飞去了,带着我们的名字,我们在那个白的天上,一定也是快乐的了。

　　可是,我们都盼望"幸福鸟"有一天能再飞回来,让我们在它上面再写上这水磨坊老女人的名字呢。

月　迹

我们这些孩子,什么都觉得新鲜,常常又什么都不觉得满足;中秋的夜里,我们在院子里盼着月亮,好久却不见出来,便坐回中堂里,放了竹窗帘儿闷着,缠奶奶说故事。奶奶是会说故事的,说了一个,还要再说一个……奶奶突然说:

"月亮进来了!"

我们看时,那竹窗帘儿里,果然有了月亮,款款地,悄没声儿地溜进来,出现在窗前的穿衣镜上了;原来月亮是长了腿的,爬着那竹帘格儿,先是一个白道儿,再是半圆,渐渐地爬得高了,穿衣镜上的圆便满盈了。我们都高兴起来,又都屏气儿不出,生怕那是个尘影儿变的,会一口气吹跑呢。月亮还在竹帘儿上爬,那满圆却慢慢儿又亏了,缺了;末了,便全没了踪迹,只留下一个空镜,一个失望。奶奶说:"它走了,它是匆匆的;你们快出去寻月吧。"

我们就都跑出门去,它果然就在院子里,但再也不是那么一个满满的圆了,尽院子的白光,是玉玉的,银银的,灯光也没有这般儿亮的。院子的中央处,是那棵粗粗的桂树,疏疏的枝,疏疏的叶,桂花还没有开,却有了累累的骨朵儿了。我们都走近去,不知道那个满圆儿去哪儿了,却疑心这骨朵儿是繁星儿变的;抬头看着天空,星儿似乎就比平日少了许多。月亮正在头顶,明显大多了,也圆多了,清清晰晰看见里边有了什么东西。

"奶奶,那月上是什么呢?"我问。

"是树,孩子。"奶奶说。

"什么树呢?"

"桂树。"

我们都面面相觑了,倏忽间,哪儿好像有了一种气息,就在我们身后袅袅,到了头发梢儿上,添了一种淡淡的痒痒的感觉;似乎我们已在了月里,那月桂分明就是我们身后的这一棵了。

奶奶瞧着我们,就笑了:

"傻孩子,那里边已经有人了呢。"

"谁?"我们都吃惊了。

"嫦娥。"奶奶说。

"嫦娥是谁?"

"一个女子。"

哦,一个女子。我想。月亮里,地该是银铺的,墙该是玉砌的:那么好个地方,配住的一定是十分漂亮的女子了。

"有三妹漂亮吗?"

"和三妹一样漂亮的。"

三妹就乐了:

"啊啊,月亮是属于我的了!"

三妹是我们中最漂亮的,我们都羡慕起来,看着她的狂样儿,心里却有了一股儿的嫉妒。我们便争执了起来,每个人都说月亮是属于自己

的。奶奶从屋里端了一壶甜酒出来,给我们每人倒了一小杯儿,说:

"孩子们,你们瞧瞧你们的酒杯,你们都有一个月亮哩!"

我们都看着那杯酒,果真里边就浮起一个小小的月亮的满圆。捧着,一动不动的,手刚一动,它便酥酥地颤,使人可怜儿的样子。大家都喝下肚去,月亮就在每一个人的心里了。

奶奶说:

"月亮是每个人的,它并没有走,你们再去找吧。"

我们越发觉得奇了,便在院里找起来。妙极了,它真没有走去,我们很快就在葡萄叶儿上,瓷花盆儿上,爷爷的锨刃儿上发现了。我们来了兴趣,竟寻出了院门。

院门外,便是一条小河。河水细细的,却漫着一大片的净沙;全没白日那么的粗糙,灿灿地闪着银光,柔柔和和得像水面了。我们从沙滩上跑过去,弟弟刚站到河的上湾,就大呼小叫了:

"月亮在这儿!"

妹妹几乎同时在下湾喊道:

"月亮在这儿!"

我两处去看了,两处的水里都有月亮,沿着河沿跑,而且哪一处的水里都有月亮了。我们都看起天上,我突然又在弟弟妹妹的眼睛里看见了小小的月亮。我想,我的眼睛里也一定是会有的。噢,月亮竟是这么多的:只要你愿意,它就有了哩。

我们就坐在沙滩上,掬着沙儿,瞧那光辉,我说:

"你们说,月亮是个什么呢?"

"月亮是我所要的。"弟弟说。

"月亮是个好。"妹妹说。

我同意他们的话。正像奶奶说的那样:它是属于我们的,每个人的。

我们就又仰起头来看那天上的月亮,月亮白光光的,在天空上。我突然觉得,我们有了月亮,那无边无际的天空也是我们的了;那月亮不是我们按在天空上的印章吗?

大家都觉得满足了,身子也来了困意,就坐在沙滩上,相依相偎地甜甜地睡了一会儿。

月　鉴

近些月来,我的脾气越发坏了,回到家里,常常阴沉着脸,要不就对妻无名状地发火。妻先是忍耐,末了终觉委屈,便和我闹起来,骂我有了异心。这般吵闹一场,我就不免一番后悔,但却总又不能改掉。今天夜里,我们又闹开了,结果妻照样歪在一旁抹泪,我只有大声喘着粗气,吸那卷烟,慢慢便觉得无地可容;拉开门,悄悄往村前的草坝子里去了。

"你就不是个人!"妻撑在门口,恨恨地还在骂我。

我没有还口,只是独独地走去,觉得妻骂的是对的:我怎么总要在她面前发脾气呢?她性情极温顺,我是太不知轻重的了。结婚三年来,我的蜜月期的温存哪儿去了?明明知道是自己无理,却还这样行为,弄到如此模样,活该我不是一个人了呢!

巷道是窄窄的,有几声狗咬,顺石板一块一块走去,又弯弯曲曲挪过田间小埂,草坝子就在眼前了。草很高,全是野苇糜子,冬天的寒冷,使它们已经失去了生命,却并没有倒伏,坚硬得有灌木般的性质了。月亮正要出来,就在草坝的那边,一个偌大的半圆。那是半团均匀的嫩黄;嫩得似乎能掐出水来,洁净净的,没一点儿晕辉;草坝子上却浮起了一层黄亮,竟使人疑心:这月亮从黄草里生出来,才染得这般颜色了。

我定定地看着月亮,竭力想把那烦恼忘却,月亮却倏忽间是玫瑰色的粉红了。似乎要努力从草丛中跃起,却是那么的艰难,草丛在牵制着,已经拉成一个圆锥形状;终在我眨眼的工夫,一下子跳出一尺来高。草坝子上现在是一层淡淡的使人伤感的橘红,而且那淡还在继续,最后淡得没了色彩,月亮全然一个透明的镜片,莽草也像柔水一样的平和温柔了。

海上的日出,我是见过的,大河的落日,我也是见过的,但是,那场面全没有这草坝上的月升优美。我竟有了惊异:漠漠的天空有了这月亮,天空这般充实;草坝有了这月的光辉,草坝显得十分丰满;我后悔今日才深深懂得了这夜,这夜里的月亮。

我闭上眼睛,慢慢地闭上了,感受那月光爬过我的头发,爬过我的睫毛,月脚儿轻盈,使我气儿也不敢出的,身骨儿一时酥酥地痒……睁开眼来,我便全然迷迷离离了:在我的身上,有什么斑斑驳驳地动,在我的脚下,也有了袅袅娜娜的东西了。回过头来,身后原来是柳、草,阴影匝匝铺了一地,层次那样分明,浓淡那样清楚……不知什么时候,有了风,草面在大幅度地波动,满世界价潮起泠泠声,音韵长极了,也远极了,夜色愈加神秘,我差不多要化鹤而登仙去了呢。

脚步儿牵着我往草坝中走去了,像喝醉了酒,醺醺的,终于支持不住,软坐在那草丛里。月亮照着我,波动的草一会儿埋住我的头,一会儿又露出我的脸。那蒿草原来并不是水似的平和,茫茫的却是无数的弧形的线条呢。线条先是一条一条的,愈远愈深密,当那波动到来的时候,那是一道道细微的银坎儿,极快地从远处推来,眨眼间埋没了我的头顶。蓦地,一只夜鸟在响亮地叫着,从天边斜着翅膀飞来,一个黑影儿掠过我的脸面,它还在叫着、飞着,似乎在欣赏和追逐自己那草波上的倩影呢,接着就对着月亮又是一叫,飞得无踪无迹了。

这鸟儿一定在感谢月亮,使它看见了自己的影子吗?

我侧起头来,突然想到:在这夜里,有了月亮,世界上的万物便显出了存在,如果没有了这轮月亮,那会是多么可怕的黑暗啊!

月亮该是天地间的一面镜子了呢。

一个人影突然在我前边不远处出现,样子斜斜的,那么单薄,也正仰头看着月亮,而且有了一声长长的喟叹。这是谁呢?世上难道还有和我一样烦恼的人到这里来吗?那纤小身腰的线条,那高高隆起的发髻,我立即惊慌不已了:她不就是我妻子吗?

可怜的妻,她竟也到这里来了!天呀,如今看来,我真不配做人了,我害得她夜里不得安宁?!唉,一切苦闷应该归我,为什么要牵连她呢?她应该是幸福的,应该是快乐的,可她却也来了呢!

我向她走去。我们在草坝深处相遇了。

"你怎么也来了?"我说。

"我来清静。"她淡淡地说,"……都是我不好,惹你生气了。"

"你好!我生你什么气了?"

"我向你求饶,以后再不这样了……"

"这话你讲过多少次了?"

"你还不饶恕我吗?"

妻却呜呜地哭了。

"你在外边,又说又笑,回到家来,就没个笑脸儿……"

"我哪有那么多笑脸?"

"你总是发脾气,拿着我出气……"

妻委屈得说不下去,捂了脸,从草丛里斜斜地走了。她走了,把我留给夜里,把我的影子留给了我。风已经住了,潜伏在蒿草根下去了,消失在坝子外的沙滩上去了。月亮还在照着,照得霜潮起来,在草叶上、茎秆上,先是一点一点地闪亮,再就凝结成一层,冷冷的,泛着灰白的光。

无穷无尽的悲凉陡然袭上我的心头了。唉,我该怎样恨我的脾气呢,恨我的阴险呢,我担心我会永远这样下去,总有一天,妻会离弃了我,我在不可自拔的境况下堕落下去,死亡下去了呢。

我检点起我自己了:是我对妻有了二心了吗?没有的,一丝一毫也不曾有的,我对妻是忠忠的,是爱爱的,世上没有第二个像我这样的专诚的了。

我不觉又该怨起妻了呢,她是不理解我的啊:我在外,老是有看不惯的事,但我不能去正义,只是憋着,还得笑笑的,回到家里,在亲人面前,我还再这么憋着气吗?还再这么笑吗?

我记起一位哲人的话了:夫妻是互相的镜子。是的,妻确实是我的镜子了,在这面镜子里,我虽然近乎残忍,但我的人的本性才表现了出来;离开了妻,我才不是人了,是弯曲的人,是人的躯壳啊!

月亮还在草坝上照着,霜越潮越重了,那草的茎上、叶上沉重得垂下去了,光亮地异样的晶莹,幽幽地,荡起一股凉森。我觉得衣衫有些单薄,踽踽地要往回走了。

走出了草丛,又站在了那株柳下,看斑斑驳驳的树影印在地上,不用晃动,每一条枝,每一片叶,都看得清晰。我想,画家画树,枝条交错,叶片翻动,那么生动,那么气韵,一定是照着这影子画就的了;亏得月的镜子,把一切纷纷乱乱都理得多么明白!

啊,妻就是我的镜子吗?妻就是我的月亮吗?

我大口地呼吸着,将草坝的气息蓄满了心胸,张开了双臂,似乎要拥抱这轮中天月了。我深深地祝福这天地之间有了这明白的月亮,我祝福在我的生活里有了这亲爱的妻子!

我很快地向家里走去了，我要立即见到我的妻，检讨我的粗鲁，但我要向她大声地说：

"我还是人呢，我发现我还是人呢，我要做人，我要永远做人，在妻前，在月下，在任何地方，都要作为一个人而活下去！"

六棵树

回了一趟老家,发现村子里又少了几种树。我们村在高丹川道是有名的树园子,大约有四十多种树。自从炸药轰开了这个小盆地的西边的牛背梁和东边的烽火台,一条一级公路穿过,再接着一条铁路穿过,又接着修起了一条高速公路,我们村子的地盘就不断地占用。拆了的老院子还可以重盖,而毁去的树,尤其是那些唯一树种的,便再也没有。这如同当年我离开村子时的那些上辈人和那些农具,三十多年里就都消绝了。在巷道口我碰到了一群孩子,我不知道这都是谁家的子孙,问:知道你爷的名字吗?一半回答是知道的,一半回答不知道。再问:知道你姥爷的名字吗?几乎都回答不上来。咳,乡下人最讲究的是传承香火,可孩子们却连爷或姥爷的名字都不知道了。他们已不晓得村子里的四十多种树只剩下了二十多种,再也见不上枸树、槲树、棠棣、栎、桧、柞和银杏木、白皮松了,更没见过纺线车、鞋耙子、捞兜、牛笼嘴、曳绳、连枷、檐簸子。记得小时候我问过父亲,老虎是什么,熊是什么,黄羊和狐狸是什么,父亲就说不上来,一脸的尴尬和茫然,我害怕以后的孩子会不会只知道了村里的动物只是老鼠苍蝇和蚊子,村里的树木只是杨树柳树和榆树?所以，就有了想记录那些在三十年间消绝的花草树木，飞禽走兽，农耕用具的欲望。

现在，我先要记的是六棵树。

皂角树。我们的村子分涧上涧下，这棵皂角树就长在涧沿上。树不是很大，似乎老长不大，斜着往涧外，那细碎的叶子时常就落在涧根的泉里。这眼泉用石板箍成三个池子，最高处的池子是饮水，稍低的池子淘米洗菜，下边的池子洗衣服。我小时候喜欢在泉水玩，娘在那里洗衣服，倒上些草木灰，揉搓一阵子了，抡着棒槌啪啪地捶打。我先是趴在饮水池边看池底的小虾游来游去，然后仰头看皂角树上的皂角。秋天的皂角还是绿的，若摘下来最容易捣烂了祛衣服上的垢痂，我就恨我的胳膊短，拿了石子往上掷，企图能打中一个下来，但打不中，皂角树下卧着的狗就一阵咬，秃子便端个碗蹲在门口了。

皂角树属于秃子家的，秃子把皂角树看得很紧。那年月，村人很少有用肥皂的，皂角可以卖钱，五分钱一斤。秃子先是在树根堆了一捆野枣棘，不让人爬上去，但野枣棘很快被谁放火烧了，秃子又在树身上抹屎，臭味在泉边都能闻见，村人一片骂声，秃子才把屎擦了。他在夹皂角的时候，好多人远远站着看，盼望他立脚不稳，从涧上摔下去。他家的狗就是从涧上摔下去过，摔成了跛子，而且从此成了亮鞭。亮鞭非常难看，后腿间吊那个东西。大家都说秃子也是个亮鞭，所以他已经三十四五了，就是没人给他提亲。

秃子四十一岁上，去深山换苞谷。我们那儿产米，二三月就拿了米去深山换苞谷，一斤米能换二斤苞谷。秃子就认识了那里一个寡妇。寡妇有一个娃，寡妇带着娃就来到了他家。那寡妇后来给人说：他哄了我，说顿顿吃米饭哩，一年到头却喝米角儿粥！

但秃子从此头上一年四季都戴个帽子，村里传出，那寡妇晚上睡觉都不允他卸下帽子,邻居还听到了,寡妇在高潮时就喊:卫东,卫东!村人问过寡妇的儿子:卫东是谁?儿子说是他爹,他爹打猎时火枪炸了,把他爹炸死了。大家就嘲笑秃子,夜夜替卫东干活哩,秃子说:替谁干都行,只要我在干着。

村人先是都不承认寡妇是秃子的媳妇,可那女人大方,摘皂角时看见谁就给谁几个皂角。常常有人在泉里洗衣服,她不言语,站在涧上就扔下两个皂角。秃子为此和女人吵,但女人有了威信,大家叫她的时候,开始说:喂,秃子的媳妇!

秃子的媳妇却害病死了,害的什么病谁也不知道,而秃子常常要到坟上去哭。有一年夏天我回去,晚上一伙人拿了席在麦场上睡,已经是半夜了,听见村后的坡根有哭声,我说:谁哭哩?大家说:秃子又想媳妇了。

又过了两年,我再一次回去,发觉皂角树没了,问村人,村人说:砍了。二婶告诉我,秃子死了媳妇后,和媳妇的那个儿子合不来,儿子出外再没有音信,秃子一下子衰老了,五十多岁的人看上去有七十岁。他不戴帽子了,头上的疤红得像烧过的柿子,一天夜里就吊死在皂角树上,皂角落得泉边到处都是。这皂角树在涧上,村人来打水或洗衣服就容易想起秃子吊死的样子,便把皂角树砍了。

药树。药树在法性寺后的土崖上,寺殿的大梁上写着清康熙初年重建,药树最少在这里长了三百年。我记事起,法性寺里就没有和尚,是小学校,铃声在敲那口铁铸的钟,每每钟声悠长,我就感觉是从药树上发出来的。药树特别粗,从土崖上斜着往空中长,树皮一片一片像鳞甲,村人称作龙树。那时候我们那儿还没有发现煤,柴火紧张,大一点的孩子常常爬上树去扳干枯了的枝条,我爬不上去,但夜里一起风,第二天早晨我就往树下跑,希望树上的那个鸟巢能掉下来。鸟巢是可以做几顿饭的。

药树几乎是我们村的象征,人要问:你是哪儿的?我们说:棣花的。问:棣花哪个村?我们说:药树底下的。

我在寺里读了六年书,每天早晨上操完校长训话,我抬头就看到药树。记得一次校长训话突然提到了药树,说,早年陕南游击队在这一带活动,有个共产党员受伤后在寺里养伤住了三年,一九四九年后当了三年专员,因为寺里风水好,有这棵龙树。校长鼓励我们好好学习,将来也成龙变凤。母亲对我希望很大,大年初一早上总是让我去药树下烧香磕头,她说:你要给我考大学!

但是,我连初中还没读完,"文化大革命"就开始了,辍学务农,那时我十四岁。

我回到村里,法性寺小学也没了师生,驻扎了当地很大的一个造反派的指挥部。有了这个指挥部,我们从此没有安宁过,忽然有一天,一声爆炸,母亲赶紧关了院门,不让我们出去,巷道里有人喊:是炸药树了!等村人赶到寺后的土崖上,药树果然根部被炸药炸开,树干倒下去压塌了学校的后院墙……

村里人都傻了眼,但村里人没办法。到了晚上,传出消息,说造反派砍了药树的枝条,而药树身太粗砍不动也锯不开,正在树上掏洞再用炸药炸,队长就和几位老者去寺里和指挥部的人交涉,希望不要炸树身,结果每家出一百斤柴火把树身保全下来。

树身太大,无法运出寺,就用土掩埋在土崖下,但树的断茬口不停地往外流水,流暗红色的水,把掩埋的土都浸湿了,二爷说那是血水。

村人背地里都在起毒咒:炸药树要报应的!果不其然,三个月后,烽火台又武斗了一场,这个造反派的人死了三个,两个就是在药树下点炸药包的人……

我离开村子的那年,村人把药树挖出来,解成了板,这些板作了桥板就架设在村前的丹江上。

楸树。高达三十米，叶子呈三角形，叶边有锯齿，花冠白色。楸树的木质并不坚实，有点像杨树。这棵树在刘新来家的屋后，但树却属于李书富家。刘新来家和李书富家是隔壁，但李书富家地势高，刘新来家地势低，屋后的阳沟里老是湿津津的，很少有人去过。楸树占的地方狭窄，就顺着涧根往高里长，枝叶高过了涧畔。刘家人丁不旺，几辈单传，到了刘新来手里，他在外地工作，老婆和儿子在家，儿子就患了心脏病，一年四季嘴唇发青。阴阳先生说楸树吸了刘家精气，刘新来要求李书富能把楸树伐了，李书富不同意，刘新来说给你二百元钱把树伐了，李书富还是不同意。

刘新来的老婆带了儿子去刘新来的单位，一去三年没有回来。那时候我和弟弟提了笼子拾柴火，就钻进刘家屋后砍涧壁上的荆棘，也砍过楸树根。楸树根像蛇一样爬在涧壁上，砍一截下来，根就冒白水，很快颜色发黑，稠得像胶。我们趴在院的缝往里看，院子里蒿草没了台阶，堂屋的门框上结个大蜘蛛网，如同挂了个筛子。

李书富在秋后打核桃的时候从树上掉下来，把脊梁跌断了，卧床了三年，临死前给老伴说：用楸树解板给我做棺材。他儿子在西安打工，探病回来就伐倒了楸树，伐楸树费了劲，是一截一截锯断用绳吊着抬出来，解成了板。李书富一死，儿子却没有用楸树板给他爹做棺材，只是将家里一个老式板柜锯了腿，将爹装进去埋了。埋了爹，儿子又进城打工了，李书富的老伴还留在家里，对人说：儿子在城里找了个对象，这些木板留着做结婚家具呀。我也要进城呀，但我必须给他爹过了百天，百天里这些木板也就干了。

百天过后，李书富的儿子果然回来接走了老娘，也拉走了楸木板。而一天，刘新来家的堂屋倒塌了。

香椿。村里原来有许多椿树,我家茅坑边就有一棵,但都是臭椿,香椿只有一棵。这一棵长在莲叶池边的独院里,院里住着泥水匠,泥水匠常年在外揽活,他老婆年龄小得多,嫩面俊俏。每年春天,大家从墙外经过,就拿眼盯着香椿的叶子发生。

男人们都说香椿好,前院的三婶就骂:不是香椿好,是人家的老婆好!于是她大肆攻击那老婆,说人家走路水上漂是因为泥水匠挣了钱给买了一双白胶底鞋,说人家奶大是衣服里塞了棉花,而且不会生男娃,不会生男娃算什么好女人?

三婶有一个嗜好,爱吃芫荽,她在院子里种了案板大片芫荽,每一顿饭,她掐几片芫荽叶子切碎了搅在饭碗里。我们总闻不惯芫荽的怪气味,还是说香椿好,香椿炒鸡蛋是世上最好的吃食。

社教的时候,村里重新划阶级成分,泥水匠原来的成分是中农,但村人说泥水匠的爹在一九四九年前卖掉了十亩地,他是逮住要解放的风声才卖的地,他应该是漏划的地主,结果泥水匠家就定为地主成分。是地主成分就得抄家,抄家的那天村人几乎都去搬东西,五根子板柜抬到村饲养室给牛装了饲料,八仙桌成了生产队办公室的会议桌。那些盆盆罐罐都被砸了,院子里的花草被踏了。三婶用镰割断了那爬满院墙的紫藤蔓,又去割那棵香椿,割不动,拿斧头砍,就把香椿树砍倒了。

从此村里只有臭椿,臭椿老生一种椿虫,逮住了,手上留一股臭味,像狐臭一样难闻。

苦楝树。苦楝树能长得非常高大,但枝叶稀疏,秋天里就结一种果,指头蛋儿大,果把儿很老,一兜一兜地在风里摇曳,一直到腊月天还不脱落。

先前村里有过三棵苦楝树。一棵在村口的戏楼旁,戏楼倒塌的时候这树莫名其妙也死了。另一棵在涧上的一块场地上,村长的儿子要盖新院子,村长通融了乡政府,这场地就批给了村长的儿子作庄宅地。而且场地要盖新院子,就得伐了苦楝树,这棵苦楝树产权属于集体,又以最便宜的价处理给了村长的儿子。这事村人意见很大,但也只能背后说说而已,人家用这棵苦楝树作了担子,新房上梁的时候大家又都去帮忙,拿了礼,燃放了鞭炮。

最后一棵苦楝树在村西头,树下是大青石碾盘。碾盘和石磨称作青龙白虎,村西头地势高,对着南头山岭的一个沟口,碾盘安在那儿是老祖先按风水设计的。碾盘旁边是雷家的院子,住着一个孤寡老人。我写完《怀念狼》那本书后回去过一次,见到那老汉,他给我讲了他爷爷的事,他小时候和他娘睡在上屋,上屋的窗外就是苦楝树和碾盘,夏天里他爷爷就睡在碾盘上,那时狼多,常到村里来吃鸡叼猪,有一夜他听见爷爷在碾盘上说话,掀窗看时,一只狼就卧在碾盘下。狼尾巴很长,直身坐着,用前爪不断地逗弄他爷爷,他爷爷说:你走,你走,我一身干骨头。狼后来起身就走了。我觉得这个细节很好,遗憾《怀念狼》没用上。

这棵苦楝树是最大的一棵苦楝树,因为在碾盘旁可以遮风挡雨,谁也没想过砍伐它。小时候,我们在碾盘上玩抓石子,苦楝蛋儿就时不时掉下来,嘣,一颗掉下来,在碾盘上跳几跳,嘣,又掉下来一颗。述君和我们玩时一输,他力气大,就用脚踹苦楝树,苦楝蛋儿便下冰雹一样落下来。

苦楝蛋儿很苦,是一味药,邻村的郎中每年要来捡几次。后来苦楝树被人用斧头砍了一次,留下个疤,谁也不知道是谁砍的,不久姓王那家的小女儿突然死了,村里传言那小女儿还不到结婚年龄却怀了孕,她听别人说喝苦楝蛋儿熬出的水可以堕胎,结果把命丢了,于是大家就怀疑是姓王的来砍了树。

一级公路经过我们村北边,高速公路经过的是村前的水田,但高速公路要修一条连接一级公路的副道,正好经过村西头,孤寡老人的院子就拆了,碾盘早废弃了多年,当然苦楝树也就伐了。老院子给补贴了二万元,碾盘一分钱也没赔,苦楝树赔了三千元,村人家家有份,每户分到一百元。

这次回去,我见到了那个郎中,他已经是老郎中了,再来捡苦楝蛋时没有了苦楝树,他给我扬扬手,苦笑着,却一句话都没有说。

痒痒树。这棵痒痒树是我们村独有的一棵痒痒树,也可以说是我们那儿方圆十里内独有的树。树在永娃家的院子里,是他爷爷年轻时去山阳县,从那儿带回来移栽的。树几十年长得有茶缸粗,树梢平过屋檐。树身上也是脱皮,像药树一样,但颜色始终灰白。因为这棵树和别的树不一样,村人凡是到永娃家来,都要用手搔一搔树根,看树梢颤颤巍巍地晃动。

树和人在一起时间长了,不是树影响了人,就是人影响了树。五魁家的院墙塌了一面,他没钱买砖补修,就栽了一排铁匠蛋树。这种树浑身长刺,但一般长刺都是软刺,他性情暴戾,铁匠蛋树长的刺就非常硬,人不能钻进去,猫儿狗儿也钻不进去。痒痒树长在永娃家的院子里,永娃的脾气也变了,竟然见人害羞,而且胆小。当一级公路改造时,原本老路从村后坡根经过,改造后却要向南移,占几十亩耕地,村人就去施工地闹事,永娃也参加了,但那次闹事被公安局来人强行压伏,事后又要追究闹事人责任,别人还都没什么,永娃就吓得生病了,病后从此身上生了牛皮癣。他再没穿过短裤短袖,据说每天晚上让老婆用筷子给他刮身子,刮下屑皮就一大把。村人都说这病是痒痒树栽在院子里的原故,他也成了痒痒树。他的儿子要砍痒痒树,他不同意,说,既然我是人肉痒痒树,你把树一砍,我不也就死了。他儿子也就不敢砍了。

前三年的春上,西安城里来了人,在村里寻着买树,听说了永娃家院子里有痒痒树,就来看了要买。永娃还是不舍得,那伙人就买了村里十二棵柴槐树,三棵桂花树。永娃的儿子后来打听了这是西安一个买树公司,他们专门在乡下买树,然后再卖给城里的房地产开发商,移栽到一些豪华别墅里,从中牟利。永娃的儿子就寻着那伙人,同意卖痒痒树,说好价钱是一千元,几经讨价还价,最后以五百元成交,但条件是必须由永娃的儿子来挖,方圆带一米的土挖出。永娃的儿子那天将永娃哄说去了他舅家,然后挖树卖了,等永娃回来,院子里一个大深坑,没树了,永娃气得昏了过去。

永娃是那年腊八节去世的。

去年,永娃的儿媳妇患了胆结石来西安做手术,那儿子来看我,我问那棵痒痒树卖给了哪家公司,他说是神绿公司,树又卖给一个尚德别墅区,他爹去世前非要叫他去看看那棵树,他去看了,但树没栽活。

初人四记

一、记 喜

我们家是个大族,父辈兄弟有五:四人健在;大伯夭亡,死于噎食而不治。据说曾有一个婶娘,极俊,可惜没生没养,又熬不得寡,改嫁进东龙山孙家的门了。到我们这代,人口愈发兴旺,竟十男又五女,奶活着的时候,就已四世同堂。奶很迷信,说这是祖宗的阴宅好,每年十月初一清晨,必率众子众孙去坟头花钱了祭酒,祭酒了又花钱;到了腊月三十,黑漆的夜里,又去供灯添土,磕一个响头,再磕一个响头。又说是我爷爷生前积德所致,已经是死去八年的人了,每顿饭还要先盛一碗在灵牌前。那献供过的饭是绝不让我们孩子吃的,说是阴饭,寡了味道。我总不信,眼见着那饭并不缺不少;问奶,她只是解释魂灵用膳是看不见的,就自个吃了,说:"唉,你爷爷好没福分,一家人热热闹闹,他倒孤伶;我几时也该去陪陪他了。"一听这话,我娘就要说:"你老又说些什么话了!我爹哪会孤仃,他有老大在身边;何况他老人家阳寿的时候,是人面前走动的人物,到了那里也不会受冷落的。"奶也点头,却要说一通爷爷在世的人缘:如何为人正直,街坊四邻口角纠纷必要找他评是论非;如何处事公平,谁家红白喜事定会请他应酬料理。爷爷到底是什么模样,我不得而知,他没有一张照片,灵牌上有他的名字,我却一个不认识,只想象他一定是长长的脸,眼睛笑笑的。几年后,奶还是丢开我们,陪爷爷去了。我记得清楚,头一天晚上,她还搂着我睡,喂我一块离锅糖,她也含一块,没了牙的嘴,蠕蠕地动,末了还是用嘴送到我嘴里。第二天一早,我醒了喊她,不回答,我还以为她瞌睡哩,但谁知她早已死了。奶一死,大家大户又过了半年,后来就分开了,好端端的一个门的四间瓦房有了四个门。又过罢一年,三伯盖了新屋搬出去住,我爹也买了一座房子,我们住在村的北头。人一分居,心便为己,又为着老屋前后的几棵大树分配不公,几家伤了和气;古人说"树倒猢狲散",从此生分起来。各家的财物,用具,米面油盐,虽互有往来,但已是有借有还,几个大点的堂兄堂姐也来我家说笑趣闹,吃饭时却都借故走了;只有我最小,得天独厚,可以端着小木碗去各家吃喝。我那时聪灵,惹人心疼,伯父和婶娘故意不让我吃喝时,我就拿脑袋往墙上碰,这一碰,他们就都投降了。分家的时候,那条黄狗没有分,在各家吃剩饭,伯父便说:"拴子是第二条喂不熟的狗了,来了就要吃,吃了顺门走!"这些快活的日子,是我五岁半的时候享受的,屈指一算,那该是公元一九六四年的春天。

到了三夏,我患了一场病,险些没了;好起来再不发肿,也高长极慢,病蔫蔫的缓不过生气。到了冬季,耳朵都干起来,懒于走动,恶之荤食,常悄悄抠墙皮硬土偷吃。村里人都说我是个"荒"的,娘抱着我哭,求医拜神,末了以男占女位相冲;给我穿起桃红袄,印花的,有斜对襟,却和尚领;蓄一根辫子;脖子上戴了金锁银锁的缰绳。从此,我就叫着"瞎女"儿,在阳坡里晒暖暖的时候,一些老婆婆就喜欢拉我过去,一边在我头上吐些唾沫当发油，一边用筐子筐着虱，就骂道："你娘真笨，怎么不在这条老鼠尾巴上撒些药粉闹闹（毒毒）！"这期间，紧邻的三间房里，迁来了一家人，男的姓韩，单字名久，女的不知姓名；一个女儿也是六岁，她娘喊她是"花子"，像猫的名字，她也长得像只猫儿，圆圆乎乎的，拿大眼睛看人。这韩久原本也是村里人，转弯抹角推算起来，他奶和我奶的表妹还沾些亲，他一直在山里条子沟分销店工作，三十岁上和纸房沟一个寡妇成了家，作了纸房沟的上门女婿，现在全家又搬回来住。花子娘很嫩面，腰身长长的，奶子高耸，村里人都说漂亮，有些愤愤不平。后来有人说：哼，水蛇腰！众人就都说她眉里眼里有妖气。夫妻俩见人说话总是先笑，尤其对我们家更客气；客气反倒使我们不能太亲近。只有花子常常对我一笑，她娘一喊，却赶忙闪进门去。

她一个人在门前玩，用木棍儿搭架子，架得高高的，突然就拆了，然后再小心翼翼地搭。或者在地上用炭画画儿，画得很多，有她家的房子，也有我家的房子。还画了我：头很大，身子却小小的。我不愿意，坐在家门口，一边用手抠墙上的硬土吃，一边唾她，唾沫也是泥水点儿，她就骂一句：土老鼠。

"你是土老鼠！"

"你是土老鼠！"

两人隔着墙角儿厮骂，她嘴快，我骂不过，又懒得走过去打她，卸了帽子掷过去；没有打着，却露出了我的小辫子。

"你不是土老鼠，为什么把老鼠尾巴长在头上？假女子！"

她给我做鬼脸儿笑，闪进门去的时候，还白了个红眼。我气得蛮哭，回家来一定要娘将辫子剪了，也不肯穿那花袄。娘好说歹说，末了不让我再理花子。以后每天早晨，娘去上工，就拿一篮子洋芋放在门口，让我一边守家，一边用刀子刮洋芋皮。我一坐下来，就听见花子在唱，瞧见她也坐在门口刮洋芋。她向我招手,我不理。

"瞎女,你来!"

"我不和你玩!"

"我给你剪辫子,你不来吗?"

我挪脚过去,咔嚓,她一剪子将小辫子剪了。我将辫子要扔到阳沟去,她捡起来,拉我到村头王家爷那儿换吃了离锅糖。

"你还叫我假女子吗?"

"我不叫了;你怎么谢我?"

"我给你刮洋芋。"

"你叫我姐姐!"

"我和你一般大。"

"我让你叫姐姐就叫!"

"姐姐。"

没了辫子,娘生了气,逼问是谁剪的,我说:"花子姐姐不让说是她剪的嘛。"娘要跑去吵架,爹把她劝住了。爹是父辈里年纪最小的,读过旧社会的县立中学,后来就一直在学校教授语文。他的声音很高,读着唐诗的时候,抄着手,摇头晃脑;学校离家十里,星期六下午回来教我背唐诗,却一脸严肃,每每背不下去,他就拿眼睛死死盯着我,那眼镜片子一个圈套着一个圈,像烧酒瓶底,我不敢走动,流着眼泪再背。我一向是怕他的。娘向他告了状,我只说爹又该打我了,他却扬过手来,一捏,捏住我的鼻子,将鼻涕擦去了。

"瞎女子,你要当男子汉了吗?"

"嗯。"

"好了,一条辫子哪能就防止了病灾祸难?! 去吧,'两个黄鹂鸣翠柳,一行白鹭上青天',背十遍!"

我真感激爹,将杜甫的诗背了十遍,每一遍眼睛都闭着,但终不知道黄鹂是什么鸟儿,想问他,又不敢。

以后我更加到花子家去,花子娘就时常留我吃饭,她家喜欢吃揽饭。揽饭者,三分之一绿豆,三分之二北瓜,在一起微火炖烂,颜色呈紫红色,食之甜而不腻,干而不噎。我觉得好吃,让我娘过去请教做法,娘也慢慢和那女人谈得很拢。只是那女人特别爱好看戏,乡里戏少,逢年过节才演,而且这个村演场,就转到另一个村去了。花子娘就早早吃罢晚饭,头上抹了油,摇摇摆摆撑着去看,样子像水上漂。她在戏台下看戏,戏台下就有好多人看她。忽一日,听到消息,原来花子娘是日本人。风声传得很快,好多人都到她家去,或者是借火抽烟,或者是讨水喝,全想听她讲些日本话,但她从未说出个听不懂的语句。讨一个外国人的老婆,稀罕是稀罕,却毕竟被村里人看作不光彩,于是花子爹的威信就降了。他在村里,辈分也算很高,便谁也不肯承认,久而久之,他也不敢这么认为。也为此,在我以后长大,弄起文学,总想为他写个传略,就怕冒犯了他们韩家的族中老者,写杂记吧,又觉得对他不恭,等读过一本《源氏物语》,知道日本人称杂记为物语的,就用过《韩久物语》的题目,既避嫌疑又觉文明。这是后事,当时,这女人的来历被人知晓后,村里人都叫花子是"二转子",含杂种的鄙夷之意。花子就显得很羞。

我曾经问过我爹:花子怎么会有这样个娘呢?爹讲了:日本侵略的时候,纸房沟张家的爷爷是做生意的,去河南荆子关贩水烟,不想遇着八路军和日军在那里打了一仗,日军全部消灭,一个随军生的女孩就流落在山里一户人家。民族再大的仇恨,小孩毕竟是可怜可爱的。张家爷爷以一个铜板买下,用箩筐挑回来,那时女孩刚刚五岁,作了他家的童养媳。丈夫死后,张家绝了根,她便跟了韩久了。

我再不嫉恨花子母女,脚步儿更勤地去她家,花子娘使劲亲我,给我熬栗子汤吃。栗子是花子爹从山里带回来的,花子每天是要喝一碗的,我去后,她娘就在汤里加了五倍子,喝过一个冬天,我慢慢再不吃土,身骨一天天强壮起来。我娘乐得像念了佛,将我家的一只母鸡送给她们。她们并没有杀了吃,因为花子娘在鸡尾股里摸着了有蛋,就养着,一下蛋,就让花子去自留地掐些韭菜、葱花,在铁勺里炒了喂我们吃。村后边是一条公路,路那边有一所小学,我们去自留地的时候,总要趴在教室的后窗台上往里瞧。花子极聪明,竟因此背诵了好多课文。一下课,学生们就跑出来,一边拿眼光看她,一边喊:"打倒日本帝国主义!"她就也喊,喊得更起劲。后来,不知怎样,学生中有人说外国人都有狐臭,花子也有,一见面就捂了鼻子跑。她哭着去寻老师,让老师闻她的腋下,要给她平反昭雪。为此,日本女人还到学校来过一次,学生们都热闹地看,花子第一次对母亲发了脾气,从此再不到学校去,只是要我将爹教的唐诗再教给她。秋天里,我家收了好多玉米棒子,爹回来帮娘剥颗儿,她就来了,一边给我家剥着,一边央求爹教唐诗,一直剥到子夜,月光清幽幽的,露水也潮了上来,看见屋檐上的蜘蛛网也明亮亮的,像水银织就。爹教李太白的"床前明月光,疑是地上霜。举头望明月,低头思故乡"。她背熟了,突然站起来说:

"叔叔,婶婶,我要回去了。"

"再玩一会吧。"

"'举头望明月,低头思故乡'。我想我娘了。"

一家人就都笑起来,爹击掌叫道:

"学习就要这么个学法,融会贯通,举一反三,这样学得活,也记得牢了。"

说罢,爹拿眼睛死死盯我,我害怕他又该骂我,心里却很是嫉妒起花子。

那时候,耕种自留地,都是人拉犁的,星期六韩久回来,三人都下田了,日本女人将绳背在肩上前边拽,韩久在后边扶犁,花子总是过去帮娘,也拉了一绳走在娘的前头。韩久是个大高个子,鼻子红红的,休息的时候,手脚摆开在树下睡觉,花子和她娘就回去做饭,然后用瓦罐提来。走到村口,我们几个男孩在玩"老爷台",将一个粪堆作为阵地,上边一群,下边一群,几番进攻,几番退却。见花子过来,就向她招手,她将手中的菜碗交给娘就来了。一个男孩说:

"好了,你是日本人,你就来当鬼子兵,我们当八路军!"

"谁是日本人?我也要当八路军!"

"死了死了的有!"

"你才死了死了的有!"

两厢就吵起来,结果大打出手,她竟将那男孩打得嗷嗷叫。以后谁也不敢惹她了。

春节里,乡里举行社火集会,镇子分十六个生产队,队队都要出一台。这是大人们玩耍的事,我们做孩子的就更热闹。社火是在一面桌子上安铁打的芯子,然后将小孩装扮成各类戏文里的人物,捆在芯子上,穿上衣服,做出极巧妙的造型,然后八人抬起,威威乎,浩浩乎,招摇过市。谁家的孩子可以上芯子,这是极荣耀的事。吃罢早饭,我们都到公房里去看大人们张罗。这一年,果然就选中了我和花子,我当的是许仙,她当的是白娘子。她的造型特绝,高高在上,一只宝剑上站着是我,一只跃起的脚下,用一条铁丝吊着法海。法海是一个一岁三个月的小孩当的,他一上芯子就瞌睡,流着鼻涕。锣鼓敲响,我们被抬着出了村,十六个村的社火集中从街道拥过,我看见花子娘扯着我娘,在人窝里挤着,撵着社火跑。她头上又是抹了油,穿一双白粉刷过的鞋。我就对花子说:

"姐姐,你娘来了,你娘来了!"

"谁是姐姐,我是白娘子!"

"白娘子,你娘……"

"许仙,不要说话!"

这话却让下边的人听见了,一哇声地取笑。

闹了一春节的社火,村里人再不叫我们名字。一见面就说:"白娘子,你的许仙呢?""许仙,白娘子在家吗?"我们倒不理会白娘子和许仙的关系,从此也这么称呼起来。她可以用手帕叠好多玩意儿,尤其是那老鼠,能在手里一跳一跳的,有时把猫儿抱来,连猫儿还以为是真的呢。我玩不过她,就捉真的老鼠,用煤油浇了,在夜里用火点着,逗着猫儿去追,那老鼠成一个火团,跑得极快,竟钻进她家的柴垛里,引起了一次火灾。娘狠狠打了我一顿,花子娘倒过来安慰,待我更比先前友好。每次村里看戏,就让我和花子早早搬凳子去占地方,凳子搬去到开戏,足足有三个钟头,我们一步也不离。戏开了,她娘和我娘提了火炉来,站在场外大声叫喊,然后挤进来。戏对我们并没有吸引力,最烦的是出来旦角,坐在那里咿咿呀呀地唱,我们就挤出场子去玩。场子外小吃很多,我们顶爱去看卖烧鸡的,那是一个秃子,白日里从不卖烧鸡,晚上点一个灯笼在案盘上,帽子压得低低的,那长着一圈稀稀胡子的嘴巴不停地叫喊。我没有钱,花子搜遍全身,只有一个五分硬币,那秃子卖给我们一条鸡舌头,她吃一半,我吃一半。我就又钻进场子向娘要钱,娘却不给,我就生了气,再不理她,她见我可怜了,说:"给一角钱,吃去吧!"我偏赌气说:"不要!""不要就不要嘛。"娘将钱又收了。我再钻出场子,花子还在那里等我,两个人站了一会儿,都没说话,她拉我要到后台的窗子上看唱戏的去。

戏台是在一个庙台子上,绕过庙后的麦田,我们看见高高的后墙上有个闪亮的窗子,但无论如何却不能上去。我爬旁边一棵柳树,却意外发现树杈上有一个鸟窝,窝里有三颗鸟蛋,喜欢得锐声大叫。一颗噙在口里,两颗装在口袋,从树上溜下来,口袋的两颗都破碎了,蛋汁流了一衣服。

"咱们去烧蛋吃吧!"

两个人跑到队里的石灰窑上;窑上的人都去看戏了,那里堆着一堆石灰,我们将鸟蛋埋去,然后让她背了身,我在石灰上浇一泡尿,石灰滋滋地冒起热气,不大时间,鸟蛋就熟了。我们正分着吃,有两个人向窑场走来,忙在草窝里藏了,听见来人说:"好像有人,是偷石灰的?""哪里,你眼看花了吧!"两个人一走,我们猫身就逃,一直到了戏台下,笑得"嘎儿、嘎儿"响。

夏天的夜晚睡觉迟,在家里听大人说话无聊了,我们就去门前那一片竹林里。竹林并不大的,却十分茂密,钻进深处,一根一根竹子异常清奇,高高撑起一层竹叶的绿。无风的时候,这绿是静止的,如寂寞的云,各种鸟儿看不见,却在云里各呈其韵,如仙乐自天而下。稍一风动,那绿就游悠不停,无嘎喇喇之声,但一声儿价森森,使人满心满怀都津津生凉了。出奇的还有一条细水,水旁有一块仄石,卧牛的模样,我们爬上翻下,听那竹韵。听得久了,就不明白那清韵是在哪里蓄着?我说是细水带来的,细水在林中转九个曲儿,竹的清韵应是水的流音。花子说是竹子本身发出的,因为竹子是空的,里边全蓄着清韵,风一振摇,就抖出到每一杆枝,每一枝叶。我不信,她就砍下一节竹来,用烧红的铁丝在上面凿了眼儿,一吹呜呜地响。我觉得惊异,回家问过爹,爹很是夸奖了她。于是我什么都信起她了。

她曾经问:

"你说,树上的苹果为什么一边是绿的,一边是红的?"

"那是太阳晒的。"

"那地里的红萝卜太阳没晒怎么却还是红的?"

我回答不上来。

"你说,每天早上,鸡一叫,天为什么就亮了?"

"那是鸡把太阳叫出来了。"

"那今年我们将鸡都杀了,天怎么还亮呢?"

我还是回答不上来,问她,她也回答不上来。我们去问她娘。她娘说了好多,都不能服我们,说:

"听大人话,大人是不会错的。"

她说:

"我将来也要作大人的,我也是不会错的了?"

她娘无言可对。

这一个夏天,我们玩得最快活,在仄石下烧过蘑菇吃,也将生柿子摘下来在竹林的草窝里藏了,过七天八天去吃软柿,常常玩得累了,卧在仄石上睡去。竟有一个黄昏,将帽子遗忘在那里,第二天去捡时,那草帽高高顶在一人多高的地方,下边是一只直直的竹笋。

到了八月,庄稼都熟了,把村子都遮住了,田边的路变得瘦瘦的。八月十五的夜里,有"偷娃娃"的风俗,是:如果某某媳妇不生养,四邻有人就去地里偷摘些西瓜、甜瓜、北瓜、葫芦,或者苞谷棒子,悄悄塞进那媳妇的被窝里。这本是大一点的孩子干的勾当,我们也参加了,觉得有趣。花子对我说:"你让你娘给你再生一个小妹妹吗?"我点点头,她说:"咱给你娘偷一个吧。"我们便偷了苞谷棒子塞在娘的被窝里。第二天我说:"咱们也给你娘偷一个吧,让她生一个小弟弟来!"两个人跑到西瓜园去偷。管瓜园的是一个老头,七十多岁了,没妻没子的,年年为队里当看守,冬管菜地,夏看瓜园。我们猫腰溜到园边,开始在畦垄间爬动,生怕弄出响声。花子让我蹲下观察老头,若一有发觉,就打口哨。我盯着那边的庵棚,看见老头在那里吸烟,一点红光。一明一灭,突然跃了跃身,但立即又安然端坐了,依旧吸他的烟。花子已经摘下一个瓜儿,向后一步步退着,一到地边,我们唰地就跑;到了村口,才发现那瓜极小极小,而且是生的。我们就准备第二天重又去偷。于是,又是我站岗,又是花子爬着前去,退着出来,那老头又是依旧吸烟,一动不动。这个瓜比头一夜的大多了,抱回来塞在她娘炕上,高兴得我们大呼小叫,又嘲笑那瓜园老头傻,竟一点未发觉我们。

"我们明日去瞧瞧这傻爷爷。"

"他真傻,只知道抽烟。"

等我们到瓜子园,老头把我们叫进庵,切了几个西瓜让吃,我们一边吃,一边笑。老头问笑什么,我们横竖不说。然后他让我们拔拔瓜园的草,却摘下一个大西瓜放在地边。问这是为什么,他说:

"晚上来摘瓜不方便啊!要么摘瓜的人紧张,我也紧张,又尽摘些不熟的瓜呀!"

我们脸唰地红了,知道他一切都知道了,当下就逃走,他却哈哈笑了。我们忙向他赔罪,又讲了偷瓜的用场,并撅了屁股让他来打,他却一下子把我们抱起来,放在庵里的床上说:

"爷爷怎么舍得打呢?我盼你们常来哩!"

"我们再不敢偷瓜了。"

"听故事吗?爷爷一肚子故事呢!"

这使我们大出意外,当下就让他讲,他果然讲了好多。但每次开头,总是"从前,石头山上有一个石头洞,石头洞里坐着一个石老头在说故事,说:'从前,石头山上……'"然后就打个哈欠,说:"我该去园里拔草了。"于是,我们就帮着去拔草。这么几个月里,我们天天要去那庵里一次,每一次他一开口:"从前,石头山上有一个石头洞……"我们就说:"爷爷,咱们一边拔草,一边说吧。"听得高兴的时候,我就在地上翻几个跟头。到了腊月,瓜园里长满鲜活活的大白菜,每棵白菜都已经用绳儿捆了,上边还压一块土疙瘩,看守的老头却死了。他患的是直肠癌,先浑身发燥,以为是热病,将头发全剃了,后来就拉血,拉得很多,一检查,已经到了晚期,十天后就没了。我们大哭了一场,在他的坟头上,花子说:"爷爷,我们看你来了!"我说:"爷爷,我再给你翻几个跟斗吧。"说罢就翻,额头上碰了个疙瘩。

老头死后,我们常做梦到他的瓜园去,醒来就哭,娘听了巫婆的话,削了几个桃木橛钉在老头的坟上,说是不让他阴魂纠缠。我和花子悄悄去拔了,对着坟说:"爷爷,我们也开个园子,你来给我们看守吧。"就在花子家门前开垦了一片地,我们种了菜蔬和花果。果然菜长得很嫩,花儿也开得红也是,白也是的。花子娘也觉得奇怪,说我们能干,我们知道这全亏有爷爷灵魂在看守着。冬天里,我喜欢雪花,曾经偷偷扫了一堆种下去,但没有收获。后来,在我生日那天,娘交给我和花子各一枚仙桃核,说夜里含着睡了,若梦见桃树开花了,长大就会幸福呢。但我晚上没有含,想实实在在看到那仙桃花,就悄悄起来去园子里种。没想花子也正在那里种桃核。我们都保守了秘密,不让大人知道,暗中要比谁的桃核先出苗,先开花。结果,一个月后,苗儿就长了出来,后来,又都开了花,她的花是红的,我的花是白的,当然这又是四五年以后的事了。

最使我们无虑无忧的,是在田野里放风筝。风筝飞得老高,我们牵了线在地上跑,眼睛看着空中,脚高步低,常常跌倒。风筝飘过村庄,飘过学校,一直到了埋我奶的坟地上空,在那里静静浮一阵,又到长着一片柿树的牛头坡根下去了。那里有一个水塘,水不深的,藻类丛生,青蛙正产卵,新出生的蝌蚪如墨点儿,一团一溜地蠕蠕地浮动,像喝醉了酒。风筝走过了,水里划过一个影子;突然线儿绷断了,袅袅往云天上逝得无踪无影。我们都丧气了,坐在地上不动。抬头看看天,低头看看

塘,我说:

"它走了,它还会回来吗?"

"它到天上去了。"

"天高吗?"

"天高。"

"天是什么呢?"

"天是什么都没有。"

"就像这水一样吗?"

"是一样的吧;没有鸟儿,没有鱼儿,它们就一样了。"

"风筝一定会变成鸟的。"

"那一定会的。"

我们心情又好起来,以后再做风筝,有时故意就丢开线。每每一看见有什么大鸟儿飞过,我们就要说:这只鸟儿是我们的风筝变的。

这日子过了不久,娘就不让我们尽去玩,因为到了春天,青黄不接,家里茶饭一天比一天稀薄起来,我们就提了篮子四处去剜野菜。田野里剜野菜的人很多,打萝儿花、灰条,刺碟已经剜不到了,我们到牛头坡后的树林子里去捋嫩柳芽儿。有一次,已经黄昏,我们还没有走出林子,月亮就幽幽地上来。林子里地很湿,发现了一丛猪耳朵菜,一拔起来,下边的小坑坑里立时就注满了水,那月亮就浮在里边。这真是新的发现,就分头挖起坑来,比谁能挖出个月亮来,结果,她挖出了十个,我挖出了八个,等记起要回家了,突然迷了路,两个人都吓得哭起来,直到我娘和花子娘变脸失色地呐喊着寻来,才将我们领了回去。

这一次受惊,娘并没有责骂,回家吃过胡辣汤后,就领我们在院子里转圈,前边是花子娘,后边是我娘,我和花子在中间,一人提一个灯笼,她们喊:"回来了——?"要我们应:"回来了——!"说是招魂。直闹过一个

时辰,夜里让花子和我睡在一个被窝里。两个娘就坐在炕沿说话:

"这两个孩子,倒合得来。"

"怕有缘分哩。"

"如果你不嫌弃,将来了,让瞎女子做了你的女婿。"

我听见了,爬起来说:

"娘,什么是女婿?"

"就是给你娶媳妇,你愿意不愿意?"

"媳妇打人吗?"

她们就都笑起来。

后来,这话就传了出去,村里人一见面就说:"瞎女子,你给花子做媳妇了,你们什么时候结婚啊?"我先不知道结婚是干什么,不久村里有一家人结婚,锣鼓叮叮咚咚敲,人来得很多,一男一女都穿得新新的,还戴了花,跪在中堂下一张席上,有人喊:"一拜列祖!"双双磕一个头;喊二声:"再拜父母!"又一个磕头;三喊:"夫妻对拜!"还是一个磕头。我觉得好玩极了,有一次在地头拔草。我突然记起了这事,对花子说:

"结婚真好,有新衣服穿,能吃肉;咱们也结婚吧。"

"不,结婚要戴花哩。"

我去摘了两朵苦菜花,在她头上插了一朵,在我心口的扣子上别一朵。我们手拉着手站着,我喊:"一拜列祖!"就忙磕头;站起来又喊:"二拜父母!"又磕头;到了"夫妻对拜!"因为跪得太近,两个头碰在一起。偏巧让路过人瞧见了,笑得瘫在地上,又在村里说,人人一见面就笑。也不知道什么原因,我知道了羞耻,脸臊得像红布条子。

从此,花子也不肯多到我家来玩。果然是我们偷的西瓜的原因,不久,她娘肚子大起来,就到花子爹工作的条子沟去住,花子也随了去。

二、记　怒

　　我又恢复了呆性儿,虽然再也不去偷吃墙皮硬土,却是觉得困,不喜欢跑着去玩去闹,爱一个人在什么角落静静地坐着。山墙根种了株葡萄,在春天的时候,它就抽出枝叶,秋天里,就沿着一条绳儿爬过檐头。我已经知道它的每一个叶子是怎么长大的,尤其那细细的枝茎儿,像小虫儿一样曲着身子,只要一触到墙头的砖瓦,立即就卷起来,卷得那么紧,掰也掰不开。我把这枝茎儿叫作葡萄树的脚。自花子到了条子沟,她常让她爹回老家时带给我好多画,我也就开始画这葡萄树回送给她。我画葡萄树脚的时候,就画成了鸟儿的脚,因为门前的电话线上,常常落着一群麻雀,那一双脚就那么蜷在细细的电线上,风再大,将羽毛翻得乱糟糟的,却不肯掉下来。娘看了我的画,骂我乱画,爹却说好:"这孩子有想象力哩!"每个星期六的晚上,他让我坐在山墙下,看月光下葡萄树投在墙上的影子,然后去画。墙上的树影,叶子疏疏的,密密的,藤蔓在中联络。这样画起来,我的兴趣就大了。我还画了好多花子一家人的画,有一幅画上,使花子没有腿,却画成一条蛇的尾巴,使她娘的肚子很大,肚子里装着一个西瓜,花子爹的鼻子,画了一个辣椒,嘴上叼了个很大很大的烟袋,还画了一根肠子,用铅笔涂得又粗又黑。娘就又说我糟蹋纸张。我和娘争论,说:"花子当过白娘子,白娘子就是蛇嘛。花子娘一定会生弟弟的,因为我和花子偷过西瓜塞在她娘的被窝里的。还有花子爹,为什么鼻子一年到头都是红的,辣椒才是红的哩,你们总说他爱吃烟,会把肠子熏得黑黑的,为什么不能画根黑肠子呢?"

　　有时我坐在门口,往远远的地方看,最远的就是南岭,南岭顶高极了,很少有人上去过,天放晴,顶显得很清楚,可一旦生出雾来,像戴了帽

儿一样了,很快天就要下雨。我总是问娘:

"站在那山顶上,能摸着太阳吗?"

"摸不着。"

"那上边一定离太阳近吗?"

"近。"

"那比这里暖和吗?"

"冷哩。"

"怎么会冷?"

"怎么会不冷?!"

山上有很多山羊、麝、狐狸,常看见有人提着枪在那里跑过,偶尔也就看见麝的模样被人追着,在山岩上一闪而去,接着有沉沉的枪声。我就又问起娘:

"为什么要打麝呢?"

"麝有麝香。"

"那它为什么要长麝香呢?"

"香呗。"

"它不知道有香就要被打吗?"

"我是麝吗,我怎么知道?你这孩子,是中邪了,脑子尽想些什么呀!"

我越来越不喜欢我娘了,她总是骂我,往往天一黑,就逼我上炕睡觉,我睡不着,而且眼睛一闭,就出现奇奇怪怪的狗、牛、蛇、树,还有各种人物,脸上五颜六色,一齐向我跑来。后来竟患了夜游症,半夜里一个人就下炕出门,到门前的竹林边去。那里有好多蛐蛐在叫,就是不知在什么地方,有几只萤火虫飞来飞去,我捉起来,捉了一握,带回来装在一只小瓶子里,又一个人爬上炕去睡了。第二天醒来,却什么都忘了。这事可把娘吓坏了,她晚上再不敢瞌睡,等我再去捉萤火虫,她就尾随着。到了家,拉住我问,我似乎才醒了,依稀回忆起出游的事,却不允许娘倒了瓶子里的萤火虫。天明来看,那萤火虫并不见光亮,我问:

"萤火虫为什么不亮了?"

"白天里哪会亮,它在夜里才亮呢。"

"我是昨天晚上装的,装萤火虫的时候,黑夜也是装进去的啊!"

娘听了我的话,哇地哭了,说我越发中邪得厉害,捎书带信要我爹回来,送我去医院看病。爹却说没事,摸着我头说:"你喜欢去上学吗?"我说:"喜欢。"他对娘说:"这孩子没有人玩,一个人太孤单了,我领他到我那儿去,在一年级当个旁听生吧。"我便到了爹的学校。

爹的学校是在一个镇子上,很大,左边有一条深深的河。河上架有一座石拱桥。站在桥上往下看,水面就有桥的半圆的倒影,像是这桥原本是个满圆,一半在水上,一半在水底。爹把我送到一年级旁听,班上的同学都叫我"菜籽"。有一次正上课,要小解了,又不敢走出去,结果尿湿了裤子,就再不愿意去坐教室。等爹一去上课,我背几句唐诗,就跑到桥头玩,我认识了一只红嘴巴的鸟儿,不知道它叫什么,几天里总是在桥头的树上叫;喊它,它不来。它只给我说,我又听不懂。我猜想它是没了爹娘,哭得怪伤心的,每次就抓了些馍花儿放在桥栏杆上,让它去吃。后来,柳树就开了花,一团一团的,像绒絮,我捉住一朵,高高托在手心,轻轻一吹,它就飞了,我便又去捉,捉了又要放,一直到黄昏,学校的钟就响了,在水面上颤悠悠地飘过。这钟挂在那棵杨树上,一天要敲十几次。我问爹:

"每天敲十几次,到处都能听到它的声音,这声音在哪儿呢?"

"是在钟里。"

"声音都敲走了,这钟不折吗?"

"不会折的。"

"为什么敲不折呢?"

爹就笑了。爹回答不上来的时候,总是笑笑,他比娘好,不骂我中了邪。

晚上,爹常在灯下写字,他字写得很小,密密麻麻的;写着的时候,不许我说话,让我也在床上写字。他对我的字总是夸几句,但从来不细细来念,对他的字却看一遍又一遍再念一遍。常常有人敲门,喊一声:"报告!"他应:"进来!"就进来一个两个学生,我给他们挤一个眼,他们还我一个眼,爹一看他们,他们脸色就立即静下来。他们怕爹,我不怕爹。有一次爹不在,又有"报告"声,我便说:"进来!"进来的是一个女学生,先鞠了个躬,一抬头看见是我,生了气,说:"你充老师!"我说:"谁充了,我将来也要当老师的!"那女学生走了,我好得意,不慎将墨水瓶撞倒了,只剩下小半瓶,我慌了,忙将脸盆的水掺进去,爹回来写字,一蘸墨水,淡得写不成,问我,我说不知道,那女学生又来告了状,爹揍了我一个耳光。

爹揍了我,我并不反感他,而更加听他的话,也不再到桥上去了,整日拿了粉笔在操场地上写字,写一片,又一片。到了期末,一年级老师要吸收我为正式学生,爹已经为我买了书包,订了作业本,但不知怎么,他却把我送回家来。我问他这是怎么啦,他不肯说。我就每一星期六在村口等他回来,但是,两个星期六,他都没有回来。而且娘常常夜里哭,我挺纳闷,身子一翻,她倒噤了哭声,问道:

"你没睡着吗?"

"娘也没睡着?!"

"我看月亮哩。"

月亮是个半圆,正从窗棂里照进来。

"娘,你说月亮像什么?"

"像个梳子。"

"那太阳呢?"

"像个镜子吧。"

"娘说得真好。"我记得爹以前给娘买了镜子和梳子,娘很喜欢。"娘,那我爹买了太阳和月亮给你了!"

"唔,你也想你爹?"

"想,娘想吗?"

娘却抱住了我,我感觉她的脸湿漉漉的。

"娘,你哭了?我爹回来了,看见你的眼睛多不好看。"

"我不哭。"

娘给我笑了一下,月光下苦涩涩的。

过了半个多月,突然家里来了人,交给娘一张纸条,娘看了脸唰地煞白。忙叫我出去玩,当我回来,娘正在葡萄树下挖坑,然后用油布包了好多书放在里边,我一回去,忙动手填土,问我看见了什么?我说:"你在埋书。"她击了我一拳头,唬道:"你什么也没有看见!"我只好说:"娘在那儿埋书,我没看见。"娘又提起了拳头,却一把拉我进屋,流着眼泪说:"你爹受批判了,人家可能来抄家;这些书是你爹的命根子,抄去就会烧掉的,你千万不敢向外人说。"我给娘保证,却不知道批判是干什么。娘却不愿再说下去……外边一有动静,娘就关了门,不让我出去,她靠在门后,浑身簌簌簌地抖。一次我跑出去,村里有人对我说:"你爹是牛鬼蛇神!"我说:"你爹才是鬼!"那人又说:"你不信?你爹怎么没回来?!在他们学校游街了,是坏人!"我跑回来,问娘:

"我爹是坏人?"

"谁说的?"

"村里人说的,说我爹游街哩。"

娘突然呆在那里,泪水长流。我说:

"我爹怎么是成了坏人?!"

娘一下子扇了我个耳光,叫道:

"你爹哪儿是坏人?他不是坏人,他不是坏人!"

我哇地哭起来,她却把我抱住,擦我的眼泪,不让我哭,说:

"娘打疼你了吗?"

"没。"

"你恨你娘吗?"

"不。"

"恨你爹吗?"

"不,爹不是坏人,是好人。"

"爹是好人。"

"爹能回来吗?"

"会回来的。"

"什么时候回来呢?"

"那日历撕完就会回来吧。"

日历是爹从学校带回来的,已经撕过了多半;还要撕完爹才能回来,我就搬凳子上去,将日历一页一页全撕下来。娘一回来,我就说:"娘,我爹要回来了!""听谁说的?""我把日历撕完了!"娘无力地打我一下,却抱住我又哭了。正哭着,爹真的就回来了,他头发老长,衣服皱皱巴巴的,胡子几乎把嘴巴都要罩住了,在门口说:"哭什么呀?"我和娘抬起头来,几乎都呆住了,谁也没有动,也不说话。突然娘扑过去,抱住爹放声大哭,爹说:"孩子在哩。"就过来抱了我,还是用胡子扎我的脸,将我逗得咯咯咯地直乐。这天夜里,他一直和我玩,要我写字让他看。我写一个,就要求他满足我一个条件:买水果糖呀,让去上学呀,要他多回家来呀,末了就爬在他的背上,要当马儿来骑。娘只是在一边擦眼泪,爹就瞪她,我告状说:"爹好好的,娘偏在家老是哭。"爹说:"你娘没出息,她要再哭,你就羞她,好吗?"从那以后,爹每天晚上都回来,天一明就又走了。在村里,一些人见了我,都说"可怜见的"。可去找孩子们玩,大人们却总是赶忙叫了他们孩子回去……但是,爹一回家总是笑笑的,和我玩这玩那,便觉得村里人说得不对。过了几天,爹就没有回来,通知让我娘送饭,娘每次去,总是哭哭啼啼地回来,隔几天给爹换洗衣服,就在门前青石头上捶平,那棒槌总提不起,常常发着愣,或者衣服已经掉在地上,棒槌还在石头上空打。以后,娘去送衣服,却都将第一个扣子铰了,我问她:"铰了干啥?"她说:"批斗会上,常要绳捆索绑,系了这扣子,会憋着脖子的。"我当时吓得浑身发冷,也要和娘一块去,娘将我反锁在屋里。我从窗口逃出来,往公社大院里跑,出了村口,却被一群孩子围住。他们在玩"打架子",将几节柴棍支在那里,然后在一定距离里掷打,击倒者赢,否则为输,输者就趴地学狗叫。但他们掷打一下柴棍,叫一声:"打倒某某某!"竟喊着我爹的名字。我便也喊:"打倒某某某!"是喊我爹名的那个他爹。我们就争起来:

"我爹是贫农!"

"我爹也是贫农!"

"你爹是孔老二!"

"你爹是孔老三!"

他扯住了我的头发,我揪住了他的领口,势均力敌,我们相持起来,孩子们大叫:打起来了! 就有那孩子的父亲过来,将我一个巴掌打倒在地了。正好我娘送衣服回来,那人就训道:"你们到什么时候了,还这么要强,是你让你的孩子打人吗?"娘不容我分说打了我一拳头,给人家赔不是,拉我到家关了门,却抓起我的手往她脸上打,说:

"你打娘,你打娘!你怎么敢打了人家!"

"是他要打倒我爹。"

"听娘话,让他们说去,骂去!你不敢惹事,人家把你打坏了,娘怎么活啊!"

说罢,娘哭,我也哭,哭成一团,晚上没吃饭就睡了。从那以后,她常将我看守在家里,我就在门前挖一个土坑,将一个石头上画了那孩子爹的样子,埋进去,又堆一个小丘儿,当作是坟,咒他爹是打倒了,而且死了,臭了,埋得深深的了。这时候,韩久却回到村子里,我已经有很久没有见到他的面,他依旧还是个红鼻子。娘问起花子娘俩,他说:花子娘已生了个儿子,花子在那里帮着哄娃娃哩。一提起花子,我就嚷着要她回来一块玩,韩久就对我娘说:

"他爹的事我都知道了,你也不要过分伤心,现在挨批判的人很多,不是他一个人啊。"

娘说:

"大人受些罪也就罢了,只是孩子还小,受人欺负,对孩子将来不好。"

韩久说:

"我就为这事来的,这瞎女子怪聪明的,将来必能成事,看样子,他爹这辈子要黑了,可不能让孩子背了黑锅。我和花子娘商量了,如果你看得上我们,我想将孩子的户口要过我们家,孩子当然也是你们的孩子,换个家庭对孩子好哩。不知你悦意不悦意?"

娘当下沉吟了半晌,坐着流眼泪。

韩久说:

"我们这想法或许不妥,叫你伤心了。"

娘说:

"他伯,难得你们这般心肠,到了这步田地,倒还为着我们好,我和他爹该怎么谢你们呀!我哪里还有不悦意的?"

但是,关于转户口的事,大队部不允许,还训斥韩久路线不清。娘叹了一口气,说:

"罢了,也真连累了你们了;怪这孩子投错了胎。"

韩久却抱了我,说:

"转不了户口,就不转了,他谁能管得了我。这样吧,就让他认了我们为干亲,我把他带到条子沟去,再不能让孩子留在这里,小小年纪就伤了心。"

于是,第二天里,娘在中堂摆了椅子,让韩久坐了,拉我给他磕头,长长声叫三下"干爹"!本来认干亲是要有仪式的,被认的要拿礼物,认的要设宴席,现在都不可能了。草草认了亲,干爹将我脖子上架了,在村里走了一遭,使大家都知道,下午就背我到条子沟去了。

我和花子又在一起了,她似乎长得比我还要高,一见面,就用双手将我脸托起,像大人一样,问我想不想到她;我说想,她就拉我去看她画的画,那都是分销店的香烟纸上画的,张张画的都是我。干娘的脸色还是白嫩嫩的,正坐在炕沿给儿子喂奶,那儿子丑极,小瘦如猫儿。花子抱了弟弟,领我到村子去转转,这村子只有三户人家,是坐落在一个双沟交叉的山弯子上;分销店的房子墙白白的,店员只有干爹一人,而这分岔的两条沟却很深,足足三十里长,一条小沟洼里住一户人家,他们的衣物、用品、油、盐、碱、糖,却全得从这里去买。四面都是山,长着密密的冷杉、侧柏。山弯下有一条流沙的河,河畔上几棵核桃树,样子十分奇特,半边多,半边少,屈身横出,一些古藤缠上去,又吊下来,树身上、藤蔓上就茵茵长满了苔藓,生长长的毛。我们从屋后的石磴路上走到后洼,那三户人家一横一竖一撇盖在那里,四周却满是些栲树,阴得地面都潮湿湿的。

我说:"这地方不好。"花子也说:"不好,天尽是阴着,我得了一身疥疮,刚刚才好。还有狼哩,夜里常叫唤,将王叔家的一头小猪都叼走了。"我说:"那为什么还要住在这里?"花子说:"我和娘早要下山去,爹说山下乱了,这里安静哩。"我们又信步儿到了弯后,那里有一个老大老大的石头,石头中间裂了缝,活生生长出一棵柏来,不知道是树栽在裂缝的土里,还是树长上来将石头撑裂了。但出奇的那石头上却有了一个小小的土庙,花子说,那是土地庙,听爹说,那柏树已有几百年的长寿了,往年还有人来烧香,现在不来人了。又说:

"我还给你家在那里求过神哩。"

"给我家?"

"爹说你家运气不好,我来磕了三个头。"

我们就从那座吊桥上走过去,我有些害怕,花子却抱着弟弟稳稳走过去,站在庙门口。庙里果真有一个泥塑的老头坐像。这当儿,山沟里起了风,天暗了下来,看见庙左边的大石那边,树罩得很密,有水从里边流下来,"咚,咚"地响,从河边上来的云,钻在里边,再也不走。一阵风呼地上了庙台,我们都打了个寒战,说了声:"怪怕人的,快走吧。"就走过来,刚过了吊桥,听见后边又是一声很大的"咚"声,我们不敢回头,一气儿跑回家,心里还"别别"地跳。

晚上,我们就挤在一个大土炕上。我和花子睡一个被窝,干爹娘睡一个被窝,吹了灯,外边风呼呼地响,我们摸黑坐着说话,干娘说:

"花子,从今往后,瞎女子就是咱一家人了。"

花子说:

"原先不也是一家人吗?"

干娘就笑了,说:

"村里人谁要问起,就说是你的弟弟,万不要说起瞎女子他爹。"

说到爹,我就哭了,干娘说:

"不哭,咱在这儿住一个时期了,就都回村子去,你就能见到你爹你娘了。"

白天里,我们并没有多少事要做,村子里只有一个叫小豆的孩子,他总是流鼻涕,我们一羞他,他吸一声,鼻涕进去了,一会儿又出来了。但他每天可以从家里拿出好多好吃的东西,譬如柿饼,还有栗子,吃起来直噎喉咙眼儿,得连忙去喝水。干娘生过儿子,身子不好,总头痛,干爹用火罐在她额上拔印子,两个太阳穴拔两个,却显得更好看了。那儿子,我和花子轮流来抱,我们却烦他,常常抱到洼地里,让他自个爬着,我们就用炭在石头上作画、写字。我跟爹学会了好多字,会写自己的名字,也会写爹的名字。我们在稍平一点的石头上都写满了字,结果小儿子就尿湿了裤子,弄得一身泥,惹得干娘骂了花子几次。

来分销店买东西的人虽然不多,但人还是不断,有能识字的,看见了石头上总是我爹的名字,就生了疑惑,问过干爹:

"这是谁写的字?"

"我这孩子。"

"他怎么老写黑帮分子……的名字,……是他的什么吗?"

"啊,哪里,怕是我写过打倒……的标语,孩子学写的。"

那人一走,干爹就把我数说了一通,再不许我写爹的名字。过了三天,晚饭的时候,干爹却从外边背回来一块大石板靠在墙下,又买了一盒粉笔,说:"你们喜欢写字,就在家里写,我给你们当老师。"从此每天早晨,他要在石板上写上几个字,或者一道算术,教我们学会了,就让我们学着再写,到晚上考试,考上的上炕睡觉,考不上的继续默写,几时写出几时睡觉。开头我们都很来劲,要么我先会了,干爹就要骂花子;要是我不会了,花子笑话我,干爹却要说:"你能着什么,他总叫你姐姐呢。"但到后来,我们就烦了,趁干爹娘不在,便溜出去玩。我们曾经捉住过一只松鼠,它是钻在一条石堰中去的,我们就小心地抽开石头,它一钻,钻进了我的袖筒,就活捉了。更有意思的是采蕨草,如小儿拳一般,弯弯的,屈屈的,采下来煮熟了,炖肉也好吃,盐拌也好吃。我曾经采过一捆,用布包了,写上我爹的名字,趁乡邮员送信报到了分销店,偷偷塞在他的邮包里,没想干爹发现了,夺过去藏了,说:"不能让这里的人知道你是你爹的儿子!你这是往哪里寄?你连地址都不写,能收到吗?"到了晚上,干爹还是考试,我和花子已经好多天考试不及格,干爹动了气,踢花子一脚,干娘说:

"算了,孩子都小,这也不是学校,抓得那么严干啥呀!"

干爹说:

"唉,你好糊涂啊!要是咱花子,也就罢了,可是这瞎女子的爹是读书人呀,人家把孩子托付给咱,咱把孩子带得心野身野,一字不识,将来怎么向他爹交代!"

我听了,心里真后悔,以后就不再疯跑,老老实实在家里做作业。

冬天里,山上下了雪,到处都是白花花的。我们在屋里挖了很大一个火塘,日日夜夜将一些疙瘩柴架上去烧,熏得我们手脸都黑乎乎的。这一天午后,干爹到山下去提货,干娘让我们看着儿子,她去后山坡上砍柴火,我和花子在家待得闷了,说:"到河边堆雪人去吧!"就抱了小儿子到了河滩。我们用树枝扫开了一片干地,把小儿子放上去,就分头堆起雪来,雪人堆起了,是一个老头,就说这是瓜菜园里的爷爷。爷爷是有长胡子的,就又返身去家里拿苞谷缨子。这时候,下山的太阳却红起来,在雪地上涂出一层玫瑰色。正走到河滩,就发现一只大大的狗向小儿子那里走去,我说:"姐姐,瞧一只狗。"花子说:"不是狗,尾巴在地上拖着,是狼!"话未落点,那狼已叼起小儿子就走。我们一下子失声大叫:"狼叼娃了!狼叼娃了!"哇哇而哭。干娘闻声赶来,举了木棍去追,那狼停下来,换了一下口,又叼起小儿子跑,干娘一直追到河那岸,那边有人也赶过来,狼放下小儿子逃走了。但小儿子身上几处牙伤,血流不止,当夜就死了。

小儿子一死,干娘像疯了一样,骂天骂地骂狼骂自己,末了就骂干爹,说是她要回家去,总是不让,这下倒好了,儿子没了,韩家断了种了。干爹为儿子钉棺材匣子,狠命地敲打钉子,泪流满面。我和花子跪在地上,浑身打摆子一样乱颤。埋了小儿子,干娘就收捡东西,要离开这里,干爹拦不住,他突然发了火,将干娘一拳打倒在地,抱住了我说:

"要走,你和花子走吧,这瞎女子不能走!"

他这么一吼叫,干娘倒蓦然了,干爹就流下泪说:

"花子娘,这鬼地方我愿意再让你们待吗?我这么大年纪,没了儿子,我不伤心吗?可山下搞运动,乱糟糟的,瞎女子娘将瞎女子交给咱,就是让孩子在这里清清心;这么回去,让孩子受罪吗?咱不想想咱,也不该不为孩子想想啊!"

干娘软在那里,一声一声地哭,却把包袱丢在了炕上。

就这样,我们又住下来,夜里一听见狼叫,干娘就搂住我们浑身哆嗦。白日里,也不允许我们乱跑,只是在家学习写字、画画。我已经能写会一百个字了,算术也学会了乘法。到了春天,干爹娘刚刚新搭了一间草棚,扩大了我们的住处,但我们却全都返回村子去了。

我记得这一天,是个早晨,干娘正烧饭,门口新养的狗汪汪大叫,河湾处走来一队人,将我们全赶在门前的树下站定,大声训斥、叫骂,勒令干娘立即回村去接受批判。干娘叫起来:

"我是农民,我有什么罪?"

"你是日本人安插的特务!"

"胡说！证据是什么？"

"证据？"

一个耳光打去，干娘倒在地上，口鼻出血。干爹忙上前说情，那些人留下指示：三天之内必须搬回，否则就五花大绑拉下山。走的那天，花子和我一大早就到西面山洼去转了一遍，我们向山岩、草木告别，它们无声，我们也无语。有一朵金银花，前三天就孕了苞儿，我们真害怕牛儿羊儿踩坏了它，用一些荆棘围在它的周围，我们已经要走了，它还没有开，使得我们好不遗憾。那只松鼠，在小木笼里生活了多半年了，我们不愿意再带它走了，砸了笼子，让它钻了山林，它先还是不走，瞪着眼睛看我们，后来箭一般地跑走了。干爹干娘挑了两副箩筐，里边装着被褥、锅盆，花子背一个包袱，我背一个包袱，干爹干娘已经到了河滩，我和花子又过了吊桥，往那土地庙上去了。庙还在，那泥塑像被那队人砸了，大石那边的林子里，还是幽幽的神秘。我说："这地方真好呢！"花子也说："真好！"边说边走，还是离开了这里。

三、记　哀

干娘是和我爹关在一起的，先在公社大院，后又转到学校里，说是在那里办学习班，日日夜夜大门口有人站岗。我们老想着他们，就呜呜地哭，要去看望，站岗的人不允许，我给人家好说歹说，最后坐在地上哭，给人家磕头，花子却踢了我一脚，把我拖回来，骂我"丑人"。

"你不想你娘？"

"怎不想？你那么给人家哭，磕头，让人家作践，人家让你进去了吗？"

"那怎么办？"

"你听我的。"

我们就围着学校院墙转起来,院墙特别高,并没有倒塌的地方,四周围又没有什么树可以爬。爹关在哪个房子,干娘关在哪个房子,我们一点也不知道,就每天下午,绕着院墙唱歌,我们知道干娘和爹是会听出我们的歌声的,便把学到的歌子一个接一个往下唱,唱得口也干了,嗓子也疼了,还是大声地唱。

我说:

"姐姐,我爹和干娘能听见吗?"

"能听见的。"

"能听见是我们在唱吗?"

"能的。"

"那咱们唱。"

"唱。"

但是,唱过几天,院内并没有什么人回答过我们。我们累得趴在地上,心灰意懒,说不出一句话来。一股风扫过来,一根羽毛在那里袅袅,接着就浮动升降,在我们头上旋转,越旋越高,末了就到了墙头,一闪,翻过院墙去了。我们说起来:

"是鸟毛。"

"不,是鸡毛。"

争论以后,花子同意我说的是鸡毛,突然叫道:

"好了,咱可以让我娘和你爹看见咱们了!咱把咱们家的事画在纸上,缚在鸡翅膀上,让鸡带进去,你爹和我娘不是认识你家的鸡吗?"

这方法真好,我们连忙回家,偷偷画起来,一张纸上,花子画了她,也画了红鼻子爹,我画了我,也画了我娘,画纸上的四个人都在肚子里画着桃叶一样的心,表示全家人都想着他们。然后就把画纸叠起来,缚在鸡的翅膀根下，抱着到了学校院墙下。鸡每次被托起来，总是飞不到院墙上去，我们一次又一次往上抛，它终于站在院墙顶上，咕咕直叫，又要飞下来的样子，我就拿石头打它，它才飞进院子里去了。这一夜，我睡得很香，做了许多梦，梦见爹和干娘抱住了鸡，在那里大声地笑，又给我们回信，信上说：我们很好，你们好好在家，我们回来了给你们买水果糖吃。我真高兴，一骨碌翻坐起来，问娘："鸡回来了吗？"娘迷迷糊糊地问："什么鸡？"我才知道是在做梦，就说："我现在不告诉你！"就躺下又做梦了，希望那梦还能连续下去，但到天明，梦也没有做成，家里却来了人，将娘叫出去斥训了一番。我不知道又出了什么事，娘回来说：

"你们给你爹和干娘送信了吗？"

"是的，他们会写回信的。"

"那鸡让人家捉住了，要杀吃的时候，发现了信，就让所有批判的人认这是谁家的鸡，你爹说是咱家的，人家当场拿出那画，将你爹和干娘揍了一顿，又将鸡脖子拧下来……以后再不要去学校那儿了，孩子！"

我听了，伤心得只是哭。

过了三天，公社召开批斗会，门外边又是敲着锣鼓；一敲锣鼓，干爹就要把花子领过来，我们四个人在家里关了门。这次刚刚关好门，就被人敲开，来了一个汉子，样子很凶，说是让我们也去参加大会。我说：

"能见到我爹和干娘吗？"

干爹和娘忙拉我在身后，说：

"这孩子有病，饶了我们，让我们都在家吧。"

那人说：

"说得好美！就是要让你们看着他们怎么个受批斗，洗洗你们脑子哩！"

我们只好跟着去了，而且偏让我们坐在会场前边。不一会儿，几十个"牛鬼蛇神"被人架着,推进会场,我看见了爹,也看见干娘,他们已经瘦得失了人形,我"哇"地就哭了,娘赶紧捂了我的嘴,小声说:

"不要哭,你爹和干娘看见了要伤心的,把眼睛闭上,闭上!"

批斗会开了三个钟头,三个钟头,干爹和娘都低着头,把身下的草茎一根一根都掐断了。我和花子噙着眼泪,只是盯着爹和干娘,他们也在看着我们,微微倒有些笑,那笑我是理会的,但越是那样,我越是想哭,娘就一直死死抱着我。后来,太阳红红的,爹的脸上汗水豆子一样滚下来,却死死盯起面前的一丛小草出神,眉毛一皱一皱的。爹在看什么,我也努力地往那草丛里看,但是看不清。批斗会结束了,爹和干娘又被拉走了,我和花子便走到那草丛去看,才发现那里有一个肥嘟嘟的肉虫儿,它是受了伤,被一群蚂蚁围着,它竭力在翻动,但蚂蚁太多,打落一层,又爬上来一层,已经被拉着往一个蚁窝洞里去。

"我爹是看着这虫子的。"

"真怪,他怎么看这虫子?"

"他可怜这虫子吗?"

"一定是可怜了。"

我们动手将蚂蚁全捏死了,把虫子放在草丛里。

"爹为什么要看着这虫子呢?"

"不知道,为什么呢?"

这虫子的事我们想了好多天,到底弄不明白,爹在那个时候,倒还那么关心一条虫子?又是几个月过去了,我们没有见到他们。家里越来越冷清了,很少有人到家里来,那些本家人偶尔来安慰几句,也是要在深更半夜时候。娘也不求任何人,也不让我们到任何人家里去,有了什么事情,就去和干爹商量。干爹不会做针线活,也不大收拾家,屋里乱糟糟的,娘就时常过去料理。干爹也过来帮我们种自留地。到了收麦天,队里分粮,我们两家是无劳力户,要交许多钱方能分到粮。往年这个时候,那些余钱户就都争着为我们替垫,现在却没人了。我们一时拿不出钱,粮食分不回来,娘急得口里起了火泡。好不容易找人替垫了,可过了十天,人家就上门讨账,娘只得将一件丝布棉袄卖了,买得些棉花,然后在家纺线织布。娘在布机上的功夫是很高的,没黑没明坐在机子上边忙活。"哐当",穿一梭子,"哐当",回一梭子,那线从梭里引出,娘抛来抛去,那线好像是从她手里抽出来的,织了经,织了纬,把我们的眼泪织了进去,把我们的希望织了进去,也织进去了白天和黑夜。我说:"娘,歇会儿。"娘说:"不累。""喝些水。""不渴。"我拉住娘的手,娘只好下来,抱住我亲一口,我将娘头上的一根白发拔下了。布织出来,拿到集上去卖,卖了钱娘数一遍,我也数一遍。织过几十天,才算把欠账还清了,娘很高兴,给我买了块离锅糖,我每天掏出来噙一会儿,就取出来包好,一连吃了五天,给娘说:"娘买的糖好甜呢!"

那时节,我真恨我长不大,不能挣钱给娘。记得以往过年,我们做孩子的,可以到各家去磕头,赚得满满一口袋磕头钱,就整天和花子在一起扳指头,计算什么时候了,就能过年了。天天盼着,一天却比一天过得慢,我们就等不及了,后来看见些人在河里捕鱼,卖给过往的汽车司机,我说:

"姐姐,咱们也捕鱼去,能卖好多钱呢。"

"你会凫水吗?河水可大了。"

"咱们钓鱼。"

于是我们做了钓竿,又用娘的一根针在火里烧红了弯成钩儿,将蚯蚓一节一节套在钩上,就到河里去。河水黑黝黝的,看不到底,水面上浮着柳树根的红毛,一团一团地动得怕人。钓竿垂下去,慢慢看见有黑脊梁的游来,如影子一般。"快提,快提!"我大喊,花子一提钓竿,却依然是针弯做的钩,依然是钩上的蚯蚓,已被吃了一半。鱼儿不上钩,我们互相埋怨,我兀自到石堰头那里去钓,那里水更深,水面上一个涡儿套一个涡儿,丢一颗石头下去,并不溅出水花,只是"啌"的一声,但要把钓竿垂下去,半天不见动静。我是不甘寂寞的,便站起,想把钓竿往远处钓,将衣服脱下来,挂在身后的柳树丫上,一手攀着,身子努力地往外斜。不想,衣服却滑脱,我"扑通"掉了下去,立即就没了顶。花子在岸上大叫,岸上又没有人,她就哭了。我却又爬上了岸,因为在水中冲出一丈多远,正好卡在下石堰的木桩上,一冒头就上来了,只是觉得饱,喝了七八口水。那件衣服却再没了踪影。回到家里,干爹打了花子,说是她鼓动的。又将我抱到饲养室,让我趴在小牛背上,拉小牛跑,牛背上的我一抖一抖,把肚子里的水全吐出来了。

要钓鱼赚钱,反倒丢了衫子,娘筹着钱要给我买新衣,我不要,穿一件破了袖筒的衫子,娘说:"你穿得这个样子,让人耻笑吗?"我说:"反正人家都耻笑咱了。"娘说:"你爹的事,那是咱没办法的,可咱一定要穿着整整齐齐的,不要出去让人觉得咱真的是坏人了。"娘便在商店买了新衫子,我却偷偷将衫子拿去退了。退的时候,花子是和我一块去的,我们发了咒,决不告诉大人。回去我对娘说衫子丢了,是捉迷藏时放在麦秸积下的,后来就不见了。娘一下生了气,就打我,打得真狠,耳朵都拧破了,流下血来,我一声也不吭。晚上,她从炕席下整理积攒的钱时,发现多了三元五角二分,觉得奇怪,就又虎了脸问我钱是哪儿来的?我只好说了实情,求娘再打我,她却抱了我,一句话也没有说。

我竟能学会打草鞋了,这是干爹教的。下雨天,他一边打,一边指点我们,我和花子不但会打小孩穿的,也会打大人穿的。打那么一大堆,拿到集市上去卖,花子在前边,我在后边,每人肩头上挂两嘟噜草鞋,不停地喊:"谁买草鞋,一角五一双!"集市上人很多,挤不过去,我几次从人腿缝往过钻,几次被绊倒,花子急了,大喊:"油过来了!油过来了!"慌乱中,人群竟闪开一条缝来,我们忙跑过去,后边的人瞧见我们,知道上了当,但我们不理,只是咯咯笑,卖了草鞋,我们买了一个芝麻饼,她咬一口,我咬一口,旁边一些孩子瞧我们馋,我们也馋他们,将饼吞在口里,再送他们一个鬼脸儿。

我们也去剜野菜,但再不是在村前村后的田野上,而是到远远的山里。清早起来,月亮明晃晃的,娘给我摊一个很薄的黑面饼子,叮咛中午了吃,可一出门,就拿手在背篓里掏,心里说:"尝一口就对了。"拧下一口,饼子特香,一口下去,馋劲更上来:"再尝一口吧。"这么又拧一口。走到河边,饼子就全尝光了。后来,我们一定要嚷着去更远的大山里砍柴木,娘总是不同意,干爹却支持,并领着我们去了几次。再到以后,干爹不去,我们也去,限天明赶到二十里外的山根,砍了柴,中午后才回来。有一次去得早,到山根下天并不明,就坐在一片蒿草里歇着,天亮一看,原来是在一片乱坟地里,吓得我们毛骨悚然。最讨厌、也是最有趣的是那山中的老鸦,它们常常要偷吃我们的干粮,柴火砍好了,下山要吃干粮了,背篓一翻,里边竟没有一点干粮末子,连装干粮的布袋也不见了。正疑惑着,一只老鸦叼着布袋从头顶飞过,我一扬手,口袋掉下来,里边却只有半块干饼了,花子让我吃,她跑到山洼一棵毛桃树上去吃毛桃,结果吐了一路酸水。

在夏天时,娘就买了一头猪,说:"往后,一切花销就要向猪要了。"把猪看成是家里一口人,每顿喂食,将草铡得碎碎的,端在猪的面前,一手拿着麦麸瓢儿,一手拿拌料棍,撒一层麦麸,搅一下,猪吃一阵,像哄娃娃吃饭一样。有事没事,我和花子就跳进圈里,给猪梳毛,然后搔搔它的肚皮,那黑物竟四蹄伸开就倒下去。猪架子长得很快,但膘长得慢,娘总是说:"咱没给猪加上料呀!"娘就将饭越来越做得稀了,每顿要给猪倒上两碗。猪有了膘色后，浑身白亮起来，不想又害了一病，三天卧着不吃，急得我和娘直哭。干爹找来兽医，扎过几针后，猪日渐好起来，我和花子乐得手舞足蹈，大叫："猪身体健康了，永远健康了！"这话却被左隔壁的秦家听见，告我们辱骂领导。公社就将我叫去了，喝问：

"你为什么要辱骂领导？"

"我没有。"

"你喊没喊过'身体健康，永远健康'？"

"喊过。"

"在什么地方？"

"院子。"

"是在院子还是在猪圈？"

"院子！"

"狗崽子，老实交代！"

"是在院子。"

他们抽了我几皮带，但我死不承认。娘和干爹赶忙跑来，一口咬定我是在院子喊的。他们还是把我关在那里，轮番审问，我还是一句话"在院子"。他们苦于没有旁证，又见我太小，就放回了家。娘也就在这一次，吓得患了心疼病，以后三天两头就犯。

那秦家的老头，样子很凶，以前就是村盖子，批斗爹的时候，他骂爹在学校的凉房下坐着，倒每月拿那么大的工资，又质问他的儿子上二年级为什么老留级，而我只有几岁，倒能识好多字？平日从我们家门口过，总是要吐口水。这一次告状没成功，就更加恼羞成怒，竟然跳上院墙，将我家的树长过院墙的枝丫全部砍了。我娘质问，他蹲在墙头，挥着砍刀说：

"这树枝侵犯了我家领空！"

我气得说：

"你欺负人，这天也是你的吗？"

"地是贫下中农的地，天是贫下中农的天！"

"我家也是贫农！"

姓秦的竟要跳下来打我，叫道：

"你们黑帮，我就砍了，敢怎么样？"

娘拉我进了屋，捂了我的嘴不让我再说，眼看着人家砍了树枝，又全部不剩地拿走了。当天夜里，我想着如何报复他，想来想去，却想不出个办法来。花子领我到了秦家的自留地里，悄悄用小刀将那地里一颗最大的北瓜切开一个口儿，塞进一堆牛粪，再将切开的瓜块原样按上。过了三天，偷偷去看，那切开的瓜口竟又长合在一起，而且那瓜越长越大。直到最后，秦家摘了瓜在案上切开，才发现那瓜臭得吃不得。他出来对村人讲，我和花子知道了，跑在村后的洼地里，笑了个没死没活。回来给干爹说了，干爹却骂我们，对娘说："孩子一天天大了，咱可要经心了，万不敢闯下什么祸呀！"娘也日夜叮咛我，我说娘太胆小，我爹教了半辈子书，让他们拉去那么批斗，他们又这么欺负咱，为什么不报复一下？娘就打我，骂我心也学坏了，打过，就又哭，又下了跪让我们听她的话。我害怕了，就给娘赔话，说再不敢了。娘还是不放心，除了干活以外，就让干爹再教我和花子学习。

我学习并不像以前那么专心了，干爹布置的生字、算术，我总是让花子代替，花子不同意，说给我娘。我说：

"娘，现在都没学校了，学那干啥呀？"

娘说：

"把书念到肚子能瞎吗？书总会有用场哩。"

我们再做作业时，她就拿着鞋底坐在门口纳，我才一偷懒，她就瞪我。干爹说：

"你愿意见你爹和干娘？"

我说：

"当然愿意。"

"那好好学吧，你们可以一天给他们写一封信，我给他们寄去。"

"能寄去吗？"

"能。"

我和花子就认真学起字来，又开始学造句，终于能写三句四句话的信了。写好了，念给娘听，娘喜得说好，我们就糊了信封，写上我爹的名字，写上干娘的名字，交给干爹。我们几乎两天就写一封，计算起来，差不多每人写过了二十封。但一封回信也没有。有一天，村里死了人，新坟上挂满了白纸剪成的纸条儿，第二天我和花子去那里偷偷收了纸条，回来做成写字本子，在她家翻寻锥子时，意外却在抽屉里发现了一叠信，拿出一看，却全是我们写给爹和干娘的：原来干爹并没有寄。我一下子恨起干爹来，三天再不理他，娘劝说：

"这怎么怪你干爹呢，这信怎么去送呀？能送去吗？他是想让你们多学些字，那信，他一封封留着，等你爹和干娘回来，再一齐交给他们啊。"

听了娘的话，我再不怪干爹了，反倒越写信越长，写好了，就装在信封交给他。干爹还不知道，仍是在说：

"啊，你爹和干娘看了不知道会多高兴呢！"

转眼快到了腊月，两家都筹备起过年的东西，娘和干爹就为钱又犯了愁，商量说虽然家里人不全，这年还是要好好过，孩子们盼了一年，就盼这么几天，如果看见别人家高高兴兴，咱太凄苦，太伤害孩子了。但钱在哪儿寻呢？娘决定卖猪，让干爹拉三个生猪到收购站去交，都嫌瘦拒绝不收。娘就狠狠心,每顿倒两碗饭,又养过半月,让干爹再到二十五里外的另一个收购站去交。听说那里收的多,或许是能交上。

交售的那天,我和花子一定要去,娘对干爹说:"卖了,你让孩子美美在那饭馆里吃一顿吧。"一辆架子车,干爹在前面坐,右边一个我,左边一个花子。我们便为着准备在饭馆吃什么东西争起来:

"买一个砂锅豆腐。"

"豆腐不好,吃炒肉片。"

"不,吃肉吃粉蒸肉。"

二十五里路,走到半中午,我们才到。交售猪的人很多,每一个都拉着一头猪,有的大极了,像小牛一样;有的肚子拖在地上,走都走不动了;有的人背过收验员,又端了一盆熟食喂猪加分量。猪在哼哼直叫,动不动就突然跑走,人群就一阵大乱。干爹在那里排队,我和花子拉着猪站在一边,收验的进度很慢,眼看轮到我们了,突然人家说:吃午饭了,下午两点再收。"砰"地关了门。我们只好还站在那里排队,肚子已经饥了,呼呼噜噜叫唤,干爹说:"饿了吧?"花子说:"不饿。"我也说:"不饿。"干爹说:"饿了忍一忍,猪一交,咱就吃饭去。"我和花子又挤眉弄眼,我说:"现在能吃两盘肉呢。"花子说:"现在饿点好,空了肚子吃得更多些。"一直在那里等了三个小时,收购站的门开了,偏偏就在这时,猪却撅起尾巴要拉屎,这屎一拉,七八斤分量就没了,我恨它迟不拉,早不拉,却要在过秤时拉,直用脚踢猪的屁股。猪还好,只拉了一半。轮到我们了,收验员斜了一眼,用手在猪的脖子上捏捏,又在猪肚子上踹踹,锐声叫道:

"下一个!"

干爹忙说:

"我这猪是几等?"

"几等?不够等,拉回去!"

干爹急了：

"这猪可以呀！"

"这是收骨头吗？这号猪，亏你还拉来交！"

干爹一下子脸失了色，双腿一软，蹲在那里不动了，然后又走近去，苦苦央求说：

"你抬抬手，就按末等收了吧，等着用钱呀！"

"这是议价钱的事吗？不行就是不行！"

猪拉出来，我们都没有说话，重新在车上捆了，掉头往回拉。路过饭馆，干爹没有说去吃，我和花子也没有说去吃，一路上，猪却饿了，吭吭直叫，我用拳头就打，打得好狠，打了一拳，又一拳。

那猪后来还是在集市上卖了，卖了四十元，比国家五等收购价计算少了二十元。这猪灰了我们的心，但是，到腊月二十五，爹和干娘回来了。爹的问题落实不下来，不了了之。干娘的"特务活动"没有证据，宽大处理。两家人得到团圆，好不喜欢，娘将那四十元，竟以二十元买了酒肉，两家人合在一块吃了一顿。爹和干爹只是喝酒，一直喝到半夜，就都醉在桌下，爬起来，却抱头呜呜痛哭，我们从来没见过他们这么大声地哭过，觉得害怕，要去拉时，我娘却说：

"不用管，不用管，让他们好好哭一场。咱们上炕吃咱的肉吧！"

她夹一块放在干娘的碗里，我夹一块放在干娘的碗里，花子夹一块，也放在干娘碗里。干娘竟然全吃下去了。

四、记 乐

一九七〇年，我已经是十二岁了，个子还是不长，瘦筋筋的；平日是不言不语的，要干什么，却一股儿执拗劲。人都说我是小蔫驴，能踢死人哩。花子长得比我要高,腿显得特别长,站在那里,就像一个圆规,看人的时候,已经学会细眯着眼睛,神色甜甜的动人。学校重新恢复上课,我们就去报名,但上的不是一年级,而是四年级,很为村里人惊奇,当新闻传说了许多日子。我们的老师,姓张,是个民办老师,年纪轻轻的,嘴唇上还没有长上胡须,常常上教室台阶时,一跳,就上去了。他很不耐烦,动不动在课堂上教训我们,甚至谁趴在桌上瞌睡了,或者扭头看窗外树上的鸟儿,他就要用粉笔蛋儿掷打,总是百发百中,全班同学就嗤嗤笑。"不许笑!"他一锐叫,大家就又噤了声。那时候,学校的秩序很乱,窗子上的玻璃全被打碎,一时还没有装上,就用木板条儿钉死了,糊上麻纸,一刮风,呼啦呼啦地响。墙壁上,还留着"文化大革命"中的标语,横一条,竖一条,还有许多漫画。有一条标语竟是打倒我爹的,我去铲过几次,但苦于个子太矮。有天下午放学后,我搬过我的课桌,站上去用砖头将那一行字砸掉了,我的同桌却骂我踩了他的桌面,两人吵起来:他叫红卫,是他爹改的,但我们全叫他小名"福来"。福来的爹是革命委员会主任,常来学校里作报告,穿一件黄军用上衣,不系扣子,风张着,样子十分威风。从此我和福来恼起来,每次上课,两人总是在课桌中间画一道线,说是"三八线",谁也不许占了谁的地方。他学习不好,做作业总是偷看,我就侧过身子,他便要骂我:"黑帮。"

"谁是黑帮?"

"你爹!"

"我爹的问题没了,黑帮帽子卸了!"

"帽子在群众手里提着哩,要戴就戴上了!"

"胡说,我爹现在是老师,管几班学生呢!"

"我爹是主任,就专管老师哩!"

这话张老师听见了,粉笔蛋儿就掷过来;我头一偏,正打在主任儿子的头上。

"你为什么打人?"

"我就打了,上课讲什么话?"

福来竟一撇嘴,背了书包就走,张老师一把拉回来,让站好,他竟不站,张老师也就生了气,猛地一操,主任儿子一步未站稳倒下去,脑袋撞在讲台砖角上,用手一摸,有了一点血,叫道:

"今天这流血事件是你一手制造的,我告我爹去,开除你!"

张老师竟也火了,叫道:

"要打就把你打够,你去叫你爹吧!"

他去取教鞭,福来一溜烟从门里逃走了。课堂上立即乱起来,老师砰地关了门,喊:"肃静!"便又在黑板上写起字来。我看见他手抖抖的,粉笔断了几次。

果然那主任儿子的话是灵验的,没多长时间,那未长胡须的张老师就被开除了。我从此再也没有见过这位老师,却同那主任儿子又同桌坐了一年,当然再不敢去惹他。上到六年级,花子当了班上的文体委员,她爱上了唱歌,而且会跳舞,"六一"节的庆祝晚会上,她在台上跳新疆舞,竟会做"扭脖子"动作:双手平摆在下巴下,脖子一闪一缩,真是生动好看。到了夏天,最难熬的是睡午觉,午觉是每个人都趴在桌上瞌睡,我总是睡不着,趁老师一走,就悄悄溜出去,到河里玩水了。以后学我样的人很多,我们在河里打水仗、翻跟斗、钻没儿,还能一丝不挂地平浮在水面,将小白肚子露在外边。花子最为不满,她常到河岸上去喊我们,她一喊,我们就钻在水底,等我们一出来,她却要藏在树后,她嫌羞呢!惹得我们嘻嘻哈哈笑。有一次我们正玩得起劲,爬上岸时,衣服却不见了,眼见得午觉的时间已过,还是寻不着衣服,急得我们光身子跑出来,一人摘一张荷叶围在身上。后来,老师拿了衣服来,狠狠地批评了一顿,我们才知道这一切又是花子去告的状,就都害怕起来,以后一见她的面,我们就说:"没去玩水呀!"拿手在胳膊上搔,搔不出白道子来。

毕业的时候,我们整天夜里在她家复习,干爹也恢复了工作去到条子沟,一星期回来一次,干娘就坐在一边纺线。我看一会书,就侧过脸去看她摇纺车,纺车转得欢极了,是一个虚的圆。我说:

"干娘,你那车轮是一个圆形。"

"这我知道。"

"它的直径是多少呢?"

"什么是直径?"

"圆周长,你知道吗?"

"不知道。"

"你什么都不知道。"

干娘就笑了。我又说:

"干娘,线穗子肿哩。"

"那也肿个圆形,是吗?"

我们这么说着,花子就说:

"娘,你这是破坏我们学习呀!他作业还没做完哩!"

干娘立即醒悟过来,忙向我们道歉,就不言语了。接着,就又搬了纺车坐到院子里。没有人和我说话,我就困起来,几次头碰在桌子上。花子总是瞪我,我一打盹,她就拧一下,后来取了辣椒,说困了咬一口,我一咬,辣得直吸溜,只顾在一旁吐口水,她"啪"地放下笔,说道:

"你想不想上中学?!"

样子很吓人。我重新坐好做作业。心里总想:中学,她一定能考上,但愿我也考上。中学是在茶坊镇上,离我们村子十五里路,村里一些中学生每一星期日下午去,星期六下午回,提着菜罐,神气很足。学校里有

灶,可以上灶,也可以自己做饭吃。我对她说:

"姐姐,到中学了,咱不上灶,自个做了吃,咱们一个锅好吗?"

她说:

"我会擀面,顿顿给你捞干的。"

可是,就在我们马上要考试的时候,干爹却死了。干爹是到山下进货的时候,天上下雨,山沟里起了暴洪,他背了一背篓商品,走到河中,水上了腰,本来他只要一丢那背篓还可以浮出来,但他不放,结果水中的滚石砸倒了他,就卷走了。冲出了十里路,捞上来,口鼻泥沙,心口已经凉了。这突如其来的事故,把我们都惊呆了,两家人哭成一团。考试的那天,她就没有去,她完全是可以考上的,结果她连考场也没能进。

我成了一名中学生,但我并不高兴,因为花子不但没有上中学,小学也没有再上。干爹一死,干娘又得了病,家里走不开,她就在家里作为一个大人使用了。我爹娘曾要她再去小学插班学习,来年再考中学,她却不,干娘流着眼泪,说:

"花子,娘害了你啊,使你不能上学啊!娘怎么不也死了呢,娘对不住你啊!"

她说:

"娘,这是我愿意的,我一走,你一个人在家,病了谁给你烧开水呀,我在家也能学习。"

干娘说:

"在家学习总不比在学校;你学不到东西,长大了怎么办呀!"

我说:

"干娘,你放心,她不去了,我一个人顶两个人学,长大了我对她好。"

在学校里,我常常想着花子,学习很是用功,几次考试都得了第一名。第一年里,就获取了三好奖状,我并没有把奖状贴在我家墙上,而是送给花子，她端端正正贴在她家的炕头上。每一到星期六，我从学校回来，她总是在村口等着，一到她家，干娘就说：

"瞎女子，快放下书包，锅里有饭哩。"

饭不是小豆蒸饭，就是萝卜馅饺子。

"干娘，你家饭真好呢。"

"我老记不住星期六，花子在门后墙上画道道哩，一到星期六，她就说：'娘，做顿好吃的吧。'我就记起来了，这一天一定是星期六了。"

我也把书包交给花子，让她翻看我们学到哪一课了。她也有像我一样的课本，是我爹给她买的。她逐句逐字和我对照作业，她几乎和我做得差不多，还常常更正我本子上的几个错别字哩。

后来，队里照顾了她家，让她娘俩去经管村南的水磨坊。水磨坊小小的，地基却很高，下边是一个偌大的水轮，水轮一转，屋里的一台大石磨就哗哗旋开来，那屋梁上、四壁上、窗棂上就面粉落得白花花的。干娘负责给粮食过秤，收钱，花子就帮娘记账，然后帮磨粮人拨磨眼，箩面；娘俩儿就一天到黑泡在那里，浑身上下像雪人儿一般。星期六我从学校回来，必是经过磨坊，就一头钻进去，我们便让干娘坐下歇着，两个人围着石磨拨眼，快活得大说大笑。星期天里，我都是在磨坊度过的，等没有人来磨粮的时候，我们就跑到磨坊外的水渠上去。沿渠上去，那里一口荷花塘，塘里养了鱼，也就有一条窄窄的小水船，我们跳进去，她在船头，我在船尾，划动了在塘里游来荡去，弄得水波唰唰响。有时一直转到塘西头边上，那里有她家的自留地，种了黄豆，我们就摘一些回来烧着吃。或者是晚上，月光照着，我们不急着回去，一直走到河边的沙滩上，沙滩上有好多沙鸟儿，夜里全藏在沙窝子里，我们脱了衣服。悄悄走过去，猛地一捂，鸟儿就在里边了。

我说：

"姐姐,你在磨坊里好吗?"

她说:

"闷呢。"

说完就笑了,说她最爱和鸟儿玩了,常常她一个人坐在磨坊,就听见磨坊上空鸟儿成团成团飞来,有的就钻进坊来,在地上拣着粮食吃,却那么调皮,吃一颗,用爪子刨一下,招手也不进来,害怕她去打呢。她有时就抓一把粮食往门口一撒,竟吓得它们噗噜噜地飞了。

我说:

"我给你做几个笼子,把这几只鸟儿装进去,挂在磨坊里,你就可以天天玩它们了。"

她没有言语,却将鸟儿放在手掌,一一放了去,就拉我到了磨坊,取出一本书,书里夹满了鸟的羽毛,她告诉说:哪样是黄鹂的羽毛,哪样是白嘴的羽毛,哪样又是麻雀的羽毛。

"这是它们飞到磨坊来掉下的。"

有时,她拉我就走到磨坊底下,看水轮转动。她说,她计算过了,这水轮一天到黑连续转,转数是二万五千个数。

"地球自转是一天吧?"

"不知道。"

"这水轮转起来真像地球呢。"

我看着水轮,它一半沉在水里,一半升在空中,那沉下水去,就是地球背了太阳,天黑了吗?那转上来,又是天亮了吗?"你瞧那水,从水槽上下来是绿的,在水轮下是蓝的,水轮带上来又是白的,再落下潭却是黑的呢。"

她说着,突然歪了脑袋,问道:

"我说个谜儿,你猜得出来吗?'雷声呼呼而不雨,雪花飘飘却不寒,千里遥遥在眼前。'"

我想不出来,她骂一声"中学生笨蛋"!告诉说:那是水磨在磨粮食。

我真佩服她的聪明,在学校里对我的同学都说了,并且在一次作文中,我写了她,这作文得到老师的推荐,又在县广播站广播了。广播那天,干娘说,花子很高兴,天不黑就拉她娘坐在炕上,将墙上的小喇叭放在炕头,一字一句听了。

又过了一年,她竟学会纳袜底,她会画画,那袜底上的花从不让干娘描图,自个随心所欲地纳,纳得很中看,人都夸奖她,说她将来准是个巧媳妇呢。从那以后,我的袜底就全是她纳的,在校常要抬起脚让别人看,有一双袜子被人偷去,我甚至伤心地哭了几天。因为那上边就纳了一只大大的水轮呢。

腊月里,学校放了假,在家住了几天,就风言风语听人说:干娘要改嫁了,媒婆子常到她家去,她新的爹是八十里外山阴县人,而且那男人还来过一次,也是个红鼻子。我听了,替花子高兴,她总算又有个爹了,但一想到她将来要到山阴县去,心里就疙疙瘩瘩起来。我问过花子,她说有这事。

"但我不去。"她说。

结果,不长时间,干娘就走了,她要带花子去,花子不悦意,我爹我娘也就说:

"他干娘,花子不去,就先待在我家,等再过一些日子,我们把她送去。"

干娘流了泪,说:

"我这个年纪了,为什么要到山阴县去,就是为花子,我在这里,寡妇人家,虽然你们待我亲姊妹一样,可终究没了她爹,我身子不好,苦得她不能上学。到了那里,家里有人了,她就可以去上学啊。"

我娘说：

"这也是正理，这样吧，你们过去把家安排好，把学校找好，我们就把花子送去，她在这里，你放心好了，我会待她是亲女儿的。"

干娘走后，花子就离开了磨坊，她跟我娘过在一起。雨天里，地里没有活，她们坐在炕上，她看一会书，给我娘念念，一定还要我娘也识几个字。我娘也学会了写自己的名字，称她叫"老师"。我娘针线活好，又教她缝补裁剪，她叫我娘又是"师傅"。有人来串门，说："瞧你们娘儿俩哟！"要看她的活计，她死活不肯，藏在娘身后，害羞得像一只猫儿；娘拿出来，别人夸奖，她脸像红布，低头儿只翻娘的布头包袱卷儿。夜里睡下，和娘打对儿，却总是在娘腿上写字，写一个，问一个，写出我的名字，娘回答不上来，她说："连你儿都不知道！"

快过年了，村子里成立戏班，那时老戏还不能演，都是现代小戏，就把她选去了。她心盛盛的，每天晚上去，不肯迟一次。排戏是在学校后的一座老庙堂里，麦秋二料那里是队里的粮库，现在腾出来作排练场，冬天里夜长，常要排到鸡叫二遍才散。有次回来路过学校后大槐树下，遇见了一只叫春的猫，叫得像人哭一样，她吓得跑回来脸儿都白了。以后我就去接她，去得早了，坐在旁边一边烤火，一边看她，她却不好意思起来，总是笑，又忘了戏词，导演黑了脸训她，她还是唱一句，就看我一眼，便逮不住锣鼓声。导演说："你看什么呀，瞎女子是外人吗？"她说："我羞口哩。"我便说："我先回去了。"出了门，黑影里趴在外窗口，她果然自然起来，咿咿呀呀的，入弦扣板。以后我再接，就没有进去，回来的路上，我说：

"你唱得真好听。"

"你笑话了。"

"真的，我夜夜来得早，在窗口看你呢。"

"你坏！"

她打着我，却说：

"你听到了，就好；我给你唱一段吧。"

就唱起来，一直唱到家门口，娘起来开门，声就噤了。

演出的那天，戏台下人山人海的，她一出场，一片议论。她节目多，一会儿是姑娘，一会儿扮媳妇，竟还当起老太太了，弓着腰，乍着胳膊，腿一跐一跐的。我娘说："这花子，扮什么像什么！"身边有个老太太说："这就是日本女人的那个闺女吗？"我娘说："可不就是，眉眼儿多像她娘。她现在我家住哩。"老太太说："你真眼里有水，养活在家里，将来给你当媳妇。"我娘说："我也盼不得哩。"那时节，我已经知道媳妇是怎么回事了，脸就通红，不愿和娘在一起，挤到台前，那里人多，挤得厉害，我就拿了树枝儿抖打着维持秩序。她的戏完了，藏在台边的乐队那儿，隔着窗缝软软地叫我，我凑近去，她说：

"娘也来了吗？"

"来了，在那里坐着，都说你演得好哩。"

"给！"

一只手就从窗格里伸出来，握着什么，等我接过看了，是一个核桃。

"导演给我的，你吃了吧。"

没想让乐队的人看见了，就有一个站起来，隔窗子翻一个红眼给我，我忙钻进人窝，把核桃握得紧紧的。

演过这一场戏，我娘在戏台下和老太太的话不想传开来，村里人都说我和花子好，将来要做夫妻了。这话说得一多，反倒使我们不好意思起来，尤其是花子，就再不在我身上动手动脚，一块出门碰见人，也不和我并肩走，夜里，娘为我们暖个被筒，让她睡一头，我睡一头，她说她睡觉爱蹬被子，自个裹一条被子睡在炕里边，我娘就说：

"花子长成大人了,知道害羞了!"

她越发脸红,忽地吹灭了灯,黑暗里说:

"娘,你不要在外边胡说,让我见不得人呢。"

娘偏要说:"我说什么了?"乐得只是笑。

过罢年,我又到学校去了,老想着她演戏的事,也想到她不和我睡一个被筒的事,心里反倒不恨她,便更爱惜她,我知道她对我还好,比以前更好。到了二三月,干娘来了信,要她到山阴县去,说那里一切都好。她还是不大愿意去,后来就摊面皮在集市上卖,每一星期有两次要到我们学校所在的镇上来卖。听娘说,她是要求到这里来的,又说是为了看我,可她一到学校,就扭扭捏捏不自然。我们总是在学校操场的草地上见面,她给我盛一碗面皮吃,一边吃一边问我香不香。同学们有的知道了,就站在远处指指点点,以至她再来,就有人喊:"拴子(在学校我恢复了我的大名),你媳妇来了!"气得她说:"这些人勾了嘴儿真坏!"匆匆忙忙就走。我去送她,送到镇子上,那里有卖热红薯的,她买一个给我,我让她,她又让我,末了,她咬一口,剩下的就塞在我嘴里。不巧,就被来镇上办事的一位同村人瞧见了,叫道:

"啊,这两个好成啥样了! 羞哟,羞哟!"

花子撒腿就跑了。

这一跑,却从此我再也没有见到她:星期六下午回到家,娘交给我一个手帕,说花子到山阴县去了,是她新爹来接的,告诉那边的学校已联系好了,限五天之内必须报到,否则就不再接收,花子先还是不同意,后来我娘考虑学习要紧,也劝说她同他一同去,花子同意了,却一定要去学校看我,又是我娘怕见了面我们两个心里不好受,拦阻了她,她就连夜在这手帕上绣了她的像,她是对着镜子一边看,一边绣的。上边还有一句话:

"别忘了姐姐。"

看着手帕,我好不难受,同时在心里说:也好,她可以上学了,她一定会学得好,将来一定能上大学,出息比我大得多。眼泪却流下来,说:
"姐姐,我忘不了你;我怎么会忘了你啊!"

我的台阶和台阶上的我(节选)

　　一九七一年,我是个农民,穿着一件父亲穿旧了的长过膝盖的中山装,样子很可笑。因为我口笨,说不了来回话,体力又小,没有几个村人喜欢和我一块干活。我总是在妇女窝里劳动的,但妇女们一天的工值是八分,我则只有三分。邻居一位婶娘讥笑我不如人,我指着门前公路上一位妇女骑自行车,反诘道:"人家女人能骑自行车,你行吗?"

　　公社兴修一座大水库,我跑去了,干了三天,我拉不动车子,也抡不了大锤,被开销了。过不久又去,毛遂自荐会写毛笔字,可以刷标语,于是大获成功!后来竟成"工地战报"的主编、编辑、记者、刻写、油印、发行、广播,集七职于一身。

　　一九七二年五月份,偶然的机会,我竟到西北大学读书了。从山沟走到西安,一看见高大的金碧辉煌的钟楼,我几乎要吓昏了。草绳捆一床印花被子,老是往下坠。我沿着墙根走,心里又激动,又恐慌。去商店,看见了香肠,不知道那是什么,问服务员,遭到哄堂大笑。我找不着厕所,急得变脸失色,竟大了胆儿走进一个单位的楼上,看见"男厕所"字样,进去,却见一排如柜一样的摆设,慌忙退出来,见有人也进去了,系着裤带走出来，便疑惑地又进去。水火无情，逼得我一拉那柜的门儿，才发现里边正是大便池子。

老师要求每一个新生写一篇入校感想，不知怎么，我突然想做一首诗，结果写得很长。三天后，第一期校刊出版了，上边净是教师们的诗文，作为学生的，仅仅是我那一首诗。我走路还是老低着头，但后腰骨硬硬的。心里说：西安有什么了不起呢？诗这玩意儿挺好弄嘛！

一九七三年，我四处求教。但凡在文学上有一字指点，便甘心三生报恩不忘。有一次，同一位同学骑自行车去找一个诗人指导诗文。边骑边讨论，车过十字路口，竟忘了躲避交警，结果连人带车扣住，挨了一顿辱骂，两拳击打。要么罚款十五元，要么没收自行车。我俩眼泪汪汪。十五元谈何容易？自行车又是借来的！雪地里仰天长叹。无奈，去商店讨了一张包装纸，买了一支铅笔，又买了一把七分钱小刀削了，趴在马路上写检讨，把罪恶的帽子全部戴在头上，把最求饶的语言全部连接。五个小时后，终于感动了上帝，自行车要回来了。诗文没有得到指点，但从此知道了厉害。至今骑车上街，一到十字路口，老远就下来推着走了。

一九七四年，就在我完全没有希望的时候，我的第一次真正的创作，一篇两千字的散文，在《西安日报》上发表了。

这天是星期天，我抱着几件旧衣服到城中一家小店里去缝补，缝补的价钱很高，那个红鼻子的老头惹我生了一肚子气。路过市邮政大楼前，那里有一个卖报的小摊，无意朝报摊上瞥了一眼，那报纸上显赫地有一行大字：《深深的脚印》。我立即目光直了，跳将近去，果然看见了铅字打出的我的名字。我锐声叫了一下，四周的人都看我，我自知失态，面烧如炭，赶忙逃走了。逃走得当然不很远，等四周的人散去，就想立即去购得十张二十张。但摸摸口袋，仅剩二角钱。我故意慢腾腾地满不在乎地重新走近报摊，说："买十张！""十张？"卖报人只卖给一张，声称不要糟蹋了新报。

一九七七年,总算毕业了。按条件,我是该回山区去教学,但省出版社的同志却硬要了我去。我摇身成了一位编辑,分住在五楼的一个六平方米的斗室里。

稿子向全国四面八方投寄,四面八方的退稿又涌回六平方米。我开始有些心冷,恨过自己命运,也恨过编辑,担心将来一事无成,反误了如今青春年华,夜里常常一个人伴着孤灯呆坐。

《满月儿》在京获奖,赴京的路上我激动得睡不着,吃不下。临走时我一连写就了七八封信给亲朋好友,全带着,准备领奖的那天从北京发出。但一到北京,座谈会上坐满了老作家,谈谈他们的作品,看看他们的尊容,我的嚣张之气顿然消失。唉,我有什么可自傲的呢?不到西安,不知道山外的世界大小,七八封告捷的信我一把火烧了。

颁奖活动的七天里,我一语不发。我没什么可发的。回到家,我把获奖证书扔给了妻子,告诉说:"把它压在箱子底,永远不要让人看见!"

弹指十三年了,十三个台阶爬得我很累,我构思了一幅画:我拽着碌碡在上台阶,我不敢松劲,一松劲,碌碡就滚下去了。可惜我画功太差,不能作出。我知道前面的台阶还很长,一级一级还很高。我体力不行,气喘得厉害,眼看着大队人马都从我身边一跃而上了,我只是揉腿,捶腰。但是,我的眼光在看着台阶,我说,要到天国去,要得到糖果,我的出路只有上台阶,只有沿着台阶往上走。夸父不到大海就渴死了,他死得悲壮。我或许在半路上也要倒下,但是即使倒下,我仍是一个上台阶的鬼。我在房子里重新换上了一个镜框,上边写了日本电视剧《排球女将》的主角小鹿纯子的话:

"我的目标是——奥林匹克运动会!"

四十岁说

无论中国的文学怎样伟大或者幼稚,事实是我们就在其中,且认真地工作着,已经不止一次,十次八次,说过许多追求和反省,回过头来都觉得很坏。作家实在是一种手艺人,文章写得好,就是活儿做得漂亮,窗外的空地上有织网套的,斜斜地背了木弓,一手拿木槌弹敲弓弦,在嗡嗡铮儿的音律里身子蛮有节奏地晃动,劳动既愉悦了别人,也愉悦了自己,事情就这么简单。如果说,作家职业是最易心灵自在,相反的,也最易导致做作——好作家和劣作家就这么分野了。——目下的现实里,甚多的人热衷于讲"世界",讲到很玄乎的程度,如同四个字的"深入生活",原本简单普通的话,没生活拿什么去写呀,但偏偏说得最后谁也不知道深入生活为何物了。还是不要竭力去塑造自己的庄严形象,将一张脸面弄得很深沉,很沉重;人生若认作荒原上的一群羊,哲学家是上帝派下来的牧人,作家充其量是牧犬。

文坛是热闹场,尤其在我们身处的这个时期,贾母在大观园里说过孙女们一个与一个都漂亮得分不清,在化妆品普遍被妇女青睐的今日,我们常常在街头惊叹美女如云。文学上的天才和小丑几乎无法分清,各种各样的创作和理论曾经撑得我们精疲力竭。忽然一想,许多的创作和理论,不是为着自己出头露面的欲望吗?它其实并没有自己大的志向,完整的体系,目的是各人在发表自己的文章而已,蝌蚪跟着鱼儿浪,浪得一条尾巴也没有了。

　　古今的、中外的大智慧家的著作和言论,可以使我们寻到落脚的经纬点。要作为一个好作家,要活儿做得漂亮,就是表达出自己对社会人生的一份态度,这态度不仅是自己的,也表达了更多的人乃至人类的东西。作为人类应该是大致相通的。我们之所以看懂古人的作品,替古人流眼泪,之所以看得懂西方的作品,为他们的激动而激动,原因大概如此。近代的中国史上一句很著名的话:"中学为体,西学为用",进而发展的在文学史上只能借鉴西方写作技巧的说法,我觉得哪儿总有毛病发生。文学或多或少,或大或小,都是要阐述着人生的一种境界,这个最高境界反倒是我们要借鉴的,无论古人与洋人。中国的儒释道,扩而大之,中国的宗教、哲学与西方的宗教、哲学,若究竟起来,最高的境界是一回事,正应了云层上面的都是一片阳光的灿烂。问题是,有了一片阳光,还有阳光下各种各样的,或浓或淡,是雨是雪,高低急缓的云层,它们各自有各自的形态和美学。这就要分析东西方人的思维了,水墨画和油画,戏曲和话剧,西医和中医。我们应该自觉地认识东方的重整体的感应和西方的实验分析,不是归一和混淆,而是努力独立和丰富,通过我们穿过云层,达到最高的人类相通的境界中去。"越是民族越是世界"的言论,关键在这个"民族的"是不是通往人类最后相通的境界去。令人困惑的是理论界和创作界总有极端的思潮涌起,若不是以中国传统(实际上很大程度并不是中国传统)的一套为标准,就是以西方的作规则,合者便好,不合者便孬,制造了许多过眼烟云的作品,又是混乱了许多的创作不知所措。或许也偏颇了,我倒认为对于西方文学的技巧,不必自卑地去仿制，因为思维方式的不同，形成的技巧也各有千秋。通往人类贯通的一种思考一种意识的境界，法门万千，我们在我们某一个法门口，世界于我们是平和而博大，万事万物皆那么和谐又充溢着生命活力，我们就会灭绝所谓的绝对，等待思考的只是参照，只是尽力完满生命的需要。生命完满得愈好，通往大境界的法门之程愈短，如果是天才，有夙愿，必会修成正果，这就是大作家的产生。

在美国的张爱玲说过一句漂亮的话：人生是一袭华美的袍子，里面爬满了虱子。人常常是尴尬的生存。我越来越在作品里使人物处于绝境，他们不免有些变态了，我认作不是一种灰色与消极，是对生存尴尬的反动、突破和超脱。走出激愤，多给沉闷的人生透一口气来，幽默由此而生。爱情的故事里，写男人的自卑，对女人的神驭，乃至感应世界的繁杂的意象，这合于我的心境。现在的文学，热衷于写西方气质的男子汉，赏观中国的戏曲，为什么有一个小生呢，小生的装扮、言语，又为什么是那样，这一切是怎样形成的呢？古老的中国的味道如何写出，中国人的感受怎样表达出来，恐怕不仅是看作纯粹的形式的既定，诚然也是中国思维下的形式，就是马尔克斯和那个川端先生，他们成功，直指大境界，追逐全世界的先进的趋向而浪花飞扬，河床却坚实地建凿在本民族的土地上。

我是一个山地人，在中国的荒凉而瘠贫的西北部一隅，虽然做够了白日梦，那一种时时露出的村相，逼我无限悲凉，我可能不是一个政治性强的作家，或者说不善于表现政治性强的作家，我只有在作品中放诞一切，自在而为。艺术的感受是一种生活的趣味，也是人生态度，情操所致，我必须老老实实生活，不是存心去生活中获取素材，也不是弄到将自身艺术化，有阮籍气或贾岛气，只能有意无意地，生活的浸润感染，待提笔时自然而然地写出要写的东西。

还是寻出两句话吧,这是我四十岁里读到的,闷了许多日,再也不可能忘掉的话——

之一,是我跟一位禅师学禅,回来手书在书房的条幅:"见山是山,见水是水,见山不是山,见水不是水,见山还是山,见水还是水。"

之二,夜读《八大山人画集》,忽见八大山人,字刃庵,画像下几行小字:"个有个而立于□之间也,个无个而超于□之外也,个山个山,形上形下,圆中一点。"

我不是个好儿子

在我四十岁以后,在我几十年里雄心勃勃所从事的事业、爱情遭受了挫折和失意,我才觉悟了做儿子的不是。母亲的伟大不仅生下血肉的儿子,还在于她并不指望儿子的回报,不管儿子离她多远又回来多近,她永远使儿子有亲情,有力量,有根有本。人生的车途上,母亲是加油站。

母亲一生都在乡下,没有文化,不善说会道,飞机只望见过天上的影子。她并不清楚我在远远的城里干什么,惟一晓得的是我能写字,她说我写字的时候眼睛在不停地眨,就操心我的苦,"世上的字能写完?!"一次一次地阻止我。前些年,母亲每次到城里小住,总是为我和孩子缝制过冬的衣物,棉花垫得极厚,总害怕我着凉,结果使我和孩子都穿得像狗熊一样笨拙。她过不惯城里的生活,嫌吃油太多,来人太多,客厅的灯不灭,东西一旧就扔,说:"日子没乡下整端。"最不能忍受我打骂孩子,孩子不哭,她却哭,和我闹一场后就生气回乡下去了。母亲每一次都高高兴兴来,每一次都生了气回去。回去了,我并未思念过她,甚至一年一年的夜里不曾梦着过她。母亲对我的好是我不觉得了母亲对我的好,当我得意的时候,忘记了母亲的存在,当我有委屈了就想给母亲诉说,当着她的面哭一鼻子。

母亲姓周,这是从舅舅那里知道的,但母亲叫什么名字,十二岁那年,一次与同村的孩子骂仗——乡下骂仗以高声大叫对方父母名字为最解气的——她父亲叫鱼,我骂她鱼,鱼,河里的鱼!她骂我:蛾,蛾,小小的蛾!我清楚了母亲叫周小娥。大人物之所以是大人物,是名字被千万人呼喊,母亲的名字我至今没有叫过,似乎也很少听老家村子里的人叫过,但母亲不是大人物却并不失却她的伟大,她的老实、本分、善良、勤劳在家乡有口皆碑。现在有人讥讽我有农民的品性,我并不羞耻,我就是农民的儿子,母亲教育我的忍字,使我忍了该忍的事情,避免了许多祸灾发生,而我的错误在于忍了不该忍的事情,企图以委曲求全而未能求全。

七年前,父亲做了胃癌手术,我全部的心思都在父亲身上,父亲去世后,我仍是常常梦到父亲,父亲依然还是有病痛的样子,醒来就伤心落泪,要买了阴纸来烧。在纸灰飞扬的时候,突然间我会想起乡下的母亲,又是数日不安,也就必会寄一笔钱到乡下去。寄走了钱,心安理得地又投入到我的工作中了,心中再也没有母亲的影子。老家的村子里,人人都在夸我给母亲寄钱,可我心里明白,给母亲寄钱并不是我心中多么有母亲,完全是为了我的心理平衡。而母亲收到寄去的钱总舍不得花,听妹妹说,她把钱没处放,一卷一卷塞在床下的破棉鞋里,几乎让老鼠做了窝去。我埋怨过母亲,母亲说:"我要那么多钱干啥?零着攒下了将来整着给你。你们都精精神神了,我喝凉水都高兴的,我现在又不至于就喝着凉水!"去年回去,她真的把积攒的钱要给我,我气恼了,要她逢集赶会了去买个零嘴吃,她果然一次买回了许多红糖,装在一个瓷罐儿里,但凡谁家的孩子去她那儿了,就三个指头一捏,往孩子嘴里一塞,再一抹,孩子们为糖而来,得糖而去,母亲笑着骂着:"喂不熟的狗!"末了就呆呆地发半天愣。

母亲在晚年是寂寞的,我们兄妹就商议了,主张她给大妹看管孩子,有孩子占心,累是累些,日月总是好打发的吧。小外甥就成了她的尾巴,走到哪儿带到哪儿,一次婆孙到城里来,见我书屋里挂有父亲的遗像,她眼睛就潮了,说:"人一死就有了日子了,不觉是四个年头了!"我忙劝她,越劝她越流下泪来。外甥偏过来对着照片要爷爷,我以为母亲更要伤心的,母亲却说:"爷爷埋在土里了。"孩子说:"土里埋下什么都长哩,爷爷埋在土里怎么不再长个爷爷?"母亲竟没有恼,倒破涕而笑了。母亲疼孩子爱孩子,当着众人面要骂孩子没出息,这般地大了夜夜还要噙她的奶头睡觉,孩子就差了脸,过来捂她的嘴不让说,两人绞在一起倒在地上,母亲笑得直喘气。我和妹妹批评过母亲太娇惯孩子,她就说:"我不懂教育嘛,你们怎么现在都英英武武的?!"我们拗不过她,就盼外甥永远长这么大。可外甥如庄稼苗一样,见风生长,不觉今年要上学了,母亲显得很失落,她依然住在妹妹家,急得心火把嘴角都烧烂了。我作想,如果母亲能信佛,每日去寺院烧香,回家念经就好了,但母亲没有那个信仰。后来总算让邻居的老太太们拉着天天去练气功,我们做儿女的心才稍有了些踏实。

小时候,我对母亲的印象是她只管家里人的吃和穿,白日除了去生产队出工,夜里总是洗萝卜呀,切红薯片呀,或者纺线,纳鞋底,在门栓上拉了麻丝合绳子。母亲不会做大菜,一年一次的蒸碗大菜,父亲是亲自操作的,但母亲的面条擀得最好,满村出名。家里一来客,父亲说:吃面吧。厨房里一阵案响,一阵风箱声。母亲很快就用箕盘端上几碗热腾腾的面条来。客人吃的时候,我们做孩子的就被打发着去村巷里玩,玩不了多久,我们就偷偷溜回来,盼着客人是否吃过了,是否有剩下的。果然在锅项里就留有那么一碗半碗。在那困难的年月里,纯白面条只是待客,没有客人的时候,中午可以吃一顿苞谷糁面,母亲差不多是先给父亲捞一碗,然后下些浆水菜了,连菜带面再给我们兄妹捞一碗,最后她的碗里就只有苞谷糁和菜了。那时少粮缺柴,生活苦巴,我们做孩子的并不愁容满面,平日倒快活得要死,最烦恼的是帮母亲推磨子了。常常天一黑母亲就收拾磨子,在麦子里掺上白苞谷或豆子磨一种杂面,偌大的石磨她一个人推不动,就要我和弟弟合推一个磨棍,月明星稀之下,走一圈又一圈,昏头晕脑地发迷怔,磨过一遍了,母亲在那里过箩,我和弟弟就趴在磨盘上瞌睡。母亲喊我们醒来再推,我和弟弟总是说磨好了;母亲说再磨几遍,需要把麦麸磨得如蚊子翅膀一样薄才肯结束,我和弟弟就同母亲吵,扔了磨棍置气。母亲叹口气,末了去敲邻家的窗子,哀求人家:二嫂子,二嫂子,你起来帮我推推磨子!人家半天不吱声,她还在求,说:"咱换换工,你家推磨子了,我再帮你……孩子明日要上学,不敢耽搁娃的课的。"瞧着母亲低声下气的样子,我和弟弟就不忍心了,揉揉鼻子又把磨棍拿起来。母亲操持家里的吃穿琐碎事无巨细,而家里的大事,母亲是不管的,一切由当教师的星期天才能回家的父亲做主。在我上大学的那些年,每次寒暑假结束要进城,头一天夜里总是开家庭会,家庭会差不多是父亲主讲,要用功学习呀,真诚待人呀,孔子是怎么讲的,古今历史上什么人是如何奋斗的,直要讲二三个小时,母亲就坐在一边,为父亲不住吸着的水烟袋卷纸媒,纸媒卷了好多,便袖了手打盹。父亲最后说:"你妈还有啥说的?"母亲一怔方清醒过来,父亲就生气了:"瞧你,你竟能睡着?!"训几句。母亲只是笑着,说:"你是老师能说,我说啥呀?"大家都笑笑,说天不早了,睡吧,就分头去睡。这当儿母亲却精神了,去关院门,关猪圈,检查柜盖上的各种米面瓦罐是否盖严了,防备老鼠进去,然后就收拾我的行李,然后一个人去灶房为我包天明起来要吃的素饺子。

父亲去世后,我原本立即接她来城里住,她不来,说父亲三年没过,没过三年的亡人会有阴灵常常回来的,她得在家顿顿往灵牌前供献饭菜。平日太阳暖和的时候,她也去和村里一些老太太们摸花花牌,她们玩的是二分钱一个注儿,每次出门就带两角钱三角钱,她塞在袜筒。她养过几只鸡,清早一开鸡棚——要在鸡屁股里揣揣有没有蛋要下,若揣着有蛋，半响午打牌就半途赶回来收拾产下的蛋，可她不大吃鸡蛋，只要有人来家坐了，却总热惦着要烧煎水，煎水里就卧荷包蛋。每年的院里的梅李熟了，总摘一些留给我，托人往城里带，没人进城，她一直给我留着，"平爱吃酸果子"，她这话要唠叨好长时间，梅李就留到彻底腐烂了才肯倒去。她在妹妹家学练了气功，我去看她，未说几句话就叫我到小房去，一定要让我喝一个瓶子里的凉水，不喝不行，问这是怎么啦，她才说是气功师给她的信息水，治百病的，"你要喝的，你一喝肝病或许就好了！"我喝了半杯，她就又取苹果橘子让我吃，说是信息果。

　　我成不成为什么专家名人，母亲一向是不大理会的，她既不晓得我工作的荣耀，我工作上的烦恼和苦闷也就不给她说。一部《废都》，国之内外怎样风雨不止，我受怎样的赞誉和攻击，母亲未说过一句话，当知道我已孤单一人，又病得入了院，她悲伤得落泪，她要到城里来看我，弟妹不让她来，不领好，她气得在家里骂这个骂那个，后来冒着风雪来了，她的眼睛已患了严重的疾病，却哭着说："我娃这是什么命啊?!"

　　我告诉母亲，我的命并不苦的，什么委屈和劫难我都可以受得，少年时期我上山砍柴，挑百十斤的柴担在山岭道上行走，因为路窄，不到固定的歇息处是不能放下柴担的，肩膀再疼腿再酸也不能放下柴担的，从那时起我就练出了一股韧劲的。而现在最苦的是我不能亲自伺候母亲！父亲去世了，作为长子，我是应该为这个家操心，使母亲在晚年活得幸福，但现在既不能照料母亲，反倒让母亲还为儿子牵肠挂肚，我这做的是什么儿子呢？把母亲送出医院，看着她上车要回去了，我还是掏出身上仅有的钱给她，我说，钱是不能代替了孝顺的，但我如今只能这样啊！母亲懂得了我的心，她把钱收了，紧紧地握在手里，再一次整整我的衣领，摸摸我的脸，说我的胡子长了，用热毛巾捂捂，好好刮刮，才上了车。眼看着车越走越远，最后看不见了，我回到病房，躺在床上开始打吊针，我的眼泪默默地流下来。

在女儿婚礼上的讲话

我二十七岁有了女儿,多少个艰辛和忙乱的日子里,总盼望着孩子长大,她就是长不大,但突然间她长大了,有了漂亮、有了健康、有了知识,今天又做了幸福的新娘!我的前半生,写下了百十余部作品,而让我最温暖的也最牵肠挂肚和最有压力的作品就是贾浅。她诞生于爱,成长于爱中,是我的淘气,是我的贴心小棉袄,也是我的朋友。我没有男孩,一直把她当男孩看,贾氏家族也一直把她当作希望之花。我是从困苦境遇里一步步走过来的,我发誓不让我的孩子像我过去那样的贫穷和坎坷,但在"长安居大不易",我要求她自强不息,又必须善良、宽容。二十多年里,我或对她粗暴呵斥或对她无为而治,贾浅无疑是做到了这一点。当年我的父亲为我而欣慰过,今天,贾浅也让我有了做父亲的欣慰。因此,我祝福我的孩子,也感谢我的孩子。

女大当嫁,这几年里,随着孩子的年龄增长,我和她的母亲对孩子越发感情复杂,一方面是她将要离开我们,一方面是迎接她的又是怎样的一个未来?我们祈祷着她能受到爱神的光顾,觅寻到她的意中人,获得她应该有的幸福。终于,在今天,她寻到了,也是我们把她交给了一个优秀的俊朗的贾少龙！我们两家大人都是从乡下来到城里，虽然一个原籍在陕北，一个原籍在陕南，偏偏都姓贾，这就是神的旨意，是天定的良缘。两个孩子都生活在富裕年代，但他们没有染上浮华的习气，成长于社会变型时期，他们依然纯真清明，他们是阳光的、进步的青年，他们的结合，以后的日子会快乐、灿烂！

在这庄严而热烈的婚礼上，作为父母，我们向两个孩子说三句话。第一句，是一副对联：一等人忠臣孝子，两件事读书耕田。做对国家有用的人，做对家庭有责任的人。好读书能受用一生，认真工作就一辈子有饭吃。第二句话，仍是一句老话："浴不必江海，要之去垢；马不必骐骥，要之善走。"做普通人，干正经事，可以爱小零钱，但必须有大胸怀。第三句话，还是老话："心系一处。"在往后的岁月里，要创造、培养、磨合、建设、维护、完善你们自己的婚姻。

今天，我万分感激着爱神的来临，她在天空星界，江河大地，也在这大厅里，我祈求着她永远地关照着两个孩子！我也万分感激着从四面八方赶来参加婚礼各行各业的亲戚朋友，在十几年、几十年的岁月中，你们曾经关注、支持、帮助过我的写作、身体和生活，你们是我最尊敬和铭记的人，我也希望在以后的岁月里关照、爱护、提携两个孩子，我拜托大家，向大家鞠躬！

第二辑 文字天涯

商州初录（节选）

这本小书是写商州的。为商州写书，我一直处在慌恐之中，早在七八年前构思它的时候，就有过这样那样的担心。因为大凡天下流传的地理之书，多记载的是出名人的名地，人以地传，地以人传。而商州从未出现过一个武官骁将，比如霸王，一经《史记》写出，楚地便谁个不晓？但乌骓马出自商州黑龙潭里，虽能"追风逐日"，毕竟是胯下之物、喑哑牲口，便无人知道了。也未有过倾国倾城佳人，米脂有貂蝉，马嵬死玉环，商州处处只是有着桃花，从没见到有一个半载的"羞而不发"，也终是于世默默，天下无闻。搜遍全州，可怜得连一座像样的山也不曾有，虽离西岳华山最近，但山在关中地面，可望而不可得，有话说：在华山上不慎失足，"要寻尸首，山南商州。"可此等忌讳之事，商州人谁肯提起？截至目前，中央委员里是没有商州人的。三十年代，这一带出了个打游击的司令巩德芳，领着上千人马，在商州城里九进八出，威风不减陕北的刘志丹，如今他的部下有在北京干事的，有在西安省城干事的，他应是个了不起的人物了，可惜偏偏在战争中就死了。八十年代以来，姚雪垠先生著的《李自成》风靡于世，那就写的是闯王在商州的活动，但先生如椽之笔写尽军营战事,着墨商州地方的极少,世人仍是只看热闹,哪里管得地理风情?可贺可喜的是近几年商州出了一种葡萄甜酒,畅销全国,商州人以此得意外面世界从此可知商州了,却酒到外地,少数人一看牌子:"丹江牌",脑子里立即浮起东北牡丹江来,何等悲哀之事!而又是多数人喝酒从不看标签下的地方小字,何况杯酒下肚,醉眼蒙眬,谁能看清小字,谁看清了又专要记在心里?

我曾经查过商州十八本地方志,本本都有记载:商州者,商鞅封地也。这便是足见商州历史悠久,并非荒洪蛮夷之地的证据吧!如果和商州人聊起来,他们津津乐道的还是这点,说丹江边上便有这么一山,并不高峻,山崦纵横,正呈现一个"商"字,以此山脚下有一个镇落,从远古至今一直叫"商镇"不改。还说,在明、清,延至民国初年,通往八百里秦川有四大关隘,北是金锁关,东是潼关,西是大散关,南是武关;武关便在商州。一条丹江水从秦岭东坡发源,一路东南而去,经商县,丹凤,商南,又以丹凤为中,北是洛南,南是山阳,西是柞水,镇安,七个县匀匀撒开,距离相等,势如七勺星斗。从河南、湖北、湖南、川、滇、云、贵的商人入关,三千里山路,唯有这武关通行,而商州人去南阳担水烟,去汉中贩丝绸,去江西运细瓷,也都是由水路到汉口。龙驹寨便是红极一时的水旱大码头。那年月,日日夜夜,商州七县的山货全都转运而来,龙驹寨就有四十六家叫得响的货栈,运出去的是木耳,花椒,天麻,党参,核桃,板栗,柿饼,生漆,木材,竹器,运回来的是食盐,碱面,布匹,丝绸,锅碗,陶瓷,烟卷,火纸,硝磺。但是,历史是多么荣耀,先业是多么昭著,一切"俱往矣"!如今的商州,陕西人去过的甚少,全国人知道的更少。陕西的区域通称陕南,陕北,关中;关中指秦岭以北,陕南指安康、汉中;商州西部、北部有亘绵的秦岭,东是伏牛山,南是大巴山;四面三山,这块不规不则的地面,常常就全然被疏忽了,遗忘了。

正是久久被疏忽了,遗忘了,外面的世界愈是城市兴起,交通发达,工业跃进,市面繁华,旅游一日兴似一日,商州便愈是显得古老、落后,撵不上时代的步伐。但亦正如此,这块地方因此而保持了自己特有的神秘。今日世界,人们想尽一切办法以人的需要来进行电气化、自动化、机械化,但这种人工化的发展往往使人又失去了单纯、清静,而这块地方便显出它的难得处了。我曾呼吁:外来的游客,国内的游客为什么不到商州去啊?!那里虽然还没有通上火车,但山之灵光,水之秀气定会使你不知汽车的颠簸,一到那里,你就会失声叫好,真正会感觉到这里的一切似乎是天地自然的有心安排,是如同地下的文物一样而特意要保留下来的胜景!

就在更多的人被这个地方吸引的时候,自然又会听到各种各样对商州的议论了。有人说那里是天下最贫困的地方,山是青石,水是湍急,屋沿沟傍河而筑,地分挂山坡,耕犁牛不能打转。但有人又说那里是绝好的国家自然公园,土里长树,石上也长树,山有多高,水就有多高。有山洼,就有人家,白云在村头停驻,山鸡和家鸡同群。屋后是扶疏的青竹,门前是夭夭的山桃,再是木桩篱笆,再是青石碾盘,拾级而下,便有溪有流,遇石翻雪浪,无石抖绿绸。水中又有鱼,大不足斤半,小可许二指,鲢、鲫、鲤、鲇,不用垂钓,用盆儿往外泼水,便可收获。有人说那里苦焦,人一年到头吃不上一顿白麦馍馍,红白喜事,席面上红萝卜上,白萝卜下,逢着大年,家家乐得蒸馍,却还是一斗白麦细粉,五升白苞谷粗面,掺和而蒸,以谁家馍炸裂甚者为佳。一年四季,五谷为六,瓜菜为四,尤其到了冬日,各家以八斗大瓮窝一瓮浆水酸菜,窖一窑红薯,苦一棚白菜,一个冬天也便过去了。更有那"商州炒面客"之说,说是二三月青黄不接,没有一家不吃稻糠拌柿子晒干磨成的炒面,涩不可下咽,粗不能屙出。但又会有人说,那里不论到任何地方,只要有水,掏之则甜,若发生口渴，随时见着有长猪耳朵草的地方，用手掘掘，便可见一洼清泉，白日倒影白云，夜晚可见明月，冬喝不疹牙，夏饮肚不疼，所以商州人没有喝开水的习惯，亦没有喝茶水的嗜好，笑关中人讲究喝茶，那里水尽是盐碱质的。还说水不仅甘甜，可贵的是水土硬，生长的粮食耐磨耐吃，虽一天三顿苞谷糊汤，却比关中人吃馍馍还能耐饥。陕北人称小米为命粮，但陕北小米养女不养男，商州人称苞谷糊汤为命饭，男的也养，女的也养，久吃不厌，愈吃愈香，连出门在外工作的，不论在北京，上海，不论做何等官职，也不曾有被"洋"化了的而忘却这种饭谱。更奇怪的是商州人在年轻时，是会有人跑出山来，到关中泾阳、三原、高陵，或河南灵宝、三门峡去谋生定居，但一过四十，就又都纷纷退回，也有一些姑娘到山外寻婆家，但也都少不了离婚逃回，长则六年七年，少则三月便罢，两月就了。

众说不一，说者或者亲身经历，或者推测猜度，听者却要是非不能分辨了，反更加对商州神秘起来了。用什么语言可以说清商州是个什么地方呢？这是我七八年来迟迟不能写出这本书的原因。我虽然土生土长在那里，那里的一丛柏树下还有我的祖坟，还有双亲高堂，还有众亲广戚，我虽然涂抹了不少文章，但真正要写出这个地方，似乎中国的三千个方块字拼成的形容词是太少了，太少了，我只能这么说：这个地方是多么好啊！

它没有关中的大片平原，也没有陕南的巉峻山峰。像关中一样也产小麦，亩产可收六百斤，像陕南一样也产大米，亩产可收八百斤。五谷杂粮都长，但五谷杂粮不多。气候没关中干燥，却也没陕南沉闷。也长青桐，但都不高，因木质不硬，懒得栽培，自生自灭。橘子树有的是，却结的不是橘子，乡里称枸蛋子，其味生臭，满身是刺，多成了庄户围墙的篱笆。所产的莲菜，不是七个眼，八个眼，出奇的十一个眼，味道是别处的不能类比。核桃树到处都长，核桃大如山桃，皮薄如蛋壳，手握之即破。要是到了秋末,到深山去,栗树无家无主,栗落满地,一个时辰便捡得一袋。但是,这里没有羊,吃羊肉的人必是上了年纪的老人,或是坐了月子的婆娘,再就是得了重病,才能享受这上等滋养。外面世界号称"天上龙肉,地上鱼肉",但这里满河是鱼,却没人去吃。有好事顽童去河里捕鱼,多是为了玩耍,再是为过往司机。偶尔用柳条穿一串回来,大人是不肯让在锅里煎做,嫌其腥味,孩子便以荷叶包了,青泥涂了,在灶火口烘烤。如今慢慢有动口的人家,但都不大会做,如熬南瓜一样,炒得一塌糊涂。螃蟹也多,随便将河边石头一掀,便见拳大的恶物横行而走,就免不了视如蛇蝎,惊呼而散。鳖是更多,常见夏日中午,有爬上河岸来晒盖的,大者如小碗盘,小者如墨盒,捉回来在腿上缚绳,如擒到松鼠一样,成为玩物。那南瓜却何其之多,门前屋后,坎头涧畔,凡有一抔黄土之地,皆都生长,煮也吃,熬也吃,炒也吃,若有至宾上客,以南瓜和绿豆做成"揽饭",吃后便三天不知肉味。请注意,狼虫虎豹是常见到的,冬日夜晚,也会光临村中,所以家家猪圈必在墙上用白灰画有圆圈,据说野虫看见就畏而却步,否则小猪被叼走,大猪会被咬住尾巴,以其毛尾作鞭赶走,而猪却吓得不吱一声。当然,养狗就是必不可少的营生了,狗的忠诚,在这里最为突出,只是情爱时令人讨厌,常交结一起,用棍不能打开。

可是,有一点说出来脸上无光,就是这里不产煤。金银铜铁锡样样都有,只偏偏没煤!以前总笑话铜关煤区黑天黑地,姑娘嫁过去要尿三年黑水,到后来说起铜关,就眼红不已。深山里,烧饭,烧炕,烤火,全是木块木料,三尺长的大板斧,三下两下将一根木橡劈开,这使城里人目瞪口呆,也使川道人连声遗憾。川道人烧光了山上树木,又刨完了粗桩细根,就一年四季,夏烧麦秸,秋烧稻草,不夏不秋,扫树叶,割荆棘。现在开始兴沼气池,或出山去拉煤,这当然是那些挣大钱的人家,和那些门道稠的庄户。

山坡上的路多是沿畔,虽一边靠崖,崖却不贴身,一边临沟,望之便要头晕,毛道上车辆不能通,交通工具就只有扁担、背篓。常见背柴人远远走来,背上如小山,不见头,不见身,只有两条细腿在极快移动。沿路因为没有更多的歇身处,故一条路上设有若干个固定歇处,不论背百儿八十,还是担百儿八十,再苦再累,必得到了固定歇处方歇,故商州男人都不高大,却忍耐性罕见,肩头都有拳头大的死肉疙瘩。也因此这里人一般出外,多不为人显眼,以为身单好欺,但到了忍无可忍了,则反抗必要结果,动起手脚来,三五壮汉不可近身。历代官府有言:山民如水,可载舟,亦可覆舟。若给他们滴水好处,便会得以涌泉之报,若欲是高压,便水中葫芦压下浮上。地方志上就写有:李自成在商州,手下善攻能守者,多为商州本地人;民国年代,常有暴动。就是在"文化大革命"中,每县都有榔头队、拳头队、石头队、县县联合,死人无数,单是山阳县一次武斗,一派用石头在河滩砸死十名俘虏,另一派又将十五名俘虏用铁丝捆了,从岸上"下饺子"投下河潭。男人是这么强悍,但女人却是那么多情,温顺而善良。女大十八变,虽不是苗条婀娜,却健美异常,眼都双层皮,睫毛长而黑,常使外地人吃惊不已。走遍丹江,洛河,乾佑河,金钱河,四河流域,村村都有百岁妇女,但极少有九十男人。七个县中的剧团,女演员台架,身段,容貌,唱,念,说,打,出色者成批,男主角却善武功,乏唱声,只好在关中聘请。

陕北人讲穿不求吃,关中人好吃不爱穿,这里人皆传为笑料,或讥之为"穷穿",或骂之为"瞎吃",他们是量家当而行,以自然为本,里外如一。大凡逢年过节,或走亲串门,赶集过会,就从头到脚,花花绿绿,崭然一新。有了,七碟子八碗地吃,色是色,形是形,味是味,富而不奢;没了,一样的红薯面,蒸馍也好,压饸饹也好,做漏鱼也好,油盐酱醋,调料要重,穷而不酸。有了钱,吃得像样了,穿得像样了,顶讲究的倒有两样:一是自行车，一是门楼。车子上用红线缠，用蓝布包，还要剪各种花环套在轴上，一看车子，就能看出主人的家景，心性。门楼更是必不可少，盖五间房的有门楼，盖两间房的也有门楼，顶上做飞禽走兽，壁上雕花鸟虫鱼，不论干部家，农夫家，识字家，文盲家，上都有字匾，旧时一村没有念书人，那字就以碗按印画成圆圈，如今全写上"山清水秀"或"源远流长"。

我也听到好多对商州的不逊之言，说进了山，男人都可怕，有进山者，看见山坡有人用尺二牙子镢在掘地，若上去问路，瞧见有钱财的，便会出其不意用镢头打死，掏了钱财，掘坑将尸首埋了，然后又心安理得地掘他的地。又说男女关系混乱。有兄弟数人，只娶一个老婆，等到分家，将家产分成几份，这老婆也算作一份，然而平分，要柜者，不能要瓮，柜瓮都要者，就不得老婆……我在这里宣布，这全是诬蔑！商州在旧社会，确实土匪多，常常路断人稀，但如今从未有过以镢劈死过路人的事件，偶尔有几个杀人罪犯，但谁家坟里没几棵弯弯柏树？世上的坏人是平均分配的，商州岂能排除？说起作风混乱，更是一派胡言，这里男女可以说，笑，打，闹，以爷孙的关系为最好，无话不说，无事不做，也常有老嫂比母之美谈，但家哥和弟媳界限分明，有话则说，无话则避。尤其一下地干活，男女会不分了老少，班辈，什么破格话都可说，似乎一块土地，就像城市人的游泳池，男女都可以穿裤头来。若是开会，更是所有人一起上炕，以被覆脚，如一个车轮，团团而坐。

商州到底过去是什么样子，这么多年来又是什么样子，而现在又是什么样子，这已经成了极需要向外面世界披露的问题，所以，这也就是我写这本小书的目的。据可靠消息，商州的铁路正在测量线路，一旦铁路修通，外面的人就成批而入，山里的人就成批走出，商州就有它对这个社会的价值和意义而明白天下了。如今，我写这本小书的工作，只当是铁路线勘测队的任务一样，先使外边的多少懂得这块地方，以公平而平静的眼光看待这个地方。一旦到了铁路修起,这一小书就便可作卖辣面的人去包装了,或是去当了商州姑娘剪铰的鞋样了。但我却是多么欣慰,多多少少为生我养我的商州尽些力量,也算对得起这块美丽、富饶而充满着野情野味的神秘的地方,和这块地方的勤劳、勇敢而又多情多善的父老兄弟了。

商州又录

小 序

  去年两次回到商州,我写了《商州初录》。拿在《钟山》杂志上刊了,社会上议论纷纷,尤其在商州,《钟山》被一抢而空,上至专员,下至社员,能识字的差不多都看了,或褒或贬,或抑或扬。无论如何,外边的世界知道了商州,商州的人知道了自己,我心中就无限欣慰。但同时悔之《初录》太是粗糙,有的地名太真,所写不正之风的,易被读者对号入座;有的字句太拙,所旨的以奇反正之意,又易被一些人误解。这次到商州,我是同画家王军强一块旅行的,他是有天才的,彩墨对印的画无笔而妙趣天成。文字毕竟不如彩墨了,我只仅仅录了这十一篇。录完一读,比《初录》少多了,且结构不同,行文不同,地也无名,人也无姓,只具备了时间和空间,我更不知道这算什么样的文体,匆匆又拿来求读者鉴定了。
  商州这块地方,大有意思,出山出水出人出物,亦出文章。面对这块地方,细细作一个考察,看中国山地的人情风俗,世时变化,考察者没有不长了许多知识,清醒了许多疑难,但要表现出来实在是笔不能胜任的。之所以我还能初录了又录,全凭着一颗拳拳之心,我甚至有一个小小的野心:将这种记录连续写下去。这两录重在山光水色、人情风俗上,往后的就更要写到一九四九年以来各个时期的政治、经济诸方面的变迁在这里的折光。否则,我真于故乡"不肖",大有"无颜见江东父老"之愧了。

一

最耐得寂寞的,是冬天的山,褪了红,褪了绿,清清奇奇的瘦,像是从皇宫里走到民间的女子,沦落或许是沦落了,却还原了本来的面目。石头裸裸地显露,依稀在草木之间。草木并没有摧折,枯死的是软弱,枝柯僵硬,风里在铜韵一般的颤响。冬天是骨的季节吗?是力的季节吗?

三个月的企望,一轮嫩嫩的太阳在头顶上出现了。

风开始暖暖地吹,其实那不应该算作风,是气,肉眼儿眯着,是丝丝缕缕的捉不住拉不直的模样。石头似乎要发酥呢,菊花般的苔藓亮了许多。说不定在什么时候,满山竟有了一层绿气,但细察每一根草、每一枝柯,却又绝对没有。两只鹿,一只有角的和一只初生的,初生的在试验腿力,一跑,跑在一片新开垦的田地上,清新的气息使它撑了四蹄,呆呆的,然后一声锐叫,寻它的父亲的时候,满山树的枝柯,使它分不清哪一丛是老鹿的角。

山民挑着担子从沟底走来,棉袄已经脱了,垫在肩上,光光的脊梁上滚着有油质的汗珠。路是顽皮的,时断时续,因为没有浮尘,也没有他的脚印;水只是从山上往下流,人只是牵着路往上走。

山顶的窝洼里,有了一簇屋舍。一个小妞儿刚刚从鸡窝里取出新生的热蛋,眯了一只眼儿对着太阳耀。

二

这个冬天里,雪总是下着。雪的故乡在天上,是自由的纯洁的王国;落在地上,地也披上一件平和的外衣了。洼后的山,本来也没有长出什么大树,现在就浑圆圆的,太阳并没有出来,却似乎添了一层光的虚晕,慈慈祥祥的像一位梦中的老人。洼里的林梢全覆盖了,幻想是陡然涌满了凝固的云,偶尔的风间或使某一处承受不了压力,陷进一个黑色的坑,却也是风,又将别的地方的雪扫来补缀了。只有一直走到洼下的河沿,往里一看,云雪下是黑黝黝的树干,但立即感觉那不是黑黝黝,是蓝色的,有莹莹的青光。

河面上没有雪,是冰。冰层好像已经裂了多次,每一次分裂又被冻住,明显着纵纵横横的银白的线。

一棵很丑的柳树下,竟有了一个冰的窟窿,望得见下面的水,是黑的,幽幽的神秘。这是山民凿的,从柳树上吊下一条绳索,系了竹筐在里边,随时来提提,里边就会收获几尾银亮亮的鱼。于是,窟窿周围的冰层被水冲击,薄亮透明,如玻璃罩儿一般。

山民是一整天也没有来提竹筐了吧?冬天是他们享受人伦之乐的季节,任阳沟的雪一直涌到后墙的檐下去,四世同堂,只是守着那火塘。或许,火上的吊罐里,咕嘟嘟煮着熏肉,热灰里的洋芋也熟得冒起白气。那老爷子兴许喝下三碗柿子烧酒,醉了。孙子却偷偷拿了老人的猎枪,拉开了门,门外半人高的雪扑进来,然后在雪窝子里拔着腿,无声地消失了。

一切都是安宁的。

黄昏的时候,一只褐色的狐狸出现了。它一边走着,一边用尾巴扫着身后的脚印,悄没声地伏在一个雪堆上。雪堆上站着一只山鸡,这是最俏的小动物了,翘着赤红色的长尾,欣喜不已。远远的另一个雪堆上,老爷子的孙子同时卧倒了,伸出黑黑的枪口,右眼和准星已经同狐狸在一条线上……

三

西风一吹,柴门就掩了。

女人坐在炕上,炕上铺满着四六席;满满当当的,是女人的世界。火塘的出口和炕门接在一起,连炕沿子上的红椿木板都烙腾腾的。女人舍不得这份热,把粮食磨子都搬上来,盘腿正坐,摇那磨拐儿,两块凿着纹路的石头,就动起来,呼噜噜一匝,呼噜噜一匝,"毛儿,毛儿。"她叫着小儿子,小儿子刚会打能能,对娘的召唤并不理睬;打开了炕角的一个包袱,翻弄着五颜六色的、方的圆的长的短的碎布头儿。玩腻了,就来扑着娘的脊背抓。女人将儿子抱在从梁上吊下来的一个竹筐子里,一边摇一匝磨拐儿,一边推一下竹筐儿。有节奏的晃动,和有节奏的响声,使小儿子就迷糊了。女人的右手也乏疲了,两只手夹一个六十度的角,一匝匝继续摇磨拐儿。

风天里,太阳走得快,过了屋脊,下了台阶,在厦屋的山墙上磨蚀了一片,很快就要从西山峁上滚下去了。太阳是地球的一个磨眼吧,它转动一圈,把白天就从磨眼里磨下去,天就要黑了?

女人从窗子里往外看,对面的山头上,孩子的爹正在那里犁地。一排儿五个山头上,山头上都是地;已经犁了四个山头,犁沟全是由外往里转,转得像是指印的斗纹,五个山头就是一个手掌。女人看不到手掌外的天地。

女人想:这日子真有趣,外边人在地里转圈圈,屋里人在炕上摇圈圈;春天过去了,夏天就来;夏天过去了,秋天就来;秋天过去了,冬天就来。一年四季,四个季节完了,又是一年。

天很快就黑了,女人溜下炕生火做饭。饭熟了,她一边等着男人回来,一边在手心唾口唾沫,抹抹头发。女人最爱的是晚上,她知道,太阳在白日散尽了热,晚上就要变成柔柔情情的月亮的。

小儿子就醒了,女人抱了她的儿子,倚在柴门上指着山上下来的男人,说:"毛儿爹——叫你娃哟!——哟——哟——"

"哟——哟——"却是叫那没尾巴的狗的,因为小儿子屎拉下来了,要狗儿来舐屎的。

四

初春的早晨,没有雪的时候就有着雾。雾很浓,像扯不开的棉絮,高高的山就没有了吓人的巉石,山弯下的土塬上,林梢也没有了黝黝的黑光。河水在流着,响得清喧喧的。

河对岸的一家人,门拉开的声很脆,走出一个女儿,接着又牵出一头毛驴走下来。她穿着一件大红袄儿,像天上的那个太阳,晕了一团,毛驴只显出一个长耳朵的头,四个蹄腿被雾裹着。她是下到河里打水的。

这地面只有这一家人,屋舍偏偏建得高,原本那是山嘴,山嘴也原本是一个囵囵的石头,石头上裂了一条缝,缝里长出一棵花栗木树。用碎石在四周帮砌上来,便做了屋舍的基础。门前的石头面上可以织布,也可以晒粮食。这女儿是独生女,二十出头,一表人才。方圆几十里的后生都来对面的山上,山下的梢林里,割龙须草,拾毛栗子,给她唱花鼓。

她牵着毛驴一步步走下来,往四周看看,四周什么却看不清,心想:

今日倒清静了！无声地笑笑,却又感到一种空落。河上边的木板桥上,有一鸡爪子厚的霜,没有一个人的脚印。

在河边,她蹴下了,卸下了毛驴背上的木桶,一拎,水就满了,但却不急着往驴背上挂,大了胆儿往河那边的山上、塬上看。看见了河水割开的十几丈高的岸壁,吃水线在雾里时隐时现。有一棵树,她认得是冬青木的,斜斜地在壁上长着。这是一棵几百年的古木,个儿虽并不粗高,却是岸上塬头上的梢林的祖爷子。那些梢林长出一代,砍伐了一代,这冬青还是青青地长着,又孕了米粒大的籽儿。

她突然心里作想:这冬青,长在那么危险的地方,却活得那么安全呢。

于是,也就想起了那些唱给她的花鼓曲儿。水桶挂在毛驴背上,赶着往回走,走一步,回头看一下,走一步,再回过头来。雾还没有退。桥面上的霜还白白的。上斜坡的时候,路仄仄的拐"之"字形,她却唱起一首花鼓曲了:

　　后院里有棵苦李子啊,小郎儿哟,
　　未曾开花,亲人哪,
　　谁敢尝哎,哥呀嗳!

五

秋天里,什么都成熟了;成熟了的东西是受不得用手摸的,一摸就要掉呢。四个女子,欢乐得像风里的旗,在一棵柿树上吃蛋柿。洼地里路纵纵横横,似一张大网,这树就在网底,像伏着的一只大蜘蛛。果实很繁,将枝股都弯弯地坠下来,用不着上树,寻着一个目标,那嘴轻轻咬开那红软了的尖儿,一吸,甜的香的软的光的就全到了肚子里。只需再送一口气去,那蛋柿壳儿就又复圆了。末了,最高的枝儿上还有一颗,她们拿石子掷打,打一次没有打中,再打一次,还是不中。

树后的洼地里,呜哇哇有了唢呐声,一支队伍便走过来了。这是迎亲的;一家在这边的山上,一家在那边的山上,家与家都能看见,路却要深入到这洼地,半天才能走到。洼地里长满了黄蒿,也长满了石头,迎亲的队伍便时隐时现,好像不是在走,是浮着漂着来的。前面两杆唢呐,三尺长的铜杆,一个碗大的口孔,拉长了喉咙,扩大了嘴地吹。后边是两架花轿,轿简易却奇特,是两根红桑碾杆,用红布裹了,上边缚一个座椅,也是铺了红布的,一走一颠,一颠一闪;新郎便坐了一架,新娘便坐了一架。再后边,是未婚的后生抬了柜,抬了箱,被子,单子,盒子,镜子。再后边,是一群老幼。女人们衣服都浆得硬硬的,头上抹了油,一边交头接耳,一边拿崭新的印花手帕撩撩,赶那些追着油香飞的蜂。

吃蛋柿的女人忙隐身在树后,睁一只眼儿看,看见了那红桑木碾杆上的新娘,从头到脚穿得严严实实,眼睛却红红的,像是流过泪。吹唢呐的回头看一眼,故意生动着变形的脸面,新娘噗地笑了,但立即就噤住,脸红得烧了火炭。

一生都在山路上走,只有这一次竟不走路啊。被抬着,娘生她在这个山头上,长大了又要到那个山头上去生去养了。

树后的女子都觉得有趣,细嚼起来,却不知道这是怎么回事。

她们很快被迎亲的队伍发现了,都拿眼光往这里瞅。四个女子羞羞的,却一起仰起头儿盯那高枝儿上的蛋柿。她们没有用石子去打,蛋柿也没有掉下来。

迎亲队伍没有停,过去了。他们走过了一条小路,柿树下同时放射出的,通往四面八方山头的小路上,便都有了唢呐的余音。

六

高高的山挑着月亮在旋转,旋转得太快了,看着便感觉没有动,只有月亮的周围是一圈一圈不规则的晕,先是黑的,再是黄的,再灰,再紫,再青,再白。洼地里全模糊了,看不见地头那个草庵子,庵后那一片桃林,桃林全修剪了,出地像无数的五指向上分开的手。桃林过去,是拴驴的地方,三个碌碡,还有一根木桩;现在看不见了,剪了尾巴的狗在那里叫。河里,桥空无人,白花花的水。

一个男人,蹲在屋后阳沟的泉上,拿一个杆杖在水里搅,搅得月亮碎了,星星也碎了,一泉的烂银,口中念念有词。接着就摸起横在泉口的竹管。这竹管是打通了节的,一头接在泉里,一头是通过墙眼到屋里的锅台上。他却不得进屋去。他已经从门口走过来,又走到门口去,心里痒痒的,腿却软得像抽了筋,末了就使劲敲门。屋里有骂他的声音。

骂他的是一个婆子,婆子正在搬弄着他的女人;女人正在为他生着儿子。他要看看儿子是怎样生出来的,婆子却总是把他关门外。

"这是人生人呢!"

"我是男子汉;死都不怕呢!"

"不怕死,却怕生呢。"

他不明白,人生人还这么可怕。当女人在屋里一阵阵惨叫起来,他着实是害怕了。他搅着泉水祈祷,他想跑过那桃林,一个人到河面的桥上去喊,他却没了力气,倒在木桩篱笆下,直眼儿只看着月亮,认作那是风火轮子,是一股旋风,是黑黑的夜空上的一个白洞。

一更过去,二更已尽,已经是三更,鸡儿都叫了。女人还在屋里嘶叫。他认为他的儿子糊涂:来到这个世界竟这么为难。山洼里多好,虽然有狼,但只要在猪圈上画白灰圈圈,它就不敢来咬猪了。这里山高,再高的山也在人的脚下。太阳每天出来,怕什么?只要脊背背了它从东山到西山,它就成月亮了。晚上不是还有疙瘩柴火烤吗?还有洋芋糊汤呢。你会有媳妇,还有酒,柿子可以烧,苞谷也可以烧,喝醉了,唱花鼓。

女人一声锐叫,不言语了。接替女人叫的是一阵尖而脆的哇哇啼声。

门打开了,接生的婆子喊着男人:"你儿子生下了,生下了!"催他进去烧水,打鸡蛋,泡馍。男人却稀软得立不起来。天上的月亮没有了,星星亮起来,他觉得星星是多了一颗。

"又一个山里人。"他说。

七

路到山上去,盘十八道弯,山顶上一棵栗木树下一口泉,趴下喝了,再从那边绕十八道弯下去。山的两面再没有长别的树,石头也很分散,却生满了刺玫,全拉着长条儿覆衍石上,又互相交织在一起。花儿却嫩得噙出水儿,一律白色,惹得蝴蝶款款地飞。

十八道弯口,独独一户人家,住着个寡妇,寡妇年轻,穿着一双白布蒙了尖儿的鞋;开了店卖饭。

公路上往来的司机都认识她,她也认识司机,迟早在店里窗内坐着,对着奔跑的汽车一抬手,车就停了。方圆三十里的山民,都称她是"车闸"。

山里人出到山外去,或者从山外回到山里来,都在店里歇脚。谁也不惹她,谁也没理由敢惹她。她认了好多亲家,当然,干儿子干女儿有几十,有本乡本土的,有山外城里的。为了讨好她,送给她狗的人很多;为了讨好她,一走到店前就唤狗儿喂东西吃。十几条狗都没有剪尾巴,肥得油光水亮。

八月里,店里店外堆满了柿子、核桃、黄蜡、生漆、桐油;山民们都把山货背来交给她。她一宗一宗转卖给山外来的汽车。店里说话的人多,吃饭的人少。营业的时间长,获取的利润短。她不是为了钱,钱在城乡流通着,使她有了不是寡妇的活泼。活泼,使一些外地来人都知道了她是寡妇。她不害羞,穿了那双有白布的鞋儿,整头平脸,拿光光的眼睛看人,外地来人也就把她这个寡妇知道了,也讨好地掰了干粮给那狗儿吃,也只有给狗儿吃。

满山的刺玫都开了,白得宣净,一直繁衍到了店的周围。因为刺在花里,谁也不敢糟蹋花,因为花围了店屋,店里人总是不断。忽一日,深山跑来一只美丽的麝,从那边十八道弯里跑上,从这边十八道弯里跑下,又在山梁上跑。山里的一切猎手都不去打。他们一起坐在店里往山头上看,说那麝来回跑得那么快,是为它自身的香气兴奋呢。

八

你毕竟是看见了,仲夏的山上并不是一种纯绿,有黄的颜色,有蓝的颜色,主体则是灰黑的,次之为白,那是枸子和狼牙刺的花了。你走进去,你就是你梦中的人,感觉到了渺小。却常常会不辨路径,坐下来看那峡谷,两壁的梢林交错着,你不知道谷深到何处,成团成团的云雾往外涌,疑心是神鬼在那里出没。偶然间一棵干枯的树站在那里,满身却是肉肉的木耳。有蛇,黑藤一样地缠在树上。气球大的一个土葫芦,团结了一群细腰黄蜂。蹑手蹑脚地走过去,一只松鼠就在路中摇头洗脸了。

这小玩意儿,招之即来,上了身却不被抓住,从右袖筒钻进去了,又从左袖筒钻出去了。同时有一声怪叫,嘎喇喇地,在远处的什么地方,如厉鬼狞笑。

你终于禁不住了寂寞,唱起来;一旦唱起来,就不敢停下,想要使所有的东西都听见,来提醒它们:你是有力量的,是强者。但唱得声越来越颤了。惊恐驱使着你突然跑动,越跑越紧,像是梦中一样,力不从心。后来就滚下去,什么也不可能得知了。

人昏了,权当是睡着了;但醒来,却是忍不住的苦痛;腿上的血还在流呢。

一位老者,正抱着你,你只看见那下巴上一窝银须,在动,不见那嘴,末了,胡子中吐一团烂粥般的草,是蓬蓬芽。敷在腿上的伤口,于是血凝固,亦不再疼。你不知道他是谁,哪儿来的。

"采药的。"他说。

"采药的?就在这山上,成年采吗?"

他点点头,孤独已经使他不愿再多说话吗?扶着你站起来,他就走了。

你是该下山了,但你不愿意;想陪陪他,心里在说:山上是太苦了。正是太苦,才长出了这苦口的草药吗?采药的人成年就是挖着这苦,也正是挖着了这草药的苦,才医治了世上人的一生中所遇到的苦痛吗?

你一定得意了你这话里的哲理,回头再寻那采药人,云雾又从那一丛黑柏下涌过来了,什么也没有了响动,你听见的是你的呼吸声。

九

一座山竟是一块完整的石头,这石头好像曾经受了高温,稀软着往下蹾,显出一层一层下蹾的纹线。在左边,有一角似乎支持不住,往下滴溜,上边的拉出一个向下的奶头状,下边的向上壅一个蘑菇状,快要接连了,突然却凝固,使完整的石头又生出了许多灵巧,倒疑心此山是从什么地方飞来的。

河水就绕着这山的半圆走,水很深,是黑的液体,只有盛在桶里,才知道它是清白的,清白到了没有。沿着河边的砭石,人家就筑起屋舍,屋舍并不需起基础,前墙根紧挨着砭石沿,屋下的水面,什么地方在石砭上凿出坑儿,立栽上石条,然后再用石头斜斜垒起来,算作是台阶。水涨了,台阶就缩短,水落了,台阶就拉长。水也是长了脚的,竟也一年走到门槛下,鸡儿站在门墩上能喝水。

现在,水平平地伏在台阶下,那里是码头,柏木解成了一溜长排,被拴在石嘴上。船儿从峡谷里并没有回来,女人们就蹲在那里捶打一种树皮。这树皮在水里泡了七七四十九天,用棒槌砸着,砸出麻一样的丝来,晒干了可以拧绳纳鞋底。四只五只鸭子在那里浮,看着一个什么就钻下去啄,其实那不是鱼,是天上落下的还没有消失的残月。

一只很大的木排撑下来,靠近了对面的山根,几十人开始抬一个棺材往山上去,唢呐咿咿呜呜的。这是河湾上一个汉子要走了,他是在上游砍荆条,然后扎排运到下游去卖,已经砍了许多,往山下扛的时候,滚了坡。在外的人横死了,尸首不能进家门。棺材上就缚了一只雄鸡,一直要运到河那边山头的坟地去。熟人死了一个,新鬼多了一名。孝子婆娘在唢呐声中哭,有板有眼。这边砸树皮的女人都站起来,说那汉子的好话,看着那儿子在河里摔了孝子盆,就拿一块手帕,揾了鼻子嘴的流眼泪。

在水里钻了一生,死了却都要到山顶上去,女人们不明白这是为什么,或许山上有荆条,有龙须草,有桐子,有土漆,河里只是运往的路吧。

唢呐吹得这么响,唢呐是人生的乐器呢,上世的时候,吹过一阵,结婚的时候,吹过一阵,下世的时候,还是这么吹。

一个女人突然觉得肚子疼,她想了想,才六个月,还不是坐炕的日子呀,就怀疑是那汉子的阴魂要作孽了,吓得脸色苍白。夜里,女人的男人偷偷从门前石阶上下去,坐船到了对岸山上,浇了一壶酒,将削好的四个桃木橛子钉在坟头,说:"你不要勾了我的儿子,让他满满月月生下来,咱山上河里总盼着一个劳力啊!"

一切很安静。住人家的那块完整石头的山上,月亮小小的,水落了,门下斜斜的台阶,长长的,月亮水影照着像一条光光的链条。

十

一群乌鸦在天上旋转,方向不固定的,末了,就落下来;黑夜也在翅膀上驮下来了。九沟十八岔的人,都到河湾的村里来,村里正演电影。三天前消息就传开,人来得太多,场畔的每一棵苦楝子树,枝枝丫丫上都坐满了,从上面看,净是头,像冰糖葫芦,从下面看,尽是脚,长的短的,布底的,胶底的。后生们都是二十出头,永不安静在一个地方,灰暗里,用眼睛寻着眼睛说话。

早先地在一起,他们常被组织着,去修台田,去狩猎,去护秋,男男女女在一起说话,嬉闹,大声笑。现在各在各家地里,秋麦二料忙清了,袖着手总觉得要做什么,却不知道做什么,肚子饱饱的,却空空的饥饿。只看见推完磨碾后的驴,在尘土里打滚,自己的精神泄不出去,力气也恢复不来。

场畔不远,就是河,河并不宽,却深深的水。两岸都密长了杂木,又一层儿相对向河面斜,两边的树枝就复交纠缠了。河面常被这种纠缠覆盖,时隐时现。一只木排,被八个女子撑着,咿咿呀呀漂下来。树分开的时候,河是银银的,钻树的防空洞了,看不见了树身上的蛇一样裹绕的葛条,也看不见葛条上生出茸茸的小叶的苔藓。木排泊在场畔下,八个女子互相照看了头发,假装抹脸,手心儿将香脂就又一次在脸上擦了,大声说笑着跳上场畔。

后生们立即就发现了,但却正经起来,两只眼儿都睁着,一只看银幕,一只看着场畔。

八个女子,三个已经结了婚,勾肩搭背的,往人窝里去了,她们不停地笑,笑是给同伴听的,笑也是给前后的人听的。前后有了后生,也大声说话,说是说明电影上的事,话也是给他人说明自己的能耐的。都知道是为了什么,都不说是为了什么。

五个女子是没有订婚的,五个女子却并不站在一起,又不到人窝去,全分散在场畔边上,离卖醪糟的小贩摊,不远不近,小贩摊上的马灯照在身上,不暗不明。有后生就匆匆走过去,又匆匆走过来,忙乱中瞅一眼,或者站在前边,偏踩在一块圆石头上,身子老不得平衡,每一次从石头上歪下来,后看一眼,不经意的。女子就哧哧地笑,后生一转身笑声便噤,身再一转,哧哧又响。目光碰在一起了,目光就说了话,后生便勇敢了,要么搭讪一句,要么,挪过步来,女子倒忽地冷了脸,骂一声:"流氓!"热热的又冷冷了,后生无趣地走了。女子却无限后悔,望着星星,星星蒙蒙的,像滴流着水儿。再换过地方,站在卖醪糟的那边,一只手儿托着下巴,食指咬在牙里。

一场电影完了,看了银幕上的人,也看了看银幕上的人的人,也被人看了。八个女子集合在场畔,唱了一段花鼓,却说:"别唱了,那些没皮脸的净往这儿看呢!"就爆一阵笑声,上了木排,从水面上划走了。木排在河里,一河的星星都在身下,她们数起来,都争着说哪颗星星是她的,但星星老数不清。说:"这电影真好!"奋力划桨。

木排上行到五里外的湾里,八个女子跳下去,各自问一句:"几时还演电影呢?"各自走进八个岸边的山洼。已经听见狗在家门口汪着了,一时间,脚腿却沉重起来,没了一丝儿力气……

十一

冬天里沟深,山便高,月便小,逆着一条河水走,水下是沙,沙下是水,突然水就没有了,沙干白得像漂了粉,疑惑水干枯了,再走一段,水又出现,如此忽隐忽现。一个源头,倒分地上地下两条河流。山在转弯的时候,出现一片栲树,树里是三间房,房没有木架,硬打硬搁,两边山墙上却用砖砌了四个"吉"字。栲树叶子都枯了,只是不脱落,静得没声没息。门前一溜石板下去,是一处场面,左边新竹,每一片细叶都亮亮的,像打了蜡光。竹子下是石碌子碾子,碾盘上卧着一条狗,碾杆上挂着一副牛的暗眼套。右边是十三个坟墓,坟墓前边都有一个砖砌的灯盏窝。这是百十年里这屋里的主人。十三个主人都死去了,这屋还没有倒,新的主人正坐在炕上。

这是个老婆子,七十多岁了,牙口还好,在灯下捏针纳扣门儿,续线的时候,线头却穿不到针眼,就叹口气坐着,起身从锅台上抱了猫儿上来。猫是妖媚的玩物,她离不得它,它也离不得她,她就在嘴里嚼馍花,嚼得烂烂的了,拿在手里喂它吃。

孙子还没有回来。黄昏时到下边人家喝酒去了。孙子是儿子的一条根,儿子死了,媳妇也死了,她盼着这孙子好生守住这个家。孙子却总是在家里坐不住,他喜欢看电影,十里外的地方演也去,回来就呆呆痴几天。他不愿留光头。衣服上不钉扣门儿。两年前就不和她一个炕上睡,嫌她脚臭。早晚还刷牙呢。有男朋友,也有女朋友,一起说话,笑,她听不懂。

她总觉得这孙子有一对翅膀,有一天会飞了。

灯光幽幽的,照在墙角一口棺木上,这是她将来睡的地方,儿子活着的时候就做的,但儿子死了,她还活着;每一年就用土漆在上边刷一次,已经刷过八次了。她也奇怪自己命长。是没有尽到活着的责任吗?洋芋糊汤疙瘩火,这么好的生活,她不愿离去,倒还收不住她的心呢!

心想:现在的人,怎么就不像前几年的人了,一天不像一天了。她疑心是她没在门框上挂一个镜儿。上辈人常是家里有灾有祸了,要挂一块镜子的。她爬起来,将镜子就挂上了,企望一切邪事不要勾了孙子的魂,把外界的诱惑都用镜收住吧。

半夜里,门外有了脚步声,有人在敲门。老婆子从窗子看出去,三个人背着孙子回来了,打着松油节子火把,说是孙子喝醉了。白日听说县上要修一条柏油公路到这里来,他们庆贺,酒就喝得多了。老婆子窸窸窣窣下来开门,嘟囔道:"越来越不像山里人了!"

门框上的镜亮亮的,在坟头上照下一点白;天上的月亮分外明,照得满山满谷里的光辉。

五味巷

　　长安城内有一条巷:北边为头,南边为尾,千百米长短;五丈一棵小柳,十丈一棵大柳。那柳都长得老高,一直突出两层木楼,巷面就全阴了,如进了深谷峡底;天只剩下一带,又尽被柳条割成一道儿的,一溜儿的。路灯就藏在树中,远看隐隐约约,羞涩像云中半露的明月,近看光芒成束,乍长乍短在绿缝里激射。在巷头一抬脚起步,巷尾就有了响动,背着灯往巷里走,身影比人长,越走越长,人还在半巷,身影已到巷尾去了。巷中并无别的建筑,一堵侧墙下,孤零零站一杆铁管,安有龙头,那便是水站了;水站常常断水,家家少不了备有水瓮、水桶、水盆儿,水站来了水,一个才会说话的孩子喊一声"水来了!"全巷便被调动起来。缺水时节,地震时期,巷里是一个神经,每一个人都可以当将军。买高档商品,是要去西大街、南大街,但生活日用,却极方便:巷北口就有了四间门面,一间卖醋,一间卖椒,一间卖盐,一间卖碱;巷南口又有一大铺,专售甘蔗,最受孩子喜爱,每天门口拥集很多,来了就赶,赶了又来。巷本无名,借得巷头巷尾酸辣苦咸甜,便"五味,五味",从此命名叫开了。

　　这巷子,离大街是最远的了,车从未从这里路过,或许就最保守着古老,也因保守的成分最多,便一直未被人注意过,改造过。但居民却看重这地方,住户越来越多,门窗越安越稠。东边木楼,从北向南,一百二十户,西边木楼,从南向北,一百零三户。门上窗上,挂竹帘的、吊门帘的、搭凉篷的、遮雨布的,一入巷口,各人一眼就可以看见自己门窗的标志。楼下的房子,没有一间不阴暗,楼上的房子,没有一间不裂缝;白天人人在巷里忙活,夜里就到每一个门窗去,门窗杂乱无章,却谁也不曾走错过。房间里,布幔拉开三道,三代界线划开;一张木床,妻子,儿子,香甜了一个家庭,屋外再吵再闹,也彻夜酣眠不醒了。

城内大街是少栽柳的,这巷里柳就觉得稀奇。冬天过去,春天几时到来,城里没有山河草林,唯有这巷子最知道。忽有一日,从远远的地方向巷中一望,一巷迷迷的黄绿,忍不住叫一声"春来了!"巷里人倒觉得来得突然,近看那柳枝,却不见一片绿叶,以为是迷了眼儿。再从远处看,那黄黄的、绿绿的,又弥漫在巷中。这奇观曾惹得好多人来,看了就叹,叹了就折,巷中人就有了制度:君子动眼不动手。只有远道的客人难得来了,才折一枝二枝送去瓶插。瓶要瓷瓶,水要净水,在茶桌几案上置了,一夜便皮儿全绿,一天便嫩芽暴绽,三天吐出几片绿叶,一直可以长出五指长短,不肯脱落,娟秀如美人的长眉。

到了夏日,柳树全挂了叶子,枝条柔软修长如长发,数十缕一撮,数十撮一道,在空中吊了绿帘,巷面上看不见楼上窗,楼窗里却看清巷道人。只是天愈来愈热,家家门窗对门窗,火炉对火炉,巷里热气散不出去,人就全到了巷道。天一擦黑,男的一律裤头,女的一律裙子,老人孩子无顾忌,便赤着上身,将那竹床、竹椅、竹席、竹凳,巷道两边摆严,用水哗地泼了,人身躺着卧着上去,茶一碗一碗喝,扇一时一刻摇,旁边还放盆凉水,一刻钟去擦一次。有月,白花花一片,无月,烟火头点点,一直到了夜阑,打鼾的、低谈的、坐的、躺的,横七竖八,如到了青岛的海滩。

若是秋天,这里便最潮湿,砖块铺成的路面上,人脚踏出坑凹,每一个砖缝都长出野草,又长不出砖面,就嵌满了砖缝,自然分出一块一块的绿的方格儿。房基都很潮,外面的砖墙上印着泛潮后一片一片的白渍,内屋脚地,湿湿虫繁生,半夜小解一拉灯,满地湿湿虫乱跑,使人毛骨悚然,正待要捉,霎时无影。难得的却有了鸣叫的蛐蛐儿,水泥大楼上,柏油街道上都有着蛐蛐儿,这砖缝、木隙里却是它们的家园。孩子们喜爱,大人也不去捕杀,夜里懒散地坐在家中,倒听出一种生命之歌,欢乐之歌。三天,五天,秋雨就落一场,风一起,一巷乒乒乓乓,门窗皆响,索索瑟瑟,枯叶乱飞。雨丝接着斜斜下来,和柳丝一同飘落,一会拂到东边窗下,一会拂到西边窗下。末了,雨戛然而止,太阳又出来,复照玻璃窗上,这儿一闪,那儿一亮,两边人家的动静,各自又对映在玻璃上,如演电影,自有了天然之趣。

孩子们是最盼着冬天的了。天上下了雪,在楼上窗口伸手一抓,便抓回几朵雪花,五角形的,七角形的,十分好看,凑近鼻子闻闻有没有香气,却倏忽就没了。等雪在柳树下积得厚厚的了,看见有相识的打下边过,动手一扯那柳枝,雪块就哗地砸下,并不生疼,却吃一大惊,楼上楼下就乐得大呼小叫。逢着一个好日头,家家就忙着打水洗衣,木盆都放在门口,女的揉,男的投,花花彩彩的衣服全在楼窗前用竹竿挑起,层层叠叠,如办展销。凡翻动处,常露出姑娘俊俏俏白脸,立即又不见了,唱几句细声细气的电影插曲,逗起过路人好多遐想。偶尔就又有顽童恶作剧,手握一小圆镜,对巷下人一照,看时,头儿早缩了,在木楼里哧哧痴笑。

这里每一个家里,都在体现着矛盾的统一:人都肥胖,而楼梯皆瘦,两个人不能并排,提水桶必须双手在前;房间都小,而立柜皆大,向高空发展,乱七八糟东西一股脑全塞进去;工资都少,而开销皆多,上养老,下育小,两个钱顶一个钱花,自由市场的鲜菜吃不起,只好跑远道去国营菜场排队;地位都低,而心性皆高,家家看重孩子学习,巷内有一位老教师,人人器重。当然没有高干、中干住在这里,小车不会来的,也就从不见交通警察,也不见一次戒严。他们在外从不管教别人,在家也不受人教管:夫妻平等,男回来早男做饭,女回来早女做饭。他们也谈论别人住水泥楼上的单元,但末了就数说那单元房住了憋气:一进房,门"砰"地关了,一座楼分成几十个世界。也谈论那些后有后院、前有篱笆花园的人家,但末了就又数说那平房住不惯:邻人相见,而不能相逾。他们害怕那种隔离,就越发维护着亲近,有生人找一家,家家都说得清楚:走哪个门,上哪个梯,拐哪个角,穿哪个廊。谁家娶媳妇,鞭炮一响,两边楼上楼下伸头去看,乐事的剪一把彩纸屑,撒下新郎新娘一头喜,夜里去看闹新房,吃一颗喜糖,说十句吉祥。谁还说不出谁家大人的小名,谁家小孩的脾性呢?

　　他们没有两家是乡党的,汉族、回族、满族,各种风俗。也没有说一种方言的,北京、上海、河南、陕西,南腔北调。人最杂,语言丰富,孩子从小就会说几种话,各家都会炒几种风味菜,除了外国人,哪儿来的人都能交谈,哪儿来的剧团,都要去看。坐在巷中,眼不能看四方,耳却能听八面,城内哪个商场办展销,哪个工厂办技术夜校,哪个书店卖高考复习资料,只要一家知道,家家便知道。北京开了什么会,他们要议论,某个球队出国得了冠军,他们要欢呼,哪个干部搞走私,他们要咒骂。议完了,笑完了,骂完了,就各自回家去安排各家的事情,因为房小钱少,夫妻也有吵的,孩子也有哭的。但一阵雷鸣电闪,立即便风平浪静,妻子依旧是乳,丈夫依旧是水,水乳交融,谁都是谁的俘虏;一个不笑,一个不走,两个笑了,孩子就乐,出来给人说:爸叫妈是冤家,妈叫爸是对头。

　　早上,是这个巷子最忙的时候。男的去买菜,排了豆腐队,又排萝卜队,女的给孩子穿衣喂奶,去炉子上烧水做饭。一家人匆匆吃了,但收拾打扮却费老长时间:女的头发要油光松软,裤子要线棱不倒,男子要领齐帽端,鞋光袜净,夫妻各自是对方的镜子,一切满意了,一溜一行自行车扛下楼,一声丁零,千声呼应,头尾相接,出巷去了。中午巷中人少,孩子可以隔巷道打羽毛球。黄昏来了,巷中就一派悠闲:老头去喂鸟儿,小伙去养鱼,女人最喜育花。鸟笼就挂满楼窗和柳丫上,鱼缸是放在走廊、台阶上,花盆却苦于没处放,就用铁丝木板在窗外凌空吊一个凉台。这里的姑娘和月季,突然被发现,立即成了长安城内之最,五年之中,姑娘被各剧团吸收了十人,月季被植物园专家参观了五次。

就是这么个巷子,开始有了声名,参观者愈来愈多了。一九八一年冬,我由郊外移居城内,天天上下班,都要路过这巷子,总是带了油盐酱醋瓶,去那巷头四间门面捎带,吃醋椒是酸辣,尝盐碱是咸苦。进了巷口,一直往南走,短短小巷,却用去我好多时间,走一步,看一步,想一步,千缕思绪,万般感想。出了南巷口,见孩子们又拥集在甘蔗铺前啃甘蔗,吃得有滋有味,小孩吃,大人也吃。我便不禁两耳下陷坑,满口生津,走去也买一根,果然水分最多,糖分最浓,且甜味最长。

河南巷小识

在我们西安,河南人占了三分之一,城内三个大区:莲湖,碑林,新城;新城几乎要成为河南的省城了。他们是二十年代开始向这里移居的;半个世纪以来,黄河使他们得幸,也使他们受害,水的灾祸培养了他们开放型的性格,势力便随着陇海铁路向西延伸,在西安的城墙内外的空旷地上筑屋栖身了。而在这个城市居住的本地人,却是典型的保守性格,冬冬夏夏,他们总是深住在一座座对称严格的小四合院里,门口有石狮照壁,后院有花坛水井。两相建筑,对比分明。但是,随着时间的推移,这个城市的人口愈来愈暴溢,居住的面积愈来愈紧张,这种对比分明的建筑也愈来愈失去了界限:小四合院里,已经不是一家人、两家人了,而是十几家、几十家,门窗失去了比例,灶房占却了庭院,那门道处,花坛上,拐弯抹角的地方都成了住窝,人都有了善于爬高钻低、拧左转右的灵活;而河南人呢,门前再也没有一道篱笆圈起来种葱种蒜的空地,横七竖八的住屋往一块云集,越集越大,迅速扩张,宽一点的出路便为街了,窄一点的出路便为巷了,墙随着地势或直或圆,檐随着光线或收或出,地面上没有前途了,又向高空发展,那电线、电视天线、晾衣服麻绳,将天空分割成无数碎块,夜里星星也看得少了。于是,大千世界,同此凉热,本地人再不自夸,外地人再不自卑,秦腔和豫调相互共处,形成了西安独特的两种城语。

西安城,在世界上最出名的是那一圈保留得完整无缺的古代城墙,正是这圈城墙,使我们居住在这里的人们从此受到了限制,当今的时代,已经不是古远的唐朝、明朝,它每时每刻都要变化,而大街愈是扩建宽阔,小四合院和小巷便愈是狭小,时兴的楼房愈是改造高大,小四合院和小巷便愈是低矮。我是住在小四合院的陕西人,我的老婆却是从小生活在那小巷里的河南人,我们往来着,从一个拥挤的世界到另一个拥挤的世界。但使我们终不能明白天地间的事竟如此矛盾,居住在这样的地方,我们到了晚年的人偏多是臃臃肿肿,而我们的孩子们年纪还小小的,却个个都长得高大个头?!因为我的儿子要结婚,我的小四合院里的两间小屋必须要安下一张四尺宽六尺长的双人床,退了休的我只得去投靠老婆的娘家——泰山的儿子在外地工作,按规矩我这是做了上门女婿——在河南人的小巷里住下来了。

这条巷子,当然是离城墙最近了。城墙是要比整个巷子高出四五倍,暮色的天气里,云压得很低,便看得见风里的夕阳在女墙上腐蚀,那斜壁上横出的碗口粗细的枸子树上,紫燕一起起飞,回旋的运动中,一会露出最宽的正面,一会显出最窄的侧面,如同一朵方向不定的云朵。这是全巷人最为眼福的一景,常常下班回来,都要站在巷口看着,直等到这群飞物倏忽投向远远的城门外去,像被吸铁吸去一样没了踪影,才硬着脖子往巷里走去。这个时候,又正是一辆火车定时从城墙外通过,笛声叫着,惊天动地,他们就想象着道班上的巡警该是站得端端正正向列车致意了,于是一边往巷里走,一边脚下有了节奏,似乎这火车的轰鸣不是一种摧残寿命的噪音,而是一首护送他们回家的雄壮乐曲。

巷子的路很长很长，因为这是一个"中"字的形状三条正巷，便是那"中"字里的竖道，两边都是高高的楼房，这竖道就特别幽深。一盏昏昏的路灯在巷的那头亮了，无数的人头在晃动，家家的门窗已经打开，水瓢声，锅勺声，播放着豫剧的收音机音量开到了最大限度，一闻到饭菜的香味，一听到豫剧的唱腔，每一个进巷的人就感到"家"的温暖了。"回来了？""回来了！"一问一答，简单的招呼，从巷子走进去要进行成百次的反复。到了"中"字里的那个方块处，这便是巷子的集中区域，屋舍一律东西方向，分成无数个岔道，宽者一米二三，窄者不足三尺，门和门直对，窗和窗直对，一个岔道又形成了独立的胡同。结构的复杂，似乎每一个地方都可以和任何地方接通，每一个地方又都可以和任何地方堵塞，像八卦阵一样，暗道机关，只有这个巷子的人才会知道。屋舍的高低不一，宽窄不一，造型不一，一切恰如其分地占领着位置，又都在互相依赖，如果搬倒一家屋舍，便极有可能导致整个巷子的倒塌。完全可以看出，早先的房子全然是土坯筑的，油毛毡在上盖了，压上砖头，便是屋顶，墙头上就长出厚厚一层墨绿色的苔藓。现在却差不多翻修成了瓦房，有方块瓦的，有机制瓦的，有石棉瓦的，也有高等住宅，则是一砖到顶的二层平顶小楼。我们的住房是属于那老式的结构，你永远也不会相信这竟也是两层楼呢！楼下的房子暗极了，虽然一切家具都是现代化了：电镀桌、电镀椅、电视机、电风扇、洗衣机、柜钟，但都失去了闪光的色彩。顺着门后的墙角，是靠着一把木梯的，直上直下，用铁丝固定在墙上；爬着上去，那里更是一个黑暗的去处。还好，电灯的开关就在梯子上头，拉开了才见里边是支有一张床呢。这样的楼上卧室家家都有，一上去就得睡下，一起床就得坐起，刮风风从四面可以进来，下雨雨声就在脑门之上，但无风无雨的月明之夜，那却是收听站，楼下的左边右边、前边后边，一切谈论听得清楚，家事、国事、天下事，分辨着那谈论人的口气、语调，便可想象得出那举止、神气,滋味是读任何报纸也不能比拟的。

在最小的范围内,囊括最丰富的内容,这是这条巷子的神秘处,也是这条巷子里的河南人的神奇处。简直像是一个被打开的收音机,一切线路眼花缭乱地呈现出来,虽然错综复杂,却一切各有规律。人和人相处太近了,人和人就各自十二分地熟悉,别人是如何的走势,如何的坐态,甚至一声咳嗽,闭上眼睛也能分辨出来。如果一个生人,要趁乱走进来,立即就要被全巷人发现了。"你找谁?"必是有人起来发问的,这倒不是怀疑生人是"非偷即抢",而是担心会陷入迷魂阵,曾经发生过许多人在这里转来转去,寻不着要去的人家,而竟最后又苦于不能出去。

巷子里是有空闲的时候,那是有工作的都去上班走了,龙钟的退休老人便成了巷子的警察和清洁工。他们会认真地打扫清一切角落,然后就喜欢蹲在南北两个巷口,只要守住这两个巷口,巷子里一切便安全无事。他们开始悠闲地吸烟,烟是上好的水烟,又拌了香油、香精,装在特制的木头旋出的圆盒里,揉出一丸一丸豆粒大小的烟团塞在竹根管做成的烟袋里,吸一下,烟全然入口,这便是最醉心的"一口香"了。一连吸过二十袋,三十袋,香味浓浓地飘满了巷子,他们就闭上眼睛,靠地路灯杆下做一个长长久久的过足瘾后的遐想。最紧张的,却要算一早一晚在厕所的门口了。厕所只有两个,一个在方块的东北角,一个在方块的西南角,黎明起来,家家要倒便盆,到了晚上,尤其是一场精彩的电视刚刚完毕,去厕所的小道上就队如长龙。上完厕所,就又要去巷头唯一的水管处挑水,吃和排是人生的两项最重大的工作,那挑水又常常是两个小时、三个小时的心平气和的等待。

可怜这条巷子,冬天倒还罢了,因为人多炉子多热气多,雪落得总比大街上要薄,一到了夏天,却是彻夜的不能安宁。他们诅咒着这个季节。家家可以什么也没有,但不能没有风扇,扇出来的风却一样还是热的。

家与家太近,打开窗子就得拉上窗帘,多少新婚夫妇的夏季蜜月,那简直是一种热水里的生活。几乎成了没有办法的习惯,男人一进巷第一件事就是剥光上衣,老少都穿短裤,吃饭一律到大巷口去,一碗饭,一身水,一场代价很高的劳作。到睡觉了,就各自占地安床,老的来睡,少的来睡,男的来睡,女的也来睡,直把那巷道挤得只有一尺来宽,夜里挑水的人小心翼翼地走过,也曾发生过水溅了两边的人头,桶撞了熟睡人的牙齿的事件。

环境的限制,迫使着这里的人们只能团结,不能分裂。以前有两家闹翻了脸,互相报复的机会就十分方便:你今夜将我窗下的炉子灭了火,我明夜在你檐下的水缸里撒了土,动起手脚,又没有斗打的场地,那门前台阶上的大小物什就遭到了毁坏,而且又波及四邻,一辆自行车倒了,哗哗哗倒下一片,一个污水桶翻了,污水汩汩汩漫流到各家,结果全胡同声讨,两家也后悔。教训使他们懂得了"克己复礼",利人利己。所以,自此以后,一家来了客,炉火突然灭了,隔壁的宁肯自己饿着,也要将炉子搬来让给客人做饭;一天三顿,谁家饭好,谁家饭差,大家都知道,孩子们只要端着小碗,一巷子的好饭就都吃了;白日里在巷道拉上无数道绳晾上衣服,衣服是各家都有,五颜六色,进巷如迎接外宾的彩旗,但谁也不会收错,即使夜里有谁忘记收了,就会有人大声喊:谁的衣服没收?谁的衣服没收?

河南人的耐忍是和他们的吃苦能干一样著称于这个城市的,他们一代一代居住在这里,使他们作为人的本性中恶的成分没有滋生和扩张,而是极大限度地萌长着美的成分。他们注重本质的淳朴、正直和自强不息,也讲究着外表的端庄、大方和修饰打扮。但是使他们伤心的是不能办一个花坛,便只好家家将盆花放在屋顶上,一有空就爬上去侍弄,夸耀着各自的鲜艳,这高高低低的屋顶就成了他们最有色彩的地方。整个区域,一共是六棵树,这树就是他们的圣物,节日要给树上挂彩带,腊八要给树上放米粥。树是早年建房时就长的,因为房子的拥挤,长得十分细,也十分高。春天来没来,树是他们的消息;天上有风没风,树是他们的预报。当偶尔有一群鸟儿落在那树上,树一个快活的惊悸,他们的心颤酥酥地感到了身心的快活。

他们热爱着养他们的西安古城,但他们毕竟怀念生他们的河南故乡。当河南的剧团来西安演出,他们必是全巷出动,集体定票;常常就在早晨起来,谁家妹子细声细气唱几句"银环",立即就有了"栓保"的回唱,接着,唱"栓保妈"的也有,唱"栓保爹"的也有。当某个老头回了一次老家,说起河南的水利建设如何好了,收成如何好了,这人就红火了一巷,这家请,那家叫,烟酒供上聊话儿,末了一起为河南的富强干杯。家家都继承着一种风俗:在墙上悬挂五个六个相框。那里边是装有几代人的相片,相片是他们的家史,有老一辈的,记载着初到西安的经历:先是捡破烂、蹬三轮车,再是开饭店、摆地摊,后是进工厂、开机器……老年人就要大讲他们的处世哲学了:苦要耐得,福得知享,大苦中才有福。当然,言语之间,他们也多多少少流露出一些异乡人的情感,只是盼望儿女们若要成家能找河南老乡。但是,后辈们却越来越多地将陕西的姑娘领进家来要见公公婆婆,或者自己的姑娘去进了陕西的人的小四合院里去当了人家的媳妇。事实证明着年老人的婚姻思想的过时,新的家庭的和睦,生活的幸福使他们明白,河南人和陕西人都是轩辕的子孙,在西安的这块土地上,他们有责任合二为一地建设好这个城市。

我常想,这条巷子,如同那些小四合院,或许还要在一定的时间里继续保留在西安城里,其人口的密度还会要越来越大,但是,矮小的房屋住的是高高大大的人群,艰苦的环境培养的是不屈不挠的性格。我们眼见得巷子里的大学生不是一代比一代增多了吗?在整个巷子里,最受崇敬的要算是住在巷头的那位年轻的城建局工程师了,每天晚上,人们都要拥进他家去询问城市建设的情况。某某大街要扩修,他高兴,我们也高兴;某某地方要建一座大商场,他激动,我们也欢呼。为了西安将来人人都住上舒适的房子,这个巷子里的人默默地又是心甘情愿地在这里拥挤。当空闲的时候,这些人们总喜欢一家一家去那高高的城墙上俯视这个城市,孩子们就在那里放起了各种各样的风筝,风筝飘在城墙的上空,飘在我们巷子的上空,飘在西安城的上空,孩子们在锐声叫喊,大人们也在锐声叫喊,一会儿是"中!中!"一会儿又是"妙!妙!"这时候,城墙下的两个外地游客,瞧见了我们的狂样,我听见他们在说:"这群人怎么啦?又说陕西话,又说河南话,准是喝醉酒了?!"

在米脂

走头头的骡子三盏盏的灯,
挂上那铃儿哇哇的声。
白脖子的哈巴朝南咬,
赶牲灵的人儿过来了;
你是我的哥哥你招一招手,
你不是我的哥哥你走你的路。

在米脂县南的杏子村里,黎明的时候,我去河里洗脸,听到有人唱这支小调。一时间,山谷空洞起来,什么声音也不再响动;河水柔柔的更可爱了,如何不能掬得在手;山也不见了分明,生了烟雾,淡淡地化去了,只留下那一抛山脊的弧线。我仄在石头上,醉眼蒙眬,看残星在水里点点,明灭长短的光波。我不知这是谁唱的。三年前,我听过这首小调的唱片,但那是说京腔的人唱的,毕竟是太洋了;后来又在西安大剧院听人唱过,又觉得舒扬有余,神韵不足。如今在这么一个边远的山村,一个欲明未明的清晨,唱起来了,在它适应的空间里,味儿有了,韵儿有了。

歌唱的,是一位村姑。在上岸的柳树根下,她背向而坐;伸手去折一枝柳梢,一片柳叶落在水里,打个旋儿,悠悠地漂下去了。

这是极俏的人,一头淡黄的头发披着,风动便飘忽起来,浮动得似水中的云影,轻而细腻,倏忽要离头而去。耳朵一半埋在发里,一半白得像出了乌云的月亮。她微微地斜着身子,微微地低了头,肩削削的,后背浑圆,一件蓝布衫子,窈窕地显着腰段。她神态温柔、甜美,我不敢弄出一点响动,一任儿小曲摄了魂去。

这是一首古老的小调,描绘的是一个迷人的童话。可以想象到,有那么一个村子,是陕北极普遍的村子。村后是山,没有一块石头,浑圆得像一个馒头,山上有一二株柳,也是浑圆的,是一个绿绒球。山坡下是一孔一孔窑洞,窑里放着油得光亮的门箱,窑窗上贴着花鸟剪纸,窑门上吊着印花布帘,羊儿在崖畔上啃草,鸡儿在场埝上觅食。从门前小路上下去,一拐一拐,到了河里,河水很清,里边有印着丝纹的石子,有银鳞的小鱼,还有蝌蚪,黑得像眼珠子。少妇们来洗衣,一块石板,是她们一席福地。衣服艳极了,晾在草地上,于是,这条河沟就全照亮了。

有那么一个姑娘,该叫什么名字呢?她是村里佼佼者。父母守她一个,村里人爱她,见过她的人都爱她。她家在大路口开了个饭店,生意兴旺。进店的,为了吃饭,也为着见她。她却最是端庄,清高得很,对谁也不肯一笑。

姑娘有姑娘的意中人,眼波只属于清风,只属于他。他是后山的后生,十八或者二十岁,每天要从这里路过去县上赶脚。进得店来,看见她,粗茶淡饭也香,喝口凉水也甜,常常饥着而来,待会便走,不吃不喝也就饱了。她给他擀面,擀得白纸一张,切面,刀案齐响,下到锅里莲花转,捞到碗里一窝丝。她一回头,他正看她,给她一笑,她想回他个笑,但她却变了脸。他低了头,连脖子都红了,却看见了桌布下她露出的两只鞋尖。她看出他的意思了，却更冷了脸儿，饭端上来，偏不拿筷子。他问；她说："在筷笼，你没长手?"他凉了心，吃得没味，出去了。她得意地笑，终又恨他，骂他"孱头"。

他几天竟不来了，她坐在家里等。等得久了，头也懒得梳，她说："不来了，好!"但却哭了。

天天却听见门外树上的喜鹊叫。她走出来，却是他在用石子打那鸟儿。她愣了，眼泪都流了出来。他瞧着她喜欢，向她走来，她却又上了气："为什么打鸟?""我恨!""恨鸟儿?""它住在这里。""那碍你什么了?""也恨我。""恨你?""恨我不是鸟儿!"她想了想，突然笑了。他一看她，她立即面壁不语。他向她走近来，她却又走了，一直走到窑里。只想他会一挑帘儿进来，回头一看，他没有进来，走出窑看时，他却走了，边走边抹着眼泪。

她盼他再来。再盼他来。他却再也没来。每天赶脚人从门口来往，三头五头的骡子，头上缠着红绸，绸上系着铜铃，铜铃一响，她出门就看，骡子身上架着竹筐，一边是小米、南瓜、土豆，一边是土布、羊皮、麻线，他领头前边走，乜她一眼，鞭儿甩得"叭叭"地响，走过去了。

一次，两次，眼睁睁看他过去了，她恨自己委屈了他，又更恨那个他！夜里拿被子堆一个他，指着又骂又捶又咬，末了抱住流眼泪。等着他又路过了，她看着他的身影，又急切切盼着他能回过头来，向她招一招手……

小调停了，我却叹息起来，千般万般儿猜想，那后生是招了招手呢，还是在走他的路？一抬头，却见岸那边走来一个年轻人，白生生赶了一群羊，正向那唱小调的村姑摇手。村姑走了过去，双双走到了岩那边的洼地，坐在深深的茅草丛中去了。茅草在动着，羊鞭插在那里，是他们的卫兵。

我悄悄退走了，明白这边远的米脂，这贫瘠的山沟，仍然是纯朴爱情的乐土，是农家自有其乐的地方。

走三边

　　往陕北远行，三千里路，云升云降，月圆月缺，旅途是辛苦的。过了金锁关，山便显得愈小，羊便见得更多，风头一日比似一日强硬，一日比似一日的思亲情绪全然涌上心头了。当黄昏里，一个人独独地走在沟壑梁上，东来西往的风扯锯般地吹，当月在中天，只身儿卧在小店床上，听柴扉外蛐蛐儿忽鸣忽噤，便要翻那本边塞古诗，以为知音，是体会得最深最深的了。但我仍继续北上。三边，这是个多么逗人情思的神秘的地方啊。我知道，愈是好地方，愈是不容易去得，愈是去的人少了，愈值得去一趟呢。

　　穿过延安，车进入榆林地区，两天里，在沟底里钻，七拐八拐的，光看见那黄天冷漠，黄原发呆，车像是一只小爬虫儿，似乎永远也不可能钻出这黄的颜色。第三天，偶尔看见山头上有了树，是绿的，或者是黄的，或者是红的，高高地衬在云天，像天地间突然涌出了一轮太阳，像战地上蓦地打起了一发信号弹，猜想水土异样，三边该是到了？但车又走了半天，还不肯停。杨树倒是多起来，陕南的杨树长在河边，这里的杨树却高高在上，这便称奇。九月天里，树叶全都泛黄，黄得又不纯，透了红的，属黄红,透了绿的,属黄绿,天生的颜色,天工的浓淡,这又是奇了。且那山的伏度明显大起来,沟却深极深极,三两步的宽窄,一直二十丈三十丈地下去,底里就是一指宽的水条子,亮亮的。路边偶尔就有人家了,独户一院,三户一簇,前墙单薄,山墙单薄,顶上微斜,不砖不瓦,用泥抹了,活脱脱一个个放大的火柴匣子呢。路边的土壁,用镢头一下下挖成,表面再凿成鱼鳞状的纹,人字形的纹,全然发黑,纹里生苔,千年万年而不倒了。有村子就有饭店,除了羊肉还是羊肉,常瞧见有人捧着一个煮熟的羊头,啃得嘴上是油,脸上是油。老头子披了羊皮袄袄,摇摇晃晃,提一副羊肠子,沿沟畔下到河边去洗,三四丈长的下水玩意儿在胳膊上像框线一样打着结。五只六只的肥狗竟无聊得围了车子撒欢,汪汪叫,四山一片空音。

　　三边还没到吗?山头变得更小了,也更矮了,末了就缓缓平伏了,像瘫了软了下去。几天几夜的山的压抑,使人几乎缩小了许多,猛一出山,车在路上快得蹦跶,人在车上也乐得蹦跶,但很快风大起来,沾身就起一层鸡皮疙瘩。这是个什么地方呢,这么开阔,天看不到边,地看不到沿,一满黄沙;这儿,那儿,起落着无数的小洼小包,可以说是哗啦铺下的一张大毯,并未实确,似乎往包上踩踩,包就下去,洼就起来了。草很少,树更没有,天和地是一个颜色,并行向前延伸着是两张黏合的胶布,车的行驶才将它们分开。路端端的,却软得厉害,风一过,就蹿一条尘烟,远远看去,如燃起了一条长长的导火索。只是风沙旋转着往车上打,关了车窗,仍听见沙石在玻璃上叮叮咣咣作响。

　　到了定边,天已擦黑,城外三里,便进了绿的世界,要不是赶驴人提醒,谁能想到这不是树林子而是县城呢?于是得知,在这三边,有一丛树,便有一户人家,有一片树,便是一个村庄,有一座树林,就该是镇子或者县城了:原来天和地平行,树和人同长,这便是三边的特点了。林子里的路,已铺了柏油,无风无沙,落叶满地,在路边的沙窝子里积着堆儿,扫柴人一抓一把,动作犹如舞蹈。两边渐渐有了屋舍,虽也是火柴匣子的形状,但毕竟清洁可爱,门窗直对屋顶,更为讲究,格棂漆蓝,贴纸黄、红、绿、白,上有窗花,飞禽走兽,花鸟虫鱼,千姿百态;窗子是房子的眼,透眼一看,主人的家景、主人的心境便楚楚了然了。街道出奇地宽,家家院落大能做球场,这使善于拥挤的大城市的人如何不能想象,假设有盲人来到这里,用不着探路棍儿,也不会撞了壁的。从街面往每一条巷道望去,青瓦瓦一色,再一留神,才发现全县城每一块地面,沙土全不裸露,一律被青砖铺了。正是这些有根系之树,这些有重量之砖,才在沙原上镇守住了这个县城吗?街上路灯已亮,人走动得极多,几天来很少见到人影,原来人都集中到这儿了吧。男人差不多都戴了卫生帽,脸是黑的,帽是白的,黑白反衬;女人却全束着长发,瘦脸光洁,发是黑的,脸是白的,也是黑白反衬,似乎这里一切都十分安逸、平静。外地人一来,立即就被所有人发觉了,她们全要妩媚而大胆地瞅着,在灯影下指指点点地议论,你刚一注意,便嗫了口舌,才一掉头,就又戛然大笑。茫茫边塞,漠漠沙原,竟有这么个城,城里有城墙,有门洞,有钟楼,有鼓楼,城里的人又水色又风雅,爽而不野,媚而不俗,一时使外人如进了天上仙地,温柔之乡,竟忘了去投宿,也不卸行囊,便沿街乐而漫游了。

走到十字街心,人头攒涌,路塞而不能前行,原来一家戏院正散了戏,问声:"什么戏?"答曰:"秦腔。"一句秦腔,倍感亲切,一时大梦初醒,才知这里并非异地,走来走去,还在陕西。我有一癖性,大凡到了一地,总喜欢听听本地戏文,因为地方戏剧最易于表现当地风土人情。但听听别的戏文,仅仅是了解罢了;秦腔却使我立即缩短了陌地陌人的距离。便当街立着,与他人攀谈,三边人竟男音雄而有韵,女音秀而有骨,三言两语,熟若知己。说话间,见无数只狗沿街窜钻,吓得不敢走动,旁有解释说:这里家家养狗,体肥性凶,但一般却不伤人;晚上主人看戏,狗尾随而来,故街上到处可见了。

我先到西南郊的白于山区去,河流下切的河槽上、陡崖上,砂岩露出,这便是整个三边出石头的地方了。除此以外,到处是黄土、黄土、除了黄土还是黄土。站在沟壑处,便见山峰连续,站在坡上,却原来一切都被洪水切裂了,一眼望去,浑圆的丘峰,混混的、沌沌的,重叠交错。千沟万壑又显得支离破碎,分割成一小块一小块的地面,这便是有了涧、川、塬、梁、峁、岔、坪、台吗?正是这残存的塬、台、梁上,高粱火红,糜子金黄。此时正逢收获,可惜这里不比关中平原,庄稼茂密如森林,农民是跑着收割,收一把,夹在肘下,跑一垄,肘下夹一捆,广种薄收,偌大一块地,末了在地中只堆起五堆六堆,这便是好年景了呢。再往南走,那山更有了特点,多是土山戴沙,其气脉从沙迹而来,势颇平缓,亦有负石而出的,其势则峻急了。但那石头已不是坚硬的青色,而是赭褐,脚踢便松散,像未烧熟的砖坯。那人家就沿沟而居,陶室穴处,或在石崖、河底凿出石板架屋代瓦。衣裤穿那羊皮,烧柴山上砍蒿,饮水却到崖畔上去,那里是一个一个小窟,小如灯盏一般,水自盏出,渊渊声如鼓,水虽不大,聚潭清澈可见底,味甘纯如露,最宜于烹茶,冬饮能暖肚,夏喝而祛暑。更有趣的是山壁上多有打儿窝:窝小小的。高高在上,立崖下往上丢石,石进之求子辄应。我在那里住了一夜,主人十分好客,做了荞面疙瘩,熬了羊肉腥汤,彻夜一家老少盘脚坐炕,喝酒儿,唱曲儿。天明要走,特去那打儿窝丢石,可连丢五次未中,主人倒很难堪,不住替我安慰,我虽求儿不至,但以此而乐,已是十二分的满足了。告别主人回返,行至十里,正是腹饥口渴,忽听哪儿有唢呐,声声远韵。循声寻去,沟洼有了人家娶亲,新人正拜堂,院中十二支唢呐吹天吹地。见我路过,一哇声喊着,邀到上席,说是省城客人,正好添喜,于是主人敬酒,新郎敬酒,新娘敬酒,每敬必三

/ 167 /

杯,杯杯底干。

走了丘壑地,又上牧草滩。这里比不得前日的艰辛,一马平川,便租得自行车,终日走乡串村落得自在。早上,草原日出,比海上日出更为可观,直奔红日驶去,偶一侧头,便见蜿蜒长城,长城那边沙丘连绵,免不了感叹:难得一道长城,昔日挡敌寇,今日拒风沙。间或还会遇见一些河流的,但都可怜见的,流程短,又愈流愈小,末了就积水于穴洼,不涸者为湖,涸了的为坑。车上稍走个神儿,就骑进草里,车倒了,人也倒了,软软的不疼。站起来,草没了膝盖,远远看着有了羊群,白云似的飘,却忽然不见了,等到风起,草木倒伏,那羊群又复出现。羊是百十头,头羊领着,时而散开,时而集中。我觉得好玩,便去捉那长角头羊要玩,只说羊是世上最温顺的动物,没想竟发怒起来,直向我牴。牧童叫要就地睡倒,我照办了,那头羊倒以为我已死,便昂首得意而去。问牧童:这里的羊这么凶恶?他冲我一笑,只是领我又走了一段,遇见另一群羊,一声吆喝,两群羊就肃然对阵,头羊出场,怒目而视,良久,几乎同时各自后退十多米远,猛地冲去,砰,两头相撞,角也折了,皮也破了,仍争斗不已。我不禁胆战心惊,庆幸刚才装死,要不哪是羊的对手呢?这么得了教训,再遇见羊,不敢妄动。但有一日,又看见好大两群羊在那里啃草,却无论不见牧羊人。正要呼叫,远远飘来嘻嘻笑声,左右看时,前边的一丛沙柳,无风而摇得厉害,便见有了两个人影,一个蓝衣,一个红衣,相依相偎。我知道这是一对恋人了,爱情最忌外人,就悄然退走,走出二里地,终忍不住回头一望,那少男少女已经分开,各站在白云似的羊群中,招手对笑,接着就对唱起来了:

大红果果剥皮皮,
大家都说我和你;

/ 168 /

其实咱们没有那回事，

好人担了个赖名誉。

道是无情却有情；爱情是这么热烈，又是这么纯朴。遥想那大城市中的公园，一张石凳紧坐三对恋人，话不敢高说，笑不敢放纵，那情，那景，如何有这里的浪漫情趣呢？我一时激动，使劲蹬动车子，骑到了莽草中的一个平坝子上，坝子上草是浅了，但绿却来得嫩，花也开得艳，实在是一个天然的大足球场，又想起大城市为了办足球场，移土填面，松地植草，原来是那么的可怜而可笑了。越想越乐，车如奔马，似乎觉得自行车前轮如日，后轮如月，威威乎，当当乎，该是世上见识最广、气派最大的人物了。

但是，乐极生悲，天近黄昏，竟迷了方向，又一时风声大作，草木皆伏，我大声呼喊，嘴一张，风便灌满，喊声连自己也听不到。惊恐之际，蓦地远处有了灯光，落魂失魄地赶去，果然有了人家。进去讨了吃喝，一打问，这里竟是盐场。盐场？我反复问了几句，主人讲，这里的盐场可大了，年产几十万吨，况且类似这么大的盐场，三边共有十多处；他们这一带人，人人会捞盐，每年二三月开捞，至八九月止，如今捞盐时令已过，他们就放牧，或是采甘草。说着，就送我一捆甘草，其茎粗，其根长，为我从未见过，嚼之，甜赛甘蔗。其中有一种叫铁心甘草的，全株竟是朱红，折之，质坚如木，也还有一种叫"大榔头"的，直径甚至达一寸五，一株便一斤三两。这一夜真可谓乐极生悲，又否极泰来，虽然未能去看看那盐场，但得了甘草，又得了知识，美哉乐哉。天明要走，主人又杀了羔羊，这羔羊十四五斤，浑身雪白，顺着将毛儿用手一撮，四指不见头，吹吹，其毛根根九道曲弯。这就是中外有名的"二毛皮"了，此等皮毛，以往只听说过，至今见到，爱不释手，实想买得一张，又难以开口，但却开了口福，羔羊肉鲜美异常,大海碗的羊肉泡馍馍,一连吃过三碗,生日忘了,命儿忘了,心想神仙日子,也莫过如此了。

在安边待了几日,就新结识了几位伙伴,他们视我如兄弟,主动提出做我的向导,要往北边沙漠里去走走。"一定要去看看,那又是另一个世界呢!"兴趣撩拨,就三人越过了长城,徒步北行。沙地上,行走委实更艰难了,太阳暴热,阳光反射在地上,白花花的,直刺得眼睛发疼。脚下越走越沉,正应了走一步退半步之说,立时浑身就汗水淋淋。沙丘皆是东西坐向,带状排列,望之如海中浪涛,其波峰波谷,起起伏伏,似有了节奏。每一沙碛,低者三米,高者八米十米不限,沙细如面,掬之便从指缝流漏。沙丘过去,又是成片的盐碱地,树木是不长的,只可怜巴巴生些盐蒿。一棵蒿守住一抔土,渐渐便成了一个小包,均匀得像种的菜蔬。再往后却又是沙丘,但已经植了树:水柳,红柳,小叶杨,沙枣。生态竟是这么平衡:沙盖了盐碱,树又守住了流沙。

再往沙地深处去,已不知走了多少里,树林子便越发密了。叶子全金黄了,透过金黄色过去,便看见里边又是白亮亮的沙丘。谁知刚刚走了二十分钟,前边竟是一个不大不小的湖!伙伴们才哄地笑了,笑得诡谲,也笑得得意。便去捡柴舀水,做起野餐来。我兀自到湖边去看,湖水没源无口,我不知这沙地里水是从哪儿来的,又怎么没在沙中漏掉?!掬一口尝尝,甘甜清凉,立时肘下津津生风。静观水面,就有了唼喋鱼声,但湖水绿得沉重,终未看见那鱼的模样。倏忽又有了啾啾鸟鸣,才醒悟这一整天来,还未见过鸟影,原来沙地的鸟全快活在水边树丛中了。突然,那鸟惊起,满天撒了黑点,瞬间无影无踪,才是四只五只鹞子飞来,黑色影子一般地四处出击。我不禁恨起这些鹞子了,怎么到什么地方,有良善,就必然要有了凶恶呢?!一个人再往湖后沙丘上爬去,那里有几株沙枣,枣子成熟,用脚一蹬树,枣子就哗哗落下,并不红的,有沙一样的颜色,吃之,没汁,质如栗子,嚼嚼方酸味隐隐显有了。大多的沙丘已经被固定,圆墩墩的,压了道道沙柳,那沙纹便像女人头上的发罩,均匀地网着。

三天过后,我们又信步走到一个镇落里,这个镇落显得很大,有回族人,有汉族人,分两片屋舍:一处汉族人,建筑分散中但有联络,一处回族人,建筑对仗里却见变化。伙伴讲,再往北去不远,还有蒙古族人哩。汉族、回族见得多了,蒙古族人还未见过,我便想改日往北边去,夜里在镇中小学借宿,和一老教师说起蒙古族人,那老教师原来在那北边干过事,给我一个手抄本,上有关于蒙古习俗的描述,那上边记载极多,现在依稀记得这么一段:

三边地区蒙古族人,性刚强而心巧,专事畜牧,羊只尚少,马牛最多。当地亦产盐,每三二人驱牛数头,鞍驮其盐,载布帐锅碗往来。昼意干粮,晚就道旁,有水草处卸鞍驮,撑帐支锅,取野薪自炊,其牛纵食原野,人披裘轮卧起,以犬护之,不花一钱。汉族人亦有效之。

读此书,方知三边地域竟是这么广大,民族竟是这么亲善,在远离省城,更远离京都的边塞,保持了这般宝地,令人有多少感慨啊!但是,就在我们动身去蒙古族人居住的区域的时候,意外又得到消息:这个镇子在两日之后,便是汉族、回族、蒙古族一年一度的盛大交易会,便只好暂时取消北上计划,只好把蒙古族居住区访问做成千般儿万般儿美好想象罢了。

交易会,其场面可谓之热闹,有北京王府井的拥挤,却比王府井更气势;有上海南京路的嘈杂,却比南京路更疯野。那一排一摆小吃,荞面拉条,豆面揪片,黄米干饭,羊肉粉汤,酸、辣汤、煎,五味俱全;那菜市上一筐一车,二尺长的白菜,淡黄的萝卜,乌紫的土豆,半人高的青葱,六色尽有;那农具市上的铜的挂铃、铁的镢、钢的锹,叮、咣、铿、锵,七音齐响。还有那骡马市上,千头万头高脚牲口,黄乎乎,黑压压偌大一片,蒙古族人在这里最为荣耀,骡马全头戴红缨,脖系铃铛,背披红毡,人声喧嚣,骡马鸣叫,气浪浮动得几里外便可听见。在羊肉市上,近乎一里长的木架上,羊肉整条挂着。更有买卖活羊的,卖主用两只腿夹住羊头,大声与买主议价。汉族人、回族人、蒙古族人都似乎极富有,买肉就买整条,买果就买整筐。末了就都拥进那菜馆酒馆,大块吃肉,大碗喝酒,直要闹到月上中天方散。在酒馆里,几句攀谈,我们便成了极熟的人,兴致高涨,开怀大饮,他们竟有几个人当下醉了。第二天坐车要离开,车已开动,有几个蒙古族人却挡住了车头,要我下来,我不知何事,倒吓了一跳。他们竟是从怀中掏出一瓶"西凤",他们不服,特赶来要我喝。我哈哈一笑,感其豪爽,当场喝下两口,他们叫好,称我"朋友",几番握手,互留地址,方放车通行。

半个月匆匆过去了,临走前两天,正好是阴历八月十五,夜里在长城根下一个村子吃了月饼、香梨,喝了花茶、葡萄酒,看了一阵房东大娘剪的窗花,兴致还未尽,便同房东的小儿子一起登长城望高。月光下,沙海泛亮,草原迷离,高高低低的长城,从脚下一头伸向天的东头,一头伸向天的西头,这伟大的建筑,从远古的时候,一坐落在这里,沙再没有埋住,风再没有刮走,它给了沙漠之骨,沙漠也给了它雄壮。如今烽火台没有了狼烟传递,但每一座台下,都住了人家,牛羊互往,亲戚走动。生者,在这沙漠上添着活气;死了,隆起沙堆,又生起一堆绿色。一道长城,是连接千家万户的一条线,流动着不屈不挠的生命和新型的人与人关系的情感。玩到天明,晨曦里看见天地相接的地方,柳树林子长得好茂,那树都是桩杆粗壮,一人多高,就截了顶,聚出密密的嫩枝,枝形呈圆,叶子全红了,像无数偌大的灯笼高高举着,似乎这天之光明,完全是这些灯笼照耀的。树林子前面,端端一柱白烟长上来了,走近去,是放蜂人燃的。这里还能放蜂,犹如春天里一个童话!相坐攀谈,放蜂人来自江南,年年都来,来数月方去。他说,外人以为三边无色无香,其实那是错了。"你瞧,绿的沙柳,红的盐蒿,粉的牛儿草,白的盐,黄的沙,这三边的土地是最有五颜六色,是最有香有甜的。"尝尝那蜜,果然上品,荔枝蜜没有它香醇,槐花蜜没有它味长。

告辞了放蜂人,突然之间,几天来混混沌沌的思想,沉淀的沉淀了,清亮的清亮了,一时觉得有角度来做我的文章了。往回边走边构思,眼光偏又盯住了一片一片不知名的荆棘,开着丸子一般大的白绒花团,顺枝而上的,如挂纸钱串;就地而生的,又如围起的花环。哦,我明白了,这类花的开放,是对三边荒凉的送葬吗?是对三边的富有和美丽的礼赞吗?天黑回到村子,房东已为我准备好了送别酒菜,菜饱酒足,席上拉起了二胡。二胡的清韵,又勾起了我思亲的幽情,仰望天上明月,不知今夜亲人们如何思念着我,可他们哪会知道今夕我在这里是这么欢乐啊!一时情起,书下一信,告诉说:明日我又要继续往北而去,只盼望什么时候了,我要和我的亲人,更多的朋友能一块再走走三边,那该又是何等美事呢。

陕西小吃小识录

序

　　世说,"南方人细致,北方人粗糙",而西北人粗之更甚。言语滞重,字多去声,膳馔保持食物原色,轻糖重盐,故男人少白脸,女人无细腰。此水土造化的缘故啊。今陕西省域,北有黄土高原,中是渭河平原,南为秦岭山地,综观诸佳肴名点,大体以历代宫廷、官邸和民间的菜点为主,辅以隐士、少数民族、市肆菜点演变组合而成,是北国统一风格中而有别存异。我出身乡下,后玩墨弄笔落入文道,自然不可能出入豪华席面,品尝高级膳食饮馔,幸喜的是近年来遍走区县,所到各地,最惹人兴致的,一则是收采民歌,二便是觅食小吃;民歌受用于耳,小吃受用于口,二者得之,山川走势、流水脉络更了然明白,地方风味、人情世俗更体察入微。于是,闲暇之间,施雕虫小技,录小识,意在替陕西小吃做不付广告费的广告,以白天下;亦为自己"望梅止渴",重温享受,泛涎水于口,逗引又一番滋味再上心头是了。

羊肉泡

骨,羊骨,全羊骨,置清水锅里大火炖煮,两时后起浮沫,撇之遗净。放旧调料袋提味,下肉块,换新调料袋加味。以肉板压实加盖。后,武火烧溢,嘭嘭作响,再后,文火炖之,人可熄灯入睡。一觉醒来,满屋醇香,起看肉烂汤浓,其色如奶。此羊肉制法。

十分之九面粉,十分之一醇面。掺和,搓匀,揉到。做馍坯二两一个,若饦饦状,饦边起棱。下鏊烘烤,可悠悠温酒,酒未热,则开鏊,取之平放手心,在上搔搔,手心则感应发痒,此馍饼制法。

食客,出钱并非饭来张口,净手掰馍,碎如蜂腘。一是体验手工艺之趣,二是会朋友谈艺文叙家常拉生意,馍掰如何,大、小、粗、细,足可见食者性情;烹饪师按其馍形,分口汤、干泡、水围城、单走诸法烹制,且以馍定汤,以汤调料,武火急煮,适时装碗。烹饪十年,身在操作室,便知每一进餐人音容笑貌,妙绝比柳庄麻衣相师有过之而无不及。

西安五味巷有一翁,高寿七十。二十年前起,每日来餐一次,馍掰碎后等候烹饪,又买三馍掰碎,食过一碗,将掰碎的馍带回。明日,将碎馍烹饪,又买新馍掰。如此反复,不曾中断。临终,死于掰馍时,家人将碎馍放头侧入棺。

葫芦头

同于羊肉泡,异于羊肉泡,同者均为掰馍,异者一为羊肉,一为猪肉,猪肉又仅限于肠子。

史料载:孙思邈在长安一家专卖猪肠的小店吃"杂碎",觉肠子腥味大,油腻多,问及店家,知制作不得法。遂告之窍道,留药葫芦于店家调味。从此,"杂碎"一改旧味,香气四溢,顾客盈门。店家感激孙思邈,特将药葫芦高悬门首,渐渐,葫芦头取其名。

葫芦头三道制作工艺,处理肠、熬汤、潲饭。肠过十二次手续:挼,捋,刮,翻,摘,回,再挼,漂,再捋,又再捋,煮,晾,污腥油腻尽脱。熬汤必原骨砸碎,出骨油汤水乳白,下肥母鸡一只,大料花椒,八角,上元桂,大火小火汤浓而止。潲时将肠切"坡刀形",五片六片即可,排列在掰好的馍块上,滚汤浇,三四次,加熟猪油,味精,调料水。

南方人初见葫芦头,皆大骇,以为胃不可克,勉强食之,顿觉鲜香,遂大嚼不要命。有广东人在羊城仿法炮制,味则不及。

乡俗:身弱气柔人宜多食之,日久健壮。这恐怕是和药王孙思邈有关吧。

岐山面

岐山是一个县,盛产麦,善吃面条。有九字令:韧柔光,酸辣汪,煎稀香。韧柔光是指面条之质,酸辣汪是指调料之质,煎稀香是指汤水之质。

岐山面看似容易,而达到真味却非一般人所能,市面上多有挂假招牌的,欲辨其真伪,一观臊子烧法和面条擀法便知。臊子,猪肉。必带皮切块,碎而不粥。起锅加油烧热,投之,下姜末、调料面煸炒。待水分去后,将醋顺锅边烹入,冲冒白烟。以后酱油杀之,加水,煮。肉皮能掐时,放盐,文火至肉烂舀出。擀面,碱和水,水和面,揉搓成絮,成团,盘起回肠。后再揉,后再搓,反复不已。尔后擀薄如纸,细切如线,滚水下锅莲花般转,捞到碗里一窝丝,浇臊子,只吃面而不喝汤。

在岐山,以能擀长面者为女人本事,否则视之家耻。娶媳妇的第二天上午,专门有一个擀面的隆重仪式:客人上席后,新媳妇亲自上案擀面,以显能耐。故女儿七岁起,娘便授其技艺,搭凳子在案前使擀杖。

醪 糟

醪糟重在作醅。江米泡入净水缸内,水量以淹没米为度,夏泡八时,冬泡十二时。米心泡软,水空干,笼蒸半时,以凉水反复冲浇,温度降至三度以下,空水,散置案上拌曲粉,装入缸内,上面拍平,用木棍在中间由上到底戳一个直径约半寸的洞。后,盖草垫,围草圈,三天三夜后醅即成。

卖主多老翁,有特制小灶,特制铜锅。拉动风箱,卜卜作响,一头灰屑,声声叫卖。来客在灶前的细而长的条凳上坐了,说声:"一碗醪糟,一颗蛋。"卖主便长声重复:"一碗醪糟,一颗蛋——!"铜锅里添碗清水,放了糖精,三下两下烧开,呼地在锅沿敲碎一颗鸡蛋打入锅中,放适量的醪糟醅,再烧开,撇浮沫,加黄桂,迅速起锅倒入碗中。

特点:酸甜味醇,可止渴,健胃,活血。

凉皮子

是夏天食品,三九寒天却有出售,吃者,男食客绝少,女人多,妙龄女人尤多,半老徐娘的女人更多。

制法:一斤面粉用二斤水,分三次倒入,先和成稠糊,再陆续加水和稀,加盐,加碱,稀浆用勺扬起能拉成筷子粗细的条为宜。笼上铺白纱布,面浆倒其上,摊二分厚,薄厚均匀,大火爆蒸,气圆,约六七分钟即熟。将面皮从笼箅上扣在案上,每张面皮上抹一层菜油,叠堆一起晾凉后用摆刀切成细条。

卖主卖时并不用称,三个指头一捏。三下一碗,碗碗分量平等,不会少一条,多一条也不给。加焯过的绿豆芽,加盐,加醋,加芝麻酱,后又三指一捏。三条四条地在辣子油盆里一蘸放入碗上,白者青白,红者艳红,未启唇则涎水满口。

且记:吃凉皮子的别忘记带手帕,否则吃罢一嘴沿红色,有伤体面。

桂花稠酒

一、泡米:清水入缸,淹没江米,木瓢搅拌使脏物上浮撇而弃之,四时为宜。

二、蒸米:上笼,烧大火,熟烂达八成,离火,浇水,先米中间后笼周围,温度降至三度以下即可。

三、拌曲:平散摊开在案,撒曲面,拌,需均匀。

四、装缸:先置木棒一个,于缸中心,将米从四周装入轻轻拍压,后木心转动抽出,口成喇叭状。白布盖之,再加软圆草垫,保持三十度温,三天后酒醅即熟。

五、过酒:将缸口横置两个木棍,铜丝箩架其上,箩中倒多少酒醅,用多少生水几次淋下,手入酒醅中转、搅、搓、压,反复不已,酒尽醅干。

酒中放糖精,加桂花,加热烧开。

一般酒澄清,此酒黏稠;一般酒辣辛,此酒绵甜。乡民能喝,市民能喝,老人能喝,儿童能喝,男人能喝,女人能喝,健胃、活血、止渴、润肺。

相传太白饮此酒,成诗百篇。故历来文人到长安,专饮桂花稠酒。今有一学子欲做诗人,每次到酒店大饮觅灵感,但三碗下肚,则大醉,语无伦次,不识归路。

浆水面

"下里巴人"饭。不吃者绝不吃,喜吃者死都要吃。

城里人制浆:锅中添清水,一手持长筷,一手撒面,边搅边撒,搅匀烧开。将醋曲和洗净的芹菜放在缸里,烧开的面汤入缸内,发酵六七天,汤呈乳白色即可。乡下人制浆简单,泡半生不熟的萝卜缨子及白菜在瓮,将糁子稀饭的清汤倒几勺进去,六七天便成。

面条下锅,浆汇锅亦可,面捞碗浇浆亦可,以口味而定,但绝少不了荤油、蒜苗。冬吃能取暖,夏吃能消暑。万不能再加醋,有醋则涩,切记。

此食流行乡下,城市不多见,一向被视为贱食。殊不知浆水面味在于淡,淡方是食物本味、真味,饮食是卫护人的生命的,如果自视高雅,追求滋味精美,那将会本末倒置,反害了卿卿健康。曾风传:浆水致癌,此恶意中伤。

柿子糊塌

吃在临潼。

临潼有火晶柿,红如火,亮如晶,肉质细密,且无硬核。吃一想二,饱一人思全家。但季节有限,又不易带,遂柿子糊塌应运而生。

将软柿去皮摘蒂,放面盆中捣搅成糊,加入面粉,即为柿子面糊。

用铁片做手提,外凹中凸边高二公分。

手铲将面糊摊入手提,一起入油锅,炸:面糊熟至五成,脱手提漂浮,翻过,炸;如此数次两面火色均匀便可食之。

但买者多有不忍吃的,颜色太金黄可爱,吃在口,又不忍细咬,半囫囫下肚,结果有烧了心的。

临潼人炸的糊塌味最佳,油锅前常围满人,便有一光棍只看不买,张大口鼻吸味,竟肥头大耳。

粉　鱼

名曰鱼,其实并不似鱼,酷如蝌蚪。外地人多不知做法,秦人有戏谑者夸口为手工——捏制,遂使外人叹为观止。

秦人老少皆能作,以凉水加白矾将豆粉搓成硬团,后以凉水和成粉糊,使其有韧性。锅水开沸,粉糊徐徐倒入,搅,粉糊熟透,压火,以木勺着底再搅,锅离火,取漏勺,盛之下漏凉水盆内:"鱼",则生动也。

漏勺先为葫芦瓢作,火筷烙漏眼;后为瓦削;现多为铝制品。

漏鱼可凉吃,滑、软,进口待咬时却顺喉而下,有活吞之美感。易饱,亦易饥。暑天有愣小子坐下吃两碗,打嗝松裤带,吸一支烟,站起来又能吃两碗,遂暑热尽去,腋下津津生风。

冬吃则讲究炒粉,平底锅烧热,淋少许清油,将葱花稍炒后,倒粉鱼炒,加糖色、调料,以瓷碗捂住,一二分钟后,色黄香喷即成。卖主见妇人牵小孩路过,大声吆喝,小孩便受诱不走,妇人多边喂小孩,边斥责小孩嘴馋,却总要喂小孩两勺,便倒一勺入自己口中。

腊汁肉

并不是精肉,腊肉盐腌,它则是汤煮。汤,陈汤,一年两年,三代人四代人,年代愈久味愈醇色愈佳;煮,肉入汤锅,肉皮朝上,加绍酒、食盐、冰糖、葱段、姜块、大茴、桂皮、草果,大火烧开,小火转焖,水开圆却不翻浪。

食腊汁肉单吃可,下酒佐饭亦可,然真正欲领略其风味,最好配刚出炉的热白吉馍夹着吃,这便是所谓"肉夹馍"。是馍夹了肉,偏称肉夹了馍,买主为了强调肉美,也便顾不得语言的规范了,奇怪的是这个明显错误的名称全体食用者皆承认,可见肉美的威力了。

现在的城镇人最不喜欢吃肥肉,肉食店里终日在走后门拉关系站长队争买瘦肉,但此肉肥而不腻,瘦则无渣,深为食者所好,故近年来城镇经营者甚多,大街小巷随处可见店铺。

有上海女子来西安,束腰节食要苗条不要命,在一家店铺前踌躇半晌,馋涎欲滴却不敢吃,店主明白,大口咬嚼,满嘴流油。说:"我家经营腊汁肉三代,我每日吃六个肉夹馍吃过五十年,你瞧我胖不堆肉,瘦不露骨。"女子连走了八十家店铺,见卖主个个干练。相信人的广告准确,遂大开牙戒。

壶壶油茶

深夜,城镇小巷有一点灯的,缓缓而来,那便是卖壶壶油茶。卖者多老翁,冬戴一顶毡帽,夏裤带上别一把蒲扇,高声吆喝,响遏行云。

所谓油茶,即面粉、调料面加凉水搅成稠糊,徐徐溜入开水锅中搅拌,匀而没有疙瘩,再加入杏仁、芝麻、籼米,微火边烧边搅。再加入酱油、盐面、胡椒粉、味精,微火边烧边搅。完全要用搅功,搅得颜色发黄,油茶发稠,表面有裂纹痕迹止。

所谓壶壶,即偌大的有提手有长嘴的水壶,为了保温,用棉套包裹,如壶穿衣。犹在冬日,其臃臃肿肿,放在那里,老翁是立着的壶,壶是蹲着的老翁。

夜有看戏的、跳舞的、幽会的,壶壶油茶就成为最佳宵夜食品。只是老翁高喊:"热油茶! 烫嘴的油茶!"倒在碗里却已冰凉。

乾县锅盔

关中八怪之一:烙馍像锅盖。盖为平面,盔为凸形,且硬,敲之嘭嘭,如石如铁。一年,有少年从外婆家携锅盔回,中途下冰雹,皆蛋大,砸死许多鸡羊,少年头顶锅盔,有安全帽之功能,行十里路,身无伤损,馍无破裂。

坚硬,食之却酥,没牙的老人尤其喜爱,窝窝嘴蠕蠕而动,愈嚼愈出味。

用料简单,若面粉十斤,水便四斤,碱面七钱,酵面可夏七两,冬斤半,春秋一斤。制法也简单,却必须下苦力,按季节掌握水温,先和成死面块,放在案下用木杠压,使劲压,边折边压,压匀盘倒,然后切成两块,分别加入酵面和碱水再压,再使劲压,直到人大汗淋淋,面皮光色润,用湿布盖严盘肠。肠起,面块分成每块一斤多重的面剂,推擀成直径七寸,厚约八分的圆饼,上鏊,三翻二转,表皮微鼓即熟。

锅盔铺里,卖主称馍不用手折,而以刀割,刀是长叶马刀,割是斜面削割,大显大家风范。历来卖锅盔的未遭他人抢劫,刀具使一切歹人生畏,锅盔也随时能够当盾。

据乡里传,锅盔为古军人所创。极是。

辣子蒜羊血

将羊扳倒,白刀子进,红刀子出,热血接入盆中。用马尾箩滤去杂质,倒进同量的食盐水,细棍搅之,匀,凝结成块后改切成较小的块,投开水锅煮,小火,血固如嫩豆腐,捞出,呈褐红色,舌舔之略咸。

至此羊血制成,可泡在清水盆里备用。

清晨,或是傍晚,食摊安在小巷街头,摆设十分简单,一个木架,架子上是各类碗盏,分别放有盐、酱、醋、蒜水、油泼辣子、香油。木架旁是一火炉,炉上有锅,水开而不翻滚,锅里煮的是切成小方块的羊血。羊血捞在碗里,并无许多汤,加各类调料便可下口了:羊血鲜嫩,汤味辣、呛、咸,花椒、小茴香味窜扑鼻。

咸阳有一人,可以说什么都不缺,只是缺钱;也可以说什么都没有,只是有病。病不是大病,体弱时常感冒。中医告之:每日喝人参汤半碗,喝过半月即根除感冒。此人拍拍钱包,一笑了之。卖辣子蒜羊血的说:买羊骨砸碎熬汤每早喝一碗;再每晚吃羊血一碗吧。如此早晚不断,一月后病断。

腊羊肉

一九〇〇年,庚子事变,慈禧太后仓皇出逃,避难西安,一日坐御辇经城内桥梓口坡道,闻香停车,问:何处美味?答:铺里煮羊肉。便馋涎欲滴,派人购买,尝之大喜,后赏金字招牌:"辇止坡"。

辇止坡的羊肉便是腊羊肉。本是百姓食物,太后竟也辇止;而在这以前,百姓更是早已马止、步止,故此食品更朝换代数百年流传不失。

制作此肉,一腌:大瓷缸倒入井水,羊肉,带骨鲜羊肉,皮面相对折叠而放,撒精盐、芒硝,夏腌一至两天,春秋腌三至四天,冬腌四至五天,腌到肉里外色红。二煮:倒老卤汤多少,倒清水多少,辅花椒、八角、桂皮、小茴香为料,旺火烧开,羊肉下锅,老嫩分别,皮面朝上,再烧开放盐,尔后加盖,武火文火煮四五个小时至肉烂。三捞:撇净浮油,将火压灭,焖半小时待汤温下降,用长竹棍挑肉,放入瓷盘。四滗:肉皮面上平放盘中,用原汁汤冲浇数遍,再小心以净布揩干。

因为是当年慈禧所留的遗风吧,此肉渐渐进入上流宴席,且趋热愈来愈甚,已大有攀高枝之德性。近多年更有人以此作后门的见面礼,致使声名大坏。

录者声明:有人曾非议腊羊肉,建议将其开除出小吃之列。但念其毕竟街巷有卖;况且,以送腊羊肉走后门,罪应在送肉人而不在腊羊肉本身,故不从。

石子饼

二十世纪七十年代,关中一农民有冤,地方不能伸,携此饼一袋,步行赴京告状。正值暑天,行路人干粮皆坏,见其饼不馊不腐,以为奇。到京,坐街吃之,市民不识何物,农民便售饼雇人写状,终于冤案大白。农民感激涕零,送一饼为其明冤者存念。问:何饼?说:石子饼。其饼存之一年,完好无异样,遂京城哗然。

此饼制作:上等白面,搓调料、油、盐,饼坯为铜钱厚薄。将洗净的小鹅卵石在锅里加热,饼坯置石上,上再盖一层石子,烘焙而成。其色如云,油酥咸香。

同州人尤擅长此道,家家都有专用石子,长年使用,石子油黑锃亮。据传,一家有二十多年的油石子;到二十世纪六十年代,遭灾,无面做饼,无油炒菜,每次熬萝卜,将石子先煮水中便有油花,以此煮过两年。

甑　糕

甑糕,用甑做出的糕也。甑为棕色,糕有枣亦为棕色,甑碗小而瓷粗,釉彩为棕色,食之,色泽入目,和谐安心。做甑糕有四关:一泡米,米是糯米,水是清水,浸一晌,米心泡开,淘洗数遍,去浮沫,沥水分。二装甑,先枣子,后米,一层铺一层,一层比一层多,最后以枣收顶。三火功,大火煮半晌,慢火煮一晌。四加水,一为甑内的枣米加温水,使枣米交融,二为从放气口给大口锅加凉水,使锅内产生热气冲入甑内。

吃甑糕易上瘾。有一作家,黎明七点跑步,八点赴甑糕摊吃三碗,返回关门写作至下午四点方停歇,数年一贯,写书十年,体壮发黑眼不近视。

钱钱肉

此肉知道的人多,品尝的人少,据说,即使在盛产的西府,一县之主每年也只有支配一个正品的权力。一般人便只能享用到此肉的下品了。

下品者,腊驴腿。将失去役力的驴,杀之,取其四腿,挂架晾冷,淋尽血水,切块,分层入瓮,每层加土硝、食盐,最后压以巨石。越旬日取出,挂阳光下曝晒,等其变干,再以石块反复压榨,排尽水分,用松木水加五香调料煮熟。取出,用驴油及煮肉之原汁掺和,再加温,肉块在油汤中提提浸浸,然后将肉块晾至呈霜状之色。

人言:吃五谷想六味。腊驴腿下酒之后,便鼻沁微汗,口内生津,故猜钱钱肉的正品不知何等仙品六味!钱钱肉正品据说更味美,且补虚壮阳,但却不是一般人所能吃到,因其价昂且要有地位才能买到。

钱钱肉正品何物炮制?叫驴之生殖器也。

大刀面

最有名的在铜川。

刀：长二尺二寸，背前端宽三寸，背后端宽四寸，老秤重十九斤。

切：右手提刀，左手按面，边提边落，案随刀响，刀随手移。

面：搓成絮，木杠压。成硬块，盘起回肠，擀开一毫米厚薄后拎擀杖叠起成半圆形。

艺高者胆大，挥刀自如，面细如丝，水开下锅，两滚即熟，浇上干燘肉臊子，一口未咽，急嚼第二口，一碗下肚，又等不及第二碗，三碗吃毕，满头热汗，鼻耳畅通，还想再吃，肚腹难容，一步徘徊，怏怏离去。

铜川出煤，下矿井如船出海，乡俗有下井前吃长面，以象征拉魂。故至今矿区多集中大刀面馆。外地人传：卖大刀面的多姓关，是关公后世，或姓包，是包公后裔。此言大谬。铜川东关一家卖主，夫姓华，妇姓陈，皆是关公包公当年所杀之人的姓氏。问及手艺，答：祖传。再问：先祖出身？则马场铡草夫。

油　条

油条为极普通之食品，小说中描写旧中国工人生活贫困，即言其食"大饼油条"。但不料有一段时期区区油条居然也成了"珍品"，好在这已是过去的事。

油条的原料为：面粉十斤，碱面一两，食盐二两，菜籽油三斤，白矾一两半。将盐、碱、矾溶化在六七斤温水里，后徐徐倒入面内和成絮状，再扎成面团，窝二十分钟后再糅和一遍，至面色光亮，再窝。炸时，切面一块于案板上，捋成长条。有走槌，两头细中间粗的物件，擀成宽二寸厚二分的长条片，那么三指头一蘸，将油条来回一抹，快刀横剁为若干小条。而小条有阴阳，两个一叠用筷子一压，逼使结合，再两手提起摔打拉长约一尺时，捏紧两头入油锅。

其做法真令人想起包办婚姻,但经油一炸,两根面条相缠相粘,合二为一,活该是先结婚后恋爱了。

吃油条必喝豆浆。

西安北大街一卖主讲:来他店里的食客多为夫妇,一人一碗浆,两根油条,而常有一男一女买两碗浆一根油条的,你吃半截,我吃半截,这必为少男少女,初恋情人也。

泡油糕

清花水一斤六两,熟猪油五两,上等面二斤,水烧开油搅匀形如乳浊状汤火面成团。凉开水五两,掺入面团揉搓不已,使溶胶状为凝胶状,包馅料入油锅。炸出,色泽乳白,表皮膨松,形似一堆泡沫,恰如蝉翼捏成。

吃泡油糕,不可性急。性急者,咬一口便咽,易烫前心。糖馅溢流顺胳膊到肘部,扬肘用舌舔之,手中油糕的糖馅则又滴下,烫痛后心。

搅 饭

南瓜老至焦黄,起一层白灰的,摘下洗净切为小块,于日头下晾晒半晌。绿豆当年收获、饱满锃亮如涂漆的,簸净淘搓三四次,用温水浸泡一晌,起火烧锅,绿豆在下,南瓜在上,水与南瓜平齐。以蒸布蒙锅盖,小火半晌,揭盖用铲子将绿豆南瓜搅混捣为粥状,即成。

此食做法简易,重在选料。虽看来不伦不类,食之却甜而鲜香。

搅饭流行于秦岭山区,但平日不易吃到。吃则须贵客上门。冬食之可暖胃,夏食之能祛暑。有中医鉴定:久吃此食,身不出疮疖,足不得脚气。

圪坨

圪坨,陕北语,关中称麻食、猴耳朵。以荞面为料,掐指蛋大面团在净草帽上搓之为精吃,切厚块以手揉搓为懒吃。圪坨煮出,干盛半碗,浇羊肉汤,乃羊腥圪坨。

吃圪坨离不开羊肉汤,民歌就有"荞面圪坨羊腥汤,死死活活紧跟上"之句。

圪坨是一种富饭,羊肉汤里有什么好东西皆可放,如黄花、木耳、豆腐、栗子。

此物有一秉性:愈剩愈热愈香。但食之过甚则伤胃,切记。

跋

古人讲:君子谋道,小人谋食。在《陕西小吃小识录》的写作中,我几次为我的举动发笑了。却又一想,未必,吃是人人少不了的,且一天最少三顿,若谋道不予食吃,孔圣人也是会行窃的,这似乎就如封建年代里苏东坡所说的,为官并不就是耻事,不为官并不就是高洁一样。更有一层,依我小子之见,吃也是一种艺术。中国的饭菜注重色、形、味,这不是同中国画有一样的功能吗?当物质的一番滋味泛在口中,而精神的一番滋味泛在心头,这又是多么于人生有实益的事情啊!

陕西这块浑厚的黄土,因地域不同,民族不同,物产不同,气候不同,构成了它丰富奇特的习尚风俗,而各地的小吃正是这种习尚风俗的一种体现。由此,当我在作陕西历史的、经济的、文化的考察时,小吃就不能不引起我的兴趣了。十分庆幸的是,兴趣的逗引,拿笔作录,不期而然地使我更了解了我们陕西,了解了我们陕西的人的秉性,也于我的创作实在是有了匪浅的受用呢。

需要声明的是,《陕西小吃小识录》陆续在《西安晚报》刊出后,外地很有些读者食欲受刺激,来信要来陕西,一定要逐个去吃吃品品,而一些烹饪学会一类的专门组织又邀我去做顾问,真以为我是能做善吃的角色。这便大错了。老实说,我是什么饭菜也不会做的,于吃又极不讲究,只是我请教了许多小吃师傅,用文字记录下来罢了。而这种记录,又只能是陕西小吃的十分之一还要少,又都是我个人自觉得好吃好喝的。这实在是一件遗憾的事。

所以,当我这个专栏结束之后,真希望每一个小吃师傅动手做了别忘了来写,每一个食客动口吃了亦别忘了来录。这么扩而大之,广而久之,使天下人都能吃在陕西,写在陕西,艺术享受在陕西,爱在陕西。

定西笔记

哎哗啦啦,祥——云起呃,呼雷儿——电——闪。一——霎时呃,我——过——了呃——万水——千山。

这是我在唱秦腔。陕西人把起念作且,把响雷叫呼雷儿,把万水又发音成万费,同车的小吴也跟着我唱。秦腔是陕西人的戏,却广泛流行于甘肃、宁夏、青海、新疆,小吴是甘肃定西的,他竟然唱得比我还蛮实。

亏了有这个小吴当向导,我们已经在定西地区的县镇上行走十多天了。看见过山中一座小寺门口有个牌子,写着"天亮开门,天黑关门",我们这次行走也是这般老实和自在,白天了,就驾车出发,哪儿有路,便跟着路走,风去哪儿,便去哪儿,晚上了就回城镇歇下,一切都没有目的,一切都随心所欲。当我们在车上尽情热闹的时候,车子也极度兴奋,它在西安城里跟随我了六年,一直哑巴着,我担心着它已经不会说话了,谁知这一路喇叭不断,像是疯了似的喊叫。

在我的认识里,中国是有三块地方很值得行走的,一块是山西的运城和临汾一带,二是陕西的韩城、合阳、朝邑一带,再就是甘肃陇右了。

这三块地方历史悠久,文化淳厚,都是国家的大德之域,其德刚健而文明,却同样的命运是它们都长期以来被国人忽略甚至遗忘,现代的经济发展遮蔽了它们曾经的光荣,当人们无限向往着东南沿海地区的繁华,追逐那些新兴的旅游胜地的奇异,很少有人再肯光顾这三块地方,去了解别一样的地理环境,和别一样人的生存状态。

我是从农村走出来的,生命里或许有着贫贱的基因吧,我喜欢着这几块地方,陕西韩城、合阳、朝邑一带曾无数次去过,运城、临汾走过了三次,陇右也是去过的,遗憾的只是在天水附近,而天水再往北,仅仅为别的事专程到过一县。已经是很久很久了,我再没有离开西安,每天都似乎忙忙碌碌,忙碌完了却觉得毫无意义。杂事如同手机,烦死了它,又离不得它,被它控制,日子就这么在无聊和不满无聊的苦闷中一天天过去。二〇一〇年十月的一天,我去一个朋友家做客,那是个大家庭,四世同堂,他们都在说着笑着观看电视里的娱乐节目,我瞧见朋友的奶奶一个人却坐在玻璃窗下晒太阳。老奶奶鹤首鸡皮,嘴里并没有吃东西,但一直蠕蠕动着。她可能看不懂了电视里的内容,孩子们也没有话要和她说,她看着窗台上的猫打盹了,她也开始打盹,一个上午就都在打盹。老太太在打盹里等待着开饭吗,或许在打盹里等待着死亡慢慢到来?那一刻中,我突然便萌生了这次行走的计划。

我对朋友说:咱驾车去陇右吧!

朋友说:你不是去过吗?

我说:咱从天水往北走,到定西去!

朋友说:定西?那是苦焦的地方,你说去定西?!

我说:去不去?

朋友说:那就陪你吧。

说走就走,当天晚上我们便收拾行囊。一切都收拾停当了,我为"行走"二字笑了。过去有"上书房行走"之说,那不是个官衔,是一种资格和权利,可也仅仅能到皇帝的书房走动罢了,而我真好,竟可以愿意到哪儿就是哪儿了。

但是,我并不知道这次到定西地区大面积地行走要干什么。以前去了天水和定西的某个县,任务很明确,也曾经豪情满怀,给人夸耀:一座秦岭,西起定西岷县,东至陕西商州,我是沿山走的,走过了横分中国南北的最大的龙脊;一条渭河,源头在定西渭源,入黄河处是陕西潼关,我是溯河走的,走的是最能代表中国文明的血脉啊!可这次,却和以前不一样了,它是偶然就决定的,决定得连我也有些惊讶:秦先人是从这里东进到陕建立了大秦帝国,我是要来寻根,领略先人的那一份荣耀吗?好像不是。是收集素材,为下一部长篇做准备吗?好像也不是。我在一本古书上读过这样的一句话,"纯粹而不杂,静一而不变,淡然无为,动而以天行,谓之养神。"那么,我是该养养神了,以行走来养神,换句话说,或者是来换换脑子,或者是来接接地气啊。

后半夜里进的定西城,定西城里差不多熄了灯火,空空的街道上有人喝醉了酒,拿脚在踢路灯杆。他是一个路灯杆接着一个路灯杆地踢,最后可能是踢疼了脚,坐在地上,任凭我们的车怎样按喇叭他也不起。打问哪儿有旅馆?他哇里哇啦,舌头在嘴里乱搅着,拿手指天。天上是一弯细月,细得像古时妇女头上的银簪。

天明出城,原来城是从山窝子里长出来的么,当然也同任何地方的城一样,是水泥城,但定西城的颜色和周围的环境反差并不大,只显得有些突然。

哎呀,到处都是山呀,已经开车走了几个小时了还在山上。这里的山怎么是这般的模样呢,像是全俯着身子趴下去,没有了山头。每一道梁,大梁和小梁,都是黄褐色,又都是由上而下开裂着沟渠壑缝,开裂得又那么有秩序,高塬地皮原来有着一张褶皱的脸啊,这脸还一直在笑着。

看不到树,也没有石头,坡坎上时不时开着了一种花,是野棉花,白得这儿一簇,那儿几点,感觉是从天上稀里哗啦掉下来了云疙瘩。

其实天上的云很少。

再走,再走,梁下多起来了带状的塬地,塬地却往往残缺,偶尔在那残缺处终于看到一片子树了,猥琐的槐树或榆树的,那就是村庄。村庄里有狗咬,一条狗咬了,全村庄所有的狗都在咬,轰轰隆隆,如雷滚过。村庄后是一台一台梯田,一直铺延到梁畔来,田里已经秋收,掰掉了苞谷穗子,只剩下一片苞谷秆子,早晨的霜太厚,秆子上的叶都蔫着,风吹着也不发出响来。

后来,太阳出来了,定西的太阳和别的地方的太阳不一样,特别有光,光得远处的山、沟、峁和村庄,短时间里都处在了一片恍惚之中。下车拍一张照片吧,立在太阳没照到的地方,冷得那空气里满是刀子,要割下鼻子和耳朵,但只要一站在太阳底下,立即又暖和了。对面圪梁梁上好像站着了一个人,光在身后晕出一片红,身子似乎都要透明了。喊一声过去,声在沟的上空就散了节奏,没了节奏话便成了风。他也喊一声过来,过来的也是风。相互摇摇手,小吴说他要唱呀,小吴学会了我教的那几句秦腔,他却唱开了花儿:

叫——你把我——想倒了哈,骨头哈——想
成——干草了哈,走呢——走——呢,越远了。
不来哈——是由不得——我了哈。

车不能停,猛地一停,车后边追我们的尘土就扑到车前,立即生出一堆蘑菇云。蘑菇云好容易散了,路边突然有着三间瓦房。前不着村后不靠店的,怎么就有了三间瓦房,一垒六个旧轮胎放在那里,提示着这是为过往车辆补胎充气的。但没有人。屋门敞开,敞开的屋门是一洼黑的洞。一只白狗见了我们不理睬,往门洞里走,走进去也成了黑狗,黑得不见了。瓦房顶上好像扔着些绳子,那不是绳咯,是干枯了的葫芦蔓,檐角上还吊着一个葫芦。瓦房的左边有着一堆土,土堆上插了个木牌,上面写着一个字:男。路对面的土崖下,土块子垒起一截墙,二尺高的,上面放着一页瓦,瓦上也写了一个字:女。想了想,这是给补胎充气人提供的厕所么。

从山梁上往沟道去,左一拐,右一拐,路就考司机了,车倒没事,人却摇得要散架。好的是路边有了柳。从没见过这么粗的柳呀,路东边三棵,路西边四棵,都是瓮状的桩,桩上聚一簇细股条子。小吴说,这是左公柳,当年左宗棠征西,沿途就栽这样柳。可惜见过这七棵,再也没眼福了。但路边却有了一个村子,村口站着一个老者。

老者的相貌高古,让我们疑惑,是不是古人?在定西常能见到这种高古的人,但他们多不愿和生人说话,只是一笑,而且无声,立即就走掉了。这老者也是,明明看见我们要来村子,他就进了巷道,再也没有踪影了。

巷道很窄,还坑坑洼洼不平整。巷道怎么能是这样呢,不要说架子车拉不过去,黑来走路也得把人绊倒。两边的房子也都是土坯墙,是缺少木料的缘故吧,盖得又低又小。想进一些人家里去,看看是不是一进屋门就是大炕,可差不多的院门都挂了锁,即便没锁的,又全关着,怎么拍门环也不见开。

忽地一群麻雀落下来,在巷道里碎声乱吵,忽地再飞起了,像一大片的麻布在空中飘。

当拐进另一条巷道,终于发现了一户院门掩着,门口左右着两块石头,这石头算作是守门狮吗?推门进去,院子里却好大呀,坐着一个老婆子给一个小女娃梳头,捏住了一个什么东西,正骂着让小女娃看,见我们突然进来,忙说:啊达的?我说:定西城里的。她说:噢,怪冷的,晒哈。忙把手里的东西扔了,起来进屋给我们搬凳子。我的朋友问小女娃:你婆在你头捏了个啥,我还以为是虱哩!司机作怪,偏在地上瞅,瞅着了,说:咦,我还以为不是虱哩!小女娃一直噘着嘴,蛮俊的,颧骨上有两团红。

我们并没有坐在那里晒太阳,院里屋里都转着看了,没话找话地和老婆子说。老婆子的脸非常小,慢慢话就多起来,说她家的房子三十年了,打前年就想修,但橡瓦钱不够,儿子儿媳便到西安打工去了,家里剩下她和死老汉带着孙女。说孙女啥都好,让她疼爱得就像从地里刨出了颗胖土豆,只是病多,三天两头不是咳嗽就是肚子疼,所以死老汉一早去西沟岔行门户,没带这碎仔仔,碎仔仔和她治气哈。她说着的时候,小女娃还是噘着嘴,她就在怀里掏,掏了半天掏出了一颗糖,往小女娃嘴里一塞,说:笑一哈。小女娃没有笑,我们倒笑了,问这村里怎么没人呀?她说:是人少了,年轻的都到城里讨生活了,还有老人娃娃们呀!我说:院门都锁着或关着,叫着也没人开。她说:没事么?我说:没事,去看看。她说:那有啥看的?我说:照照相么。老婆子立马让给她和孙女照,然后领着我们在村里敲那些关着门的人家,嚷嚷开门,开门哈菊娃!院门拉开了一个缝,里边的说:阿婆,啥事?老婆子说:你囚呀,城里人给你照相呀不开门?门却哐地又关严了,里边说:呀呀,让我先洗洗脸哈!

我们先后进了七户人家,家家的院子都大,院墙上全架着苞谷棒子,太阳一照,黄灿灿的。我们说一句:日子好么。主人家的男人在的,男人都会说:好么,好么。他们言语短,手脚无措,总是过去再摸摸苞谷棒子,还抠下一颗在嘴里嚼,然后憨厚地笑。院子里有猪圈,白猪黑猪的,不是哼哼着讨吃,就是吃饱了躺着不动。有鸡,鸡不是散养的,都在鸡舍,鸡舍却是铁丝编的笼,前边只开一个口儿装了食槽,十几个鸡头就伸出来,它们永远在吃,一俯一仰,俯俯仰仰,像是弹着的钢琴上的键,又像是不停点地叩拜。狗和猫是自由的,因为它们能在固定的地方拉屎尿尿,但狗并不忠于职守,我们去后,刚叫一下,主人说:嗨!就不吭声了,蹲在那里专注起猫,猫在厨房顶上来回地走,悠闲而威严。就在男人领着我们到堂屋和厨房去转着看的时候,女人总是在那里不停地收拾,其实院子已经很干净了,而屋里的柜盖呀、桌面呀、窗台呀,擦得起了光亮,尤其是厨房,剩下的一棵葱,切成段儿放在盘子里,油瓶在木橱子上挂着,洗了的碗一个一个反扣在案板上,还苫了白布。到了柴棚门口,女人说:候一会儿,乱得很!我们说:柴棚里就是乱的地方么!进去后,竟然墙上挂的、地上放的,是各种各样的农具,锄呀、锨呀、镰呀,镢是板镢和牙子镢,犁是犁杖、套绳和铧,还有耱子、耙子、连枷、筛子、笼头、暗眼、草帘子、磨杠子、木墩子、切草料的镲子,打胡基的础子,用布条缠了沿的背篓、筐篮、簸箕、圆笼。女人用筐子装了些料要往柴棚后的那个草庵去,草庵竟然就毛驴呀,毛驴总想和我们说话,可说了半天,也就是昂哇昂哇一句话。

我们和老婆子走出了第七户院子,老婆子家的狗就在院门口候着,老婆子喜欢地说:接我啦?抱起了狗,狗的尾巴就摇欢得像风中的旗。

出了村子,我的情绪依然很高,对朋友说:

"这才是农村的味啊!"

朋友觉得莫名其妙,说:"咹?"

我说:"什么东西就应该是什么味呀,就像羊肉没了膻味那还算羊肉吗？"

朋友说："你这人就怪了，刚进村嫌巷道太窄，嫌房盖得太矮，转了一圈又说这好那好，农村就该是这个味，这不自相矛盾吗？"

朋友的话一下子把我噎住了。

我是从二十世纪七十年代从农村到西安的，几十年里，每当看到那些粗笨的农具，那些怪脾气的牲口，那些呛人的炕灶烟味，甚至见到巷道里的瓦砾、柴草，和撒落的牛粪狗屎，就产生出一种兴奋来，也以此来认同我的故乡，希望着农村永远就是这样子。但是，我去过江浙的农村，那里已经没一点儿农村的影子了，即便在陕西，经过十村九庄再也看不到一头牛了，而在这里，农具还这么多，牲畜还这么多，农事保持得如此的完整和有秩序！但我也明白我所认同的这种状态代表了落后和贫穷，只能改变它，甚至消亡它，才是中国农村走向富强的出路啊。

我半天再没有说话，天上那一大片麻布又出现了，突然间成百只的麻雀就落在村口到车的那段路面上，它们仍是碎声乱吵，吵得人头痛。

还是黄土梁，还是黄土梁上的路，但今天的路比昨天的窄，窄得一有会车一方就得先停下来。好的是已经半天了，只有我们这辆车，嚷嚷：这是咱们的专道么！可刚转过一道弯，前边就走着了一个牛车。

不会吧，怎么会有牛车？就是牛车。

车是四个轮子上一面大的木板，没帮没栏，前边横着一根长杠，两头牛，牛都老了，头大身子短。牛车上坐着一个人，光着头，耳朵上却戴了个毛烘烘的耳套，猜想是招风耳。

吆车人当然知道一辆小汽车在后边，便把牛车往路边赶。牛似乎不配合，扯一回缰绳挪一步，再扯一回缰绳再挪一步，旁边村庄有拾粪的过来了，吆车人骂了一句：妈的……！一个轮子终于碾到路边的水渠沟，牛车便四十度的倾斜了。

我不让司机按喇叭,也不让超,小心牛车翻了,小吴说:没事,二牛抬杠翻不了。

车超过去了,听到牛响响地打了个喷嚏,还听到拾粪的说:汽车能屙粪就好了。

公路经过一个镇子,镇子上正逢集,公路也就是了街道,两旁摆满了五颜六色的日常百货,还有苞谷土豆,瓜果蔬菜,还有牲畜和农具,也还有了油条摊子,醪糟锅子。人就在中间拥成了疙瘩。这场面在任何农村都见过,却这时我想着了:常常有蚂蚁莫名其妙地锈了堆,那一定是蚂蚁集。集上的人大都是平脸黑棉袄,也有耸鼻深目高颧骨的,戴着白帽。黑与白的颜色里偶尔又有了红,是那些年轻女子的羽绒服,她们爱并排横着走,不停地有东西吃,嘎嘎地笑。

我们的车在人窝里挪不动,喇叭响着,有人让路,有人就是不让。小吴头从车窗伸出来,喊:耳朵聋啦?县长的车!我看见有人撅着屁股在那里挑笊篱,回过头了看,又在挑笊篱,还把一把鼻涕顺手抹在了车上,忙按住了小吴,把车窗摇起,说么多人走着,咱坐在车上,已经特殊了,不敢提自己是领导或警察,这人稠广众中领导和警察是另一类的弱势群体。于是,我们都下了车也去逛集,让司机慢慢把车开到镇东头,然后在那里会合。

我们去问人家的苞谷价小麦价,价钱比陕西的要高,陕西的蒜和生姜都涨价了,这里的倒便宜。感兴趣的是那些荞面,竟然都是苦荞面,一袋一袋摆了那么多,问为什么叫苦荞面,是因为荞麦产量小,收获起来辛苦,就如要在农民二字前边加个苦字的意思吗?他们七嘴八舌地就讲苦荞面不同于荞面,苦荞面味苦,保健作用却强,吃了能防癌,能降血糖,能软化血管,但血脂高的人不能久吃,吃多了血就成清水了。他们说着就动手称了一袋,而且开始算账,我们忙说:不要称不要称,只是问问。他们就生气了:不买你让我们说这么多?!脸色难看,似乎还骂了一句。骂的是土话,幸亏我们听不懂,就权当他们没骂,赶紧走开,去给那个吃羊杂汤的人照相了。吃羊杂汤的是个老汉,就蹴在卖羊杂汤的锅旁边,他吃得响声很大,帽子都摘了,头上冒热气,对于我们拍照不在意,还摆了个姿势。可把镜头对准了另一个人,那人说:不要拍!我们就不拍了。那人是提了个饭盒买羊杂汤的,饭盒提走了,摊主说:那是镇政府的。

去卖牲口的那儿给牲口拍照吧,牲口有牛有驴有羊和猪,牲口的表情各种各样,有高兴的,有不高兴的,高兴的可能是早已不满意了主人,巴不得另择新家,不高兴的是知道主人要卖掉它呀,尤其是那些猪,额颅上皱出一盘绳的纹,气得在那里又屙又尿。买卖牲口,当然和陕西关中的风俗一样,买者和卖者挎起衣襟,两只手在下面捏码子。这些没啥稀罕的,就去了萝卜和白菜的摊位上,那个卖红萝卜的,手指头也冻得像红萝卜,见了我们,小眼睛一眨一眨,殷勤起来,说:买了土鸡蛋了吗?我们说:没买。他说:不要买,要买到村里去买,前边那几笼鸡蛋说是土鸡蛋,其实不是土鸡蛋。想要买土鸡吗,买土布吗?我们说:你咋老说土东西?他说:你们这穿着一看就是城里人么,城里人怪呀,找老婆要洋气的,穿衣服要洋气的,啥都要洋气哩,吃东西却要土的!我们哈哈大笑,旁边卖豆腐的小伙一直看我们,后来就蹭了过来,小声说:收彩陶吗,我有马家窑的,绝对保真!我说:好好卖你的豆腐!就去了一个卖鞋垫的地摊上挑拣鞋垫。鞋垫都是手工纳的,上边纳着有人的头像和各类花的图案,小吴建议我买那有人头像的,说:这是小人,把小人踩在脚下,就没人害扰你!我选了双有牡丹花的,因为花中还纳有字,一个写着:爱你终生,一个写着:伴你一世。

集市靠北的一个巷口,人围了一堆在唱歌,以为是县剧团的下乡演出,或是谁家过红白事请了龟兹班,近去看了,原来是唱花儿,一个能唱花儿的歌手被人怂恿着:亮一段吧,亮一段吧。歌手也是唱花儿有瘾,也是歌手生来是人来疯,人多一起哄,就唱起来了。一个人一唱,人窝里又有人喉咙痒,三个五个就跳出来一伙唱了。这集上的人说话我听得懂,一唱花儿就不知道唱的什么词了。让小吴翻译,小吴说:唱的是《太平年》:一个鸟儿一个头,两只眼睛明炯炯,两只麻黄爪儿,就墙头站哦太平年,一撮撮尾巴,落后头哦就年太平。

两个小时后,我们和司机在镇东头的柳树下会合,柳树后的土塄坎上,一头牛在那里啃吃着野酸枣刺。我的朋友奇怪牛吃那刺不嫌扎呀?我说你城里人不懂,我故乡有顺口溜,就是:人吃辣子图辣哩,牛吃刺子图扎哩。这时候,手机来了信息,竟是:对联,爱你终生,伴你一世。我说:啊这和我买的鞋垫上的话一样么!司机却在远处说:往下看!我再把信息往下看,竟是:横批,发错人了。

据说鸠摩罗什去中原时在天水和定西住过一段时间,所以这里的寺庙就多。去漳县的路上,看到一座孤零零的又高又陡的土崖,土崖上有一个古庙,感到不解的是:黄土高原上水土容易流失,这土崖怎么几百年不曾坍塌?那么险峻的,路细得像甩上去的绳,咋能就在上边造了庙?

朋友说他去过陕北佳县的白云观,也是造在山顶上,当地人讲造建的时候砖瓦人运不上去,让羊运,把各村的羊都吆来,一只羊身上捆两块砖或四页瓦,羊就轻而易举地把砖瓦驮上山了。这土崖上的古庙也是羊驮上去的砖瓦吗?不晓得,可这土崖立棱棱的,是羊也站不住啊!

土崖不远处有个几十户的小村,村里却有一个戏楼。戏楼上有四个大字,从左到右念是:响过行云。从右到左念是:云行过响。从左从右念过三遍，到底没弄明白怎么念着正确。后来反应过来，是"响遏行云"吧，把"遏"写成了"过"。

进村去吃午饭，村民很好客，竟有三四个人都让到他们家去，后来一个人就对一个老汉说：我家是兰州的，他家是北京的，你家是西安，西安来的客人就到你家吧。我们觉得奇怪，怎么是兰州的北京的西安的？到了老汉家，老汉才说了缘故，原来这里村大学生多，有在兰州上大学的，有在北京上大学的，他家的儿子在西安上过大学。我们就感叹这么偏僻的小村里竟然还出了这么多大学生，老汉说：娃娃都刻苦，庙里神也灵。我问：是前边土崖上庙里神吗？他说：每年高考，去庙里的人多得很，神知道我们这儿苦焦，给娃娃剥农民皮哩。我夸他比喻得好，老汉便哧哧地笑，他少了一颗门牙，笑着就漏气。可是，当我问起他儿子毕业后分配在西安的什么单位，他的脸苦愁了，说在西安上学的先后有五个娃，有一个考上了公务员，四个还没单位，在晃荡哩，他儿子就是其中一个。县上已经答应这些娃娃一回来就安排工作，但娃娃就是不回来。供养了二十年，只说要享娃娃的福了，至今没用过娃娃一分钱，也不指望了花娃娃的钱，可年龄一天天大了，这么晃荡着咋能娶上媳妇呢？老汉的话，使我们都哑巴了，不知道该给他说什么好，就尴尬地立在那里。还是老汉说了话：不说了不说了，或许咱们说话这阵，我娃寻下工作了，吃饭，吃饭！

这一顿饭吃得没滋味。

离开老汉家的时候，巷道里有五个孩子背着书包跑了过来，这是去上学的，学校离这个村可能还远。小吴说：这五个学生里说不定也出几个大学生哩！而我却想到另一件事：越是贫困的农村越是拼死拼活地供养着孩子们上大学，终于有了大学生，它耗尽了一个家，也耗尽了一个地方，而大学生百分之九十再不回到当地，一年一年，一批一批，农村的人才、财物就这样被掏空着，再掏空着……

又经过了戏楼,戏楼下的一排碌碡上坐着几个人在晒太阳,一杆旱烟锅,你吃完一锅子了,装了烟末轮到我吃,我吃完一锅子了装了烟末再轮给他吃,烟锅嘴子水淋淋的。听见他们在说马,说马是世上最倒霉最没出息的动物,它和驴交配,生下孩子了却不像它,也不叫它的姓氏。

朋友悄声问我:那马和驴的孩子是啥?

我说:是骡子!

第五天的那个中午,本来可以在一个有桥的镇子上吃饭,司机说到下一个村子吃饭吧,但再没遇到村子,大家就饥肠辘辘,看太阳像一摊蛋饼贴在天上,蛋饼掉下来多好,而蛋饼似乎一直在对面那条梁的上空,即使能掉下来,也掉不到我们这边来。车继续往前开,转过一个斜弯子,一个人便在那一片掰了苞谷棒的秆子里,突然发现那个人是两脑袋。车是一闪而过的,朋友和小吴坐在后座并没在意,我在副驾驶座上却听见了风里的说话:把舌头给我!舌头给我!司机说:咦,人吃人哩!扭头要看,我说:看你的路!司机便应了,却说他肚子寡了,想吃羊。

司机得知要来定西,他就说过,这下可以放开肚皮吃羊肉了。在他的意识里,黄土高原上是走到哪儿都会有羊肉吃的,可十多天里,我们没有吃到羊肉,甚至所到之处也没见到放羊的,难道这里就压根没羊?

同车的还有一个当地抱着娃娃的妇女,她是半路上搭的我们顺车,她说:黄土梁上不爱惜羊咯。

羊谁不爱惜呀,人爱惜着,豹子和狼也爱惜着,怎么是黄土山梁就不爱惜呢?

妇女说:羊是山梁上的虱咯。

我一时没醒开她的话,问是政府禁止放羊了?她说是不让放了,都圈养的。我终于明白了,羊在山梁上吃草总是掘根,容易破坏植被,水土流失，人身上如果有一两个虱子，人就变形，浑身的不舒服，山梁上有了吃草的羊，羊也就是山梁上的虱子了。这妇女比喻得这么好，我就感叹起来，但我不能夸她，便夸她怀里的孩子精灵！妇女说：是精灵，别的娃娃出生七天才睁眼，这娃娃一落下草就瞅灯！

在安定、陇西、通渭甚或渭源，经过了多少村庄，村庄里走进过多少人家，说得最多的就是太阳和水。太阳高挂在天上，水在地上流动，这里的人想着办法要把它们捉到家来，这就是太阳灶和水窖。

地处高原，冬天里那个冷真是冷得酷，酷冷，尤其一有风，半空里就像飞着无数的刀子。竟然石头也能咬手，你只要摸一下石头，手能脱一层皮。人就盼着太阳出来，太阳一出来，老的少的，甚或猫呀狗呀都不在屋里待，全要晒暖暖。青藏高原的上空云是美丽的，赠你一朵云吧，藏人就制作出了哈达，而定西的冬天里太阳是最好的东西，怎样能把太阳留在自家呢，太阳灶就在家家的院子里安装了。太阳灶其实很简单，只是一个像笸篮大的铁盘，里面嵌满了玻璃镜片，它就热烘烘起来，如果想要热水，只需在盘上伸出一个铁棍，棍头上绕出一个圈儿，放上一壶水，不大一会儿水就咕咕嘟嘟滚开了。夏日里，定西高原上多种有向日葵，向日葵一整天都是仰脸扭脖跟着太阳转，冬季里的太阳灶边，差不多都坐着人，男人们或是喝茶说话，女人们或是做针线，常常是大人都去干别的活了，孩子们仍在那里的小木桌上做作业，脚下就是卧着的眼睛成了一条线的小猫小狗。

而水窖呢？

这里是极度缺水的，年降水量仅在四十毫米，而且集中在六月至九月，也就是下两三次雨。地方志讲，历史上的定西仍是富饶的，当年的伯夷叔齐不愿做皇，又耻食周粟，就是沿着渭河岸边的泽水密林到首阳山隐居的。天气的变化，使定西逐渐缺水而改变了地理环境。我曾写过一篇天气的文章，认为天气就是天意，天意要兴盛一个国家就风调雨顺五谷丰登，天意要灭亡一个王朝就连年干旱或洪水滔天，而天意要成就中国的黄土高原，定西便只有缺雨。黄土高原漫延到陕西的北部，那里也是严重缺雨。我曾在铜川的一些村子待过，眼见着村里人洗脸，却是一瓢水在瓦盆里，瓦盆必须侧靠着墙根才能把水掬起来抹到脸上，一家大小排着洗，洗着洗着水就没了，最后的人只能用湿毛巾擦擦眼。如果瓦盆里还有水，那就积攒到大瓦盆里，积攒三四天了，用来洗衣服，洗完了衣服沉淀了，清的喂鸡喂猪，浊的浇地里的蒜和葱。而三里五里，甚或十里的某一个沟底有了一眼泉，泉边都修个龙王庙，水细得像小孩在尿，来接水的桶、盆、缸、壶每天排十几米长的队。铜川缺水，铜川还沟底里偶尔有泉，定西的沟里绝对没有泉，在三月到九月的日子里，天上突然有了乌云，乌云从山梁那边过来，所有的人都举头向天上望，那真正是渴望，望见乌云变成各种形状，是山川模样，是动物模样，飘浮到头顶上了，却常常能掉下来几颗雨点就又什么都没有了。他们说：掉了一颗雨星子。这话没夸张，确实是一颗雨星子，这颗雨星子最好能砸着自己的脑袋，或者，能让自己眼瞧着砸在地上，哧地冒出一股土烟。

于是，定西人就创造了水窖。

在地头上，我们随时都能看到水窖，那是在下雨天将沟沟岔岔流下来的水引导储入的，这些水可以用来灌溉。定西的土地其实很老实，也乖，只要给灌溉一点儿水，苞谷棒子也就长得像牛犄角。而每户人家的吃呀喝呀洗呀涮呀的生活用水，则是在房前屋后建有水窖。水窖的大小和多少，是家庭富裕日子滋润的象征，这如城里人的住房和汽车一样。我打开过一户人家的水窖帮着汲水，那像打开了一个金银库，阳光从水房的窗子射进来，正好射在水面上，水呈放着光亮，光亮又反照在水房墙上,竟有了七彩的晕辉。我用瓢舀了一下,惊讶着水是那样清洁。主人说下雨时收了水到窖后,水是灰的浊的,要沉淀了,捞去水面上的树叶草末,鸡屎羊粪,这水就可以长年饮用了。我说:窖里的水是固定的死水,杂质即使沉淀后不是仍会生成一种臭味吗?他们说:黄土窖没味道。我说:黄土窖没味道?这就怪了!他们说:哈,就这么怪!

上天造物,它就要给物生存的理由和条件,在水边的吃水里的东西,在山上的吃山里的东西,如果定西缺水,做了水窖水又容易腐败,哪里还会有人去居住呢?

现在我已经完全地知道怎样建水窖了。那是选好了平台,选平台当然要讲究风水,要选黄道吉日,要祭奠神灵,然后垂直往下挖,挖出一米宽五米深了,洞口便向外延伸,形成窖脖。再向下挖,挖八米,就是窖身。窖底一定得是凸形。挖成的窖整个形状口小底大,就像是热水瓶的瓶胆。下来,技术含量就高了,得在窖身的四壁上钻孔,一排一排均匀地钻,钻出五十厘米深,这工作叫布麻眼。一个窖差不多要布三千个麻眼。接着,用和好的胶泥做成泥角或者泥饼,泥角钉进麻眼,泥饼贴在麻眼外露出的泥角端,泥饼一个挨着一个地镶嵌,就像是铠甲一样把窖身包裹起来。对了,胶泥特讲究,先把泥泡好,窝好,用锨搅好,用脚反复踩好,用镲刀背用力摔打好,直到将胶泥和调得如揉出的面团一样有了筋丝,能拉开又拉不断,才能使用。糊好了窖身,还得木锤子捶打,一寸不留空地捶打,连续捶打上一个月,最后最后了,再用斧头脑儿又捶打一遍,这才是一个窖完工了。完工了的水窖都要在窖上盖个小水房,安置龙王神龛。窖有窖盖,盖上有锁,水房门也上锁,那是任何外人都不能随便去的地方。

别的地方的农民一生得完成三件大事,一是给儿女结婚,二是盖一院房子,三是为老人送终。定西的农民除了这三件大事,还多了一件,就

/ 205 /

是打水窖。

从山梁下来到了河川道,河川道也就是渭河川道,立马就有了树。如夏天的白雨不过犁沟一样,一道渭河,北岸黄土塬梁上光秃秃的,南岸就有树了,就这么决然。树当然还只是榆树、槐树、桐树、小叶子杨树,但只要有树,河南的人就瞧不起了河北的人,河北的女子能嫁到河南,那就是寻到好家了。

一个叫半阴的村子,是在从塬上刚刚下来就遇到的村子,可以说,这算我见到树最多的村子了。树都不大,出地就分杈,枝干好像有着亲情或是恋情与偷情,相互纠缠着往上长。从树中间钻不过去的,就蹴下来,看到的是黄宾虹的画,纷乱的模糊的一片黑色线条哈。再往远处看,更多的树,树中忽隐忽现着屋舍,全是些石灰搪抹过的墙,长的,方的,三角的,又是吴冠中的画了,白和黑的色块。村口有一条水渠,渠可能久年未修,瘦成小溪,里边竟然还有鱼。柳叶子细的鱼,如浮在空中,是柳宗元《小石潭记》中描写的那种。被水渠领着走过去,又一丛杂树中有一间木屋,还是个水磨坊呀。多少年里都没见到过这种水磨坊了,水磨坊里的一切陈设使我回忆起了我少年时在故乡当磨倌的情景。啊这吊起的石磨,上扇不动,下扇动,如有些人咬嚼和说话的模样。啊这笸篮,啊这落满灰尘变粗的电线,啊这原木做成的窗子,窗上的蜘蛛网,啊这低低的随时可能碰着头的支梁。出了磨坊去看水轮,水轮静静地竖在那里,两边石壁上绿苔重重,而旁边则又是一片乱树,有一棵横卧过来,开满了白花,以为是野棉花,可野棉花怎么会长成树呢,近去看了,原来是毛柳,毛柳的絮竟有这么大这么白呀。

从水磨坊出来,走了几家,家家依然是养了驴、猪、狗、猫、鸡,这些动物都在门前土场上,见了我们就微笑,表情亲近,只有狗多话,汪汪了两句,见没人回应,也卧下来不动了。

首阳山,就是伯夷、叔齐待过的那座山,山的名字多好,首先见到阳光的山呀。我们去看伯夷、叔齐,伯夷、叔齐就睡在两个墓堆里。这两个墓堆相距不远,墓堆上都有树,据说树上的鸟半夜里常说话。而从对面的山上往这边看,看到的是人形的首阳山怀抱了两个婴儿。

两个墓堆前有一个庙。庙右是一片黑松林子,太阳还红着,它那儿就黑乎乎的。庙左的林子树杂,十月里树已落叶,一尽的苍灰线条里不时地有白道,白道往出跳,那是桦木。庙不大,塑着二位先贤的泥像,皆瘦骨嶙峋。还有一个更瘦的,是个看庙人,蓬头垢面,衣衫破旧,就住在庙右前的一间小屋里。小屋三年前着了火,屋顶塌了,现在上面苫了柴草还继续住,进去看看,黑得是夜,划了火柴才看清四壁被大火烧熏得如涂了漆,一床破被,一口铁锅,再无别的。问他这怎么生活呀,他好像不爱听,竟然领我又到庙里,我才发现庙后墙角还有一个小柜,他打开了,取出六包商店里常见的那种挂面,还有半口袋核桃,他说:这生活不好吗?!

从庙里出来,顺着庙前的斜坡走下。斜坡是修了路,还铺着砖,但生满苔,苔虽发黑,仍湿滑得难以开步。

首阳山是当地政府做了旅游景点的,可能是来的人太少,我们一去,不远处的村人也就来看稀罕。问起那个看庙人怎么是那般形状,他们说那是个流浪汉,私自来这里要看庙的……

我突然想,我们现在说起孔子的时代,认为孔子的时代不错吧,百花齐放、百家争鸣的,可孔子在当时也哀叹世风日下,要复周礼;而且,伯夷、叔齐就是商末周初人,伯夷、叔齐竟然也在说:今天下暗,周德衰。那么,最理想的世风是什么呢,人类是不是都不满意自己所处的社会呢?

以前真不知道定西地区还是中国西部中药材集中产地,更没有想到它还产盐,井盐的历史竟然比四川的自贡还要早。

在各县行走,但凡进到农户人家,差不多的屋子里、院子里,都能看到在晒着药材。先是并没在意,后来到了岷县,城街上随处可见中药材货栈,问起是怎么回事,一位长着白胡子的老者说:你请我喝酒,我告诉你。我们那个下午就在酒馆里喝酒,老者就说起了岷县的历史。岷县之所以在这里设县城,是这里为中药材的集散地,岷县城历来都叫作药城。乘着酒兴,老者竟领着我们去了商贸中心的那条街,那里有更多的宾馆和酒店,全住着从陕西、四川、河南、湖北来的药商,来拉货的车辆排着长队在那里等候。从商贸中心街出来,又到别的街上访问那些私人药铺和一些一两间门面挂着牌子的中医大夫,他们几乎都是在一边行医,一边收购,加工各种水蜜丸散。

我以前对中药材知之甚少,岷县使我们产生了浓厚的兴趣,就多住了一天,了解到岷县的中药材有二百五十多种,主要的是当归。当归人称"十方九归",是中药里最常用的药材,也称为"妇科中的人参",它属于伞形科多年生草本植物,药用部分为根,根头称归首,分枝称归身,须根称归尾,加工出为原来归、常行归、通底归、箱归、胡首归。这里的土地里没有什么矿藏,长庄稼不行,长果蔬不行,农民的日常花销,比如油盐酱醋,比如针头线脑,比如买种子买农药、盖房、给儿子娶媳妇、送终老人,比如供孩子上学呀,一家大小生病进医院呀,除了出外打工赚钱外,如果在家里,那就得种当归。

从岷县回到定西城,我还在琢磨当归这个词,这么好的词怎么就用在一种药材上呢?查《药学辞典》,上边说:当归因能调气养血,使气血各有所归。《本草纲目》中说:为女人要药,有思夫之意,故有当归之名。《三国志·姜维传》里也有这样的故事,说姜维从诸葛亮后,与母分离,其母思儿心切,去信就写了两字:当归。如今,当归仍是苦东西,却让定西农民得到了甜头,当归,当归,真成了农家宽裕的归处。

说到盐的事,是我们在漳县才知道的。

那一天的太阳非常好,路过一个镇子,汽车出了毛病,司机停了车修理,我突然看见路边有一座庙,结构简陋,但庙台阶很高,一个老汉就坐在台阶上吃烟,见我走近,烟锅嘴儿在胳肢窝戳着擦了擦,递着说:吃呀不?我吃不了旱烟,倒递给他一根纸烟,他说:你那烟没劲咯。却接了,别在耳朵上。我问:这是娘娘庙还是龙王庙?他说:盐神庙。还有盐神庙呀,盐神是个什么样子?就进庙去看,庙里却并没有神像,竟当殿一个古盐井,旁边墙上画着熬盐的画,还有一篇祭文。

祭文是这样写的:漳有盐井,郡邑赖之。宝井汲玉,便民裕国。脉长卤浓,涌溢千年。今当疏浚,保其成功。盐井生民,感念神灵。

看来,这庙不应是盐神庙,是盐井庙,而且是先有盐井,后在盐井上盖的庙。我趴下看盐井,井壁上卤化如石,敲之像是敲磬,里边什么也看不清,只是幽幽地泛着光亮。

不看到这盐井,似乎就没想起过盐,因为每顿吃饭都放盐,盐是生活必需品,反倒疏忽它的重要性了,这如不停地呼吸,却并不觉得呼吸一样啊。我们便决定在镇子多待些日子,听听这里关于盐的故事。

这个镇子叫盐井镇,镇上人说:除了古老的两口盐井,即使是别的井,井水打出来做饭,也是从不再调盐的,如果把萝卜埋入水中一个月取出,切丝儿便是咸菜。这里的女人牙白,不用牙膏刷牙牙也白,而老年人没有老年斑。有一种盐是盐锅底裂缝时渗出的盐汁滴在火上成盐晶,盐晶一层层叠摞成人形的,叫盐娃娃。盐娃娃对腹胀胃病有神奇疗效,所以镇上患胃癌的人极少。

我在面馆里见到一个老人,有八十岁吧,他正吃一碗捞面,面前放着一碟盐,夹一筷子面就在盐碟上蘸一下。我目瞪口呆,说这样多吃盐不好。他说他一辈子都这样呀,血压正常,身板刚强。记得有一年在青藏高原,碰着一个藏族老太太,身体非常健康,她说她九十岁了,从没吃过蔬菜,就是吃牛羊肉,吃青稞面,喝奶喝茶喝酒。真是一方水土养一方人啊!我们老家人爱吃辣子,特能吃者人称辣子虫,这老者是不是盐虫呢,可盐里从来不生虫呀。

翻阅镇上的志书,盐井镇在远古时是陶罐瓦缶水制盐,先秦一直到一九八〇年是以铁锅熬盐,一九八〇年到一九九〇年之间是平板锅熬盐,从一九九〇年起,才是真空蒸发罐制盐。旧法烧熬的盐,上品为火盐,火盐是将煮出的盐倒入模具以火焙干,状如砖块,用于远销。中品为结盐,不经火焙,水分较多,状若银锭,销于近处。下品为水盐,是熬出后直接盛在盆里罐里,供当地人吃。志书里有一篇描写当年盐井镇繁华的文字,说镇里六条街道从半山通向漳河边,五大专业市场又从河滩伸进街坊:柴草市吞吐大量燃料,人市流动各类能工巧匠,旅店迎送商贾贩卒,商市进出日杂食品,盐市批发各作坊盐品。豫西的货担,晋北的驼队,陕南的马帮,带来了兰州的水烟,靖远的瓷器,关中的土布,湖北的砖茶。晚上,井台上水车隆隆,灯火灼灼;作坊里炉火熊熊,烟气腾腾。街巷驼铃声、马蹄声、叫卖声、弹唱声,不绝于耳。围绕盐业,五行八作相继兴起,三教九流充显身手,行医、教武、说书、卖唱、求神问卦,开设赌场……

哦,镇上人还给我说了盐坊里的绞手、抬手、烧手和装烟客的事。绞手是在井房里的汲水工,抬手是把盐水抬到各个灶上的送水工,烧手是盐锅的烧火工。而装烟客呢,是以给人点烟为业,手执四尺长的烟锅子整天在各作坊转悠,盐匠们操作在水汽浓重的锅边,双手不得半会儿闲,想过烟瘾了,使一个眼色,装烟客就把烟嘴儿伸进盐匠的唇间,那头随即引燃烟锅。事毕,盐匠顺手抄一搅板水盐抛进装烟客的提篮,装烟客立马便跑到街上卖了零钱了。

说这话的是一个年轻人,说得眉飞色舞,还正说着,远处有人喊:老三老三,事办得咋样吗?年轻人就跑过去说话。旁边的几个妇女说:他能说吧?我说:能说。她们说:他爷当年就是装烟客哈。我问那年轻人现在是干啥的,她们说:啃街道的。什么叫啃街道的呢?她们才告诉我,当地把围绕街市小打小闹讨生活的人称为"啃街道"的,这老三继承了他爷的秉性,但现在没有装烟客这活了,他就给人要账为生。

盐井镇的盐数百年都有一个名字叫"漳贵宝",肯定是庄户人家起的,起得像个人名。如今的真空盐厂是现代化企业,年产量胜过了过去百年,产品叫"堆银",这好像是哪个文化人给起的名,但"堆银"没"漳贵宝"有意思。

定西的房子,讲究"两檐水"。两檐水用的是五檩四椽,有的还出檐,在堂屋外形成一条走廊。屋顶一律坐脊覆瓦,但很少雕饰。胯墙与背墙多用土坯砌起,而前墙和隔墙则以木板装成。堂屋正门一般是四扇的"股子门",也有两扇"一片玉"的。窗户有"大方窗""虎张口""三挂镜""子母窗"等,贴窗花的少见,五月端午围插的艾却不动,一直要到来年的五月端午。不管新庄子还是老庄子,人家的院子都非常大,院墙都非常高,院墙里长出一些树来,或栽着蔷薇和牡丹,高大成架,透露着院子里的消息。

定西的房子谈不上豪华和阔气,但也绝不简陋,受条件所限,用料都难贵重,做工一定细致,光瞧瞧屋后墙砖缝里抹的灰浆的严实和山墙根炕洞口砖棱的工整,以及挡口板的合茬,就能体会到他们造屋的认真和用心。

　　农民的一生,最要紧的工作就是盖房子。如果某一家已经有一院房子,它就给子孙留下了一份光荣,作为子孙在长大成人后仍要再盖一院房子,显示自己活着的意义,再传给他们的后代。土木结构的房子,当然只能使用四十年,而也提供了一辈一辈人锲而不舍盖房子的必要性和重要性,这个过程也就是光前裕后。

　　一家一户的兴旺发达,靠的是子孙繁衍,也靠的是不断地翻修建造房子。在福建的一个山村,我见过一棵榕树发展成了一片子小树林的景观,而在漳县,常有着一个村庄只有一个姓氏的情况,使我由此有了一个姑娘可能就创造了一个民族的想象。在离定西不远的一个镇子上,有一户人家,兄弟四人,其子女九个,孙子辈又十六个,其三辈人中有十二人参军,分别有空军海军陆军,兄弟四人的父亲还活着,已经四世同堂,大重孙也结了婚,很快五世同堂,村里人便称这老者是"兵种"。老"兵种"人丁旺盛,而且他家的老房子也异常地结实,也是我在定西见到的最好的房子,五间式结构,一砖到顶,屋脊虽多残破,仍可看到许多精美的水纹、花纹和人物走兽的雕饰。他家还养着一只猫,按说,猫的寿命也就是十二年,他家的猫竟到他家已经二十年,现在仍能追鼠。

　　但我也听到这样一个故事。一个人,姓李,结婚后小两口盖了一厅两室的三间式房子,房子盖后一年,老婆就病死了,他没有再娶,而抱养了一个孩子。在他五十四岁的时候,中了风,虽生活能自理,但从此干不了农活。儿子对他不孝,他逢人就说他养了个狼在家了,他将来要死,绝不会将这房子留给逆子。儿子在屋里待不住,就出外打工了,逢年过节也不回来。有一年一个老中医在村里行医,见他日子难过,留给他了个治烧伤的偏方,他就在家自制膏药,还在门口挂了个专治烧伤的牌子。第三年腊月的一个晚上,他家起了火,等村人赶去救火,房子已经烧塌了,灰堆刨出他,人也焦了,焦成了一疙瘩。事后,村人都在议论,有说是电褥子出了毛病引起火灾的,有说是他吃烟引起火灾的,有说他是不想活了把房子点着烧死自己的。当然这事没有证据也没人追究,就草草把他埋了,只是遗憾那房子还好,说没就没了,也绝了那治烧伤的偏方。

在乡下看屋舍,我现在最害怕看到两种情况,一是老传统的房子拆了,盖那种水泥预制板的四方块,似乎在时兴了,要和城里人一样了,但冬不保暖,夏不防晒,更是因建墙没有钢筋,地震时一摇,四壁散开,整个屋顶的水泥板就平平整整压下来,连老鼠都砸死了。二是主要公路沿途的村子,地方政府要形象要政绩,要求朝着公路的墙一律捭上白灰,甚是鲜亮,可侧墙或村子里边的房墙仍是破败灰黑。

所幸的是在定西,这样的景象,还没有看到。

西安的古董市场上,这些年兴石刻,最抢手的石刻是那些拴马桩、牛槽、磨扇和碾盘。在几乎所有的花园小区里,开发商要有文化,都喜欢用这些东西去点缀环境。我每每去这些小区观赏,观赏完了,却又感叹,农耕文明在我们这一代人手中逐渐要消亡了,感情就非常复杂。定西虽然也在以破坏旧有的生活方式在变化着,但变化的程度还不至于那么猛烈,农家仍是养牛、养驴,磨子碾子更是村村都有。他们依然讲究着村子的风水,当得知那些城里来的文物贩子谋算着村口的大石狮,就组织人手,日夜巡查,严加提防。村里的那些大树,也绝不允砍伐,也通知各家各户,即便是门前屋后甚或自家院子里的老树,也一律禁止出售给城里来的树贩子,给多少钱也不准卖。

在一个黄昏,我们的车经过一个小村,停下来到一户人家去讨水喝。巷道里传来一阵喤喤喤的响声,这响声我在小时候的老家听过,便见两头毛驴走了过来,脖子上挂着铃铛,我立即大呼小叫,喊着我的朋友和司机:快来看呀,快来看呀!但朋友和司机跑近来,两头毛驴却走过巷道不见了。而在巷道那个拐弯处,有一个磨台,一个老汉正坐在磨台上"专"磨扇。司机是从小在西安城里长大的,他说:这做啥的?我说:专磨子哩。他说:啥是专磨子?我说你咋啥都不懂,磨子磨得槽纹浅了,需要重新凿凿,这种活就叫"专"。于是,我近去和那老汉套近乎。

啊叔,专磨子哩?

啊哈。

村里还有几个磨子?

七个磨子一个碾子哈。

这个磨子这么大呀?

村口的才大。

村口的磨子才大?

风水哈。

啥个风水?

村东口的碾子是青龙,村西口的磨子是白虎哈。

磨台下放着他的工具筐,里边是八磅锤、楔子、钢钎、手锤、錾头。他说,"专"磨子是小活,他主要是做平轮水磨、立轮水磨、人力磨、碌碡、碾砣子碾盘、做豆腐的拐磨、立房用的柱顶石、打胡基用的圆杵子、打墙用的尖杵子,还有门墩、捣辣子的石窝、安大门的减基石。

最后,我问他这村里有几个像他这样的石匠?他说方圆这六个村子里,就只有他和他儿子了,儿子年初也不干了,去天水一家公司给人家当保安了。

小吴见我爱在村镇里乱钻,碰着什么都觉得稀罕,他说:我带你去看草房子!草房子有什么看的?他说:是一个村子都是草房子!在陕西,我到过一个叫陈炉的镇子,镇子里的屋墙呀,院子呀,街道呀,都是废陶钵和陶瓷垒的砌的,太阳一照,到处发亮,呐喊一声,整个镇子都嗡嗡作响。也到过洛南县一个山寨看那里的石板,石板薄得只有一指厚,却大到如柜盖如桌面,所有的房子以石板做瓦,晴天里,屋里处处透光,下雨天却一滴不漏。现在,定西还有一个村子的草房子,那又是什么景象呢?我说:是吗,那去看看。

因为要去的村子远,当晚没有回县城,就住在镇上。镇长说:城里人讲卫生,给你安排到工作干部家住吧。我住的是个县法院审判员的家,审判员是一礼拜才从县城回来一次。去了后果然人也体面,屋也整洁,他媳妇拿了床新被子在公公的土炕上铺了个被筒,自己就进了她的小屋把门关了。土炕上,我的被筒是新的,那老头的被子却是土布,或许还干净,颜色却像土布袋一样。老头话不多,我们总说不投机,我就打哈欠,他说:你困了,早点睡哈。我睡下了,他拉灭了电线绳,我只说他也睡下了,他却靠在炕的背墙上吃烟。可能是为了省电,也可能是省火柴,他点着了小煤油灯,一锅烟吃完了,又装上一锅凑在灯芯上吸,灯芯如豆,他一吸,光影就在墙上晃动。我翻了个身,他说:我影响你啦?我说:没事,你吃你的。他说:就好这一口,瞎毛病哈,吃完这锅就睡。我终不知道我是在什么时候睡着的,等到再醒过来,天麻麻亮,老头竟又在炕那头,靠在背墙上吃烟,还不仅仅是吃烟,小煤油灯边放了个小电丝炉,小电丝炉上坐了个小瓷缸在煮什么。我翻身坐起来,他说:又影响你啦?我说:你煮的啥?他说:熬口茶。他真的是在熬茶,茶叶是发黑的花茶,泡得涨出了小瓷缸,但还在咕嘟嘟响。我说:要熬干啦?!他端起小瓷缸往一个盅子里倒,说:还没吊线。把盅子里的茶水又倒进小瓷缸,继续熬。熬得最后仅仅只倒出了一盅,他说:你喝吧。我不想喝,也不敢喝,这哪里还是茶水呀,是黑乎乎的汤么。他告诉我,他们这儿上了年纪的人都喝这茶,喝上瘾了，睁开眼坐在炕上就得熬。他端起盅子喝的时候，并不是品，而是一下子倒进口，眼闭上了，脸缩得很小，满是皱纹，像个发蔫的茄子。他说：不喝这一下，头疼哈。

吃过早饭，我们往草房子村去。在沟道里开了半天车后开始翻一座山，山路就像拧螺丝，一圈一圈往上盘，到山顶了又松螺丝一样下山，而且路越来越窄，里边高，外边低，我一直叮咛小心石头，如果碰上路面石头，车一跳，滚下去连尸首都寻不到了。终于到了沟底，转了三个弯，就出现一个村子，村子果然都是草房。车还在山顶的时候，天是阴了的，沟底里显得更暗，一出车，那个冷呀，身子就如同一个馕包，被无数的针扎着，咻咻地往外漏气。可能是别的树都冻得长不了，这里只长紫杉，紫杉竟然是合群的，要长就整整齐齐长在山根，然后一排一排沿着坡坎再长上去，绝没有单个的，树干也不歪七扭八。村子并不紧凑，房屋建筑无序，没有巷道，门窗有朝东开的，有朝南开的，其间的空地上都有篱笆。篱笆好像已弃用，好像还在用着，杂乱的木桩木棍歪在那里。地很湿，也很滑，到处乱石和杂草中间，尽是牛粪，我们跳跃着走过去，还是每人的鞋上都踩上了。草房都不大，有三间的，有两间的，有的甚至是方形。所有的墙没有墙皮，还是木板夹起的石渣土杵的，屋顶用树枝编了，涂上泥巴，上边苫着厚厚的茅草，茅草已经发黑，但还平整。瞧着一户人家走近去，才说：有人吗？门前的木桩上拴着一只狗，狗就回答了：汪汪汪汪。狗也适应着冷天气，毛非常长。于是望见旁边坡上散落着的那些牦牛，想：牦牛以前肯定也是牛，为了御寒而长了毛，就成了牦牛了。进了屋，屋里和屋外一样冷，分外间和里间，外间放着一个大柜，柜边堆着十几个麻袋，用草帘盖着，用手去戳戳，似乎是苞谷、青稞和土豆什么的。里间是一面大炕，炕边一个火炉，炉上一个锅正做饭。我赶紧在火炉上烤手，顺便揭开锅盖，里边蒸着一锅土豆，还没有熟。两个小女孩长得非常俊，高鼻梁,大眼睛,衣着单薄,看样子不觉得冷,我们一进屋她们就鸟一样飞出去,过一会儿又悄无声地扒在门框朝里看我们,我们再一招手,又忽地跑开了,似乎这个家是我们的家。老太太一头白发,白得很干净,和我们说话,说她姓白,七十五岁了,儿子儿媳到新疆收棉花去了,她在家里经管两个孙女,孙女不听话。说着就冲着门外喊:给炕里添些火去,哎,添火去哈!便见两个孩子提了一笼干牛粪往屋的山墙那儿跑,山墙那儿是炕洞口。在少数民族地区是烧干牛粪的,这儿也烧干牛粪,使我觉得好奇,跑近去看她们怎么烧。一个小女孩就附在另一个小女孩耳边说什么,两个人格格地就笑起来。我说:笑啥哩? 她们说:笑你哩。我说笑我啥哩? 她们说:笑你那么老了还是学生。我说:怎么就看我是学生? 她们说:你口袋里插着笔。我说:认识这是笔? 小一点儿的小孩说:我是学生。大一点儿的女孩说:我是学生,她不是学生。我问她:你上几年级?她说:一年级。我问:学校在哪儿? 她说:从沟里往下走,走七里路就到了。我说:七里路?! 谁陪你? 小一点儿的女孩立即说:我陪哩。我摸着两个孩子的头,再没有说话,我的上衣口袋里插着的仅仅是支签字笔,拔下来就给了她们,她们却争夺起来,我赶紧喊我的朋友,让他把他的笔也拿过来。这期间,狗在不停地叫,但有气无力。

这可能是我们这次行走见到的最贫困的山民,住在这里,他们与外边隔绝了,虽然距县城也只是一百七八十里吧,世界发生了什么,中国发生了什么,甚至县城里发生了什么,他们都不理会,一切与他们似乎没关系。如果没有小吴带领,我们恐怕也不知道他们能在这里生活,就这样生活着。

原以为有个草房子村可以看到奇特的景象,没想来了以后使自己的心情极度败坏。我问小吴:这是什么村? 小吴说:村名不知道,因为有草房子就都叫草房子村。再问:这山是什么山? 小吴说:遮阳山。我说:山名不好。小吴见我脾气糟糕了,解释说这地方偏僻,你如果让政府接待,谁也不肯带你来的,以前北京来了几个画家,让我带了来,画家见了这草房很兴奋,见了这里的人很兴奋,拍了好多照片呢。我说:画家爱画破房子,给他个破房子他住不住?画家爱画丑人,给他个丑女人他娶不娶?

这一夜,我们回到了县城宾馆,打开电视,多是城市红男绿女在做娱乐节目,我的思绪又到了草房子村,就把电视关了,早早睡觉,却怎么也睡不着。

过道里,突然有了咋呼声,是小吴在和什么人说话了:

啊王主任!

啊你怎么在这儿,几时来的?

来几天了,陪人下来的。

哪个领导来了?

是……

啊,他来了!县委县政府领导知道了吗?

他不让打招呼,悄悄来的,你可不要给人说呀!

今去哪儿了?

到遮阳山有草房子的那个村子,哎,你知道那村子叫什么名字?

你怎么领他去那儿?得让他看看咱们的好地方呀!

他不是记者。

到了渭源里,当然去看看渭河源头了。

顺着一条沟往里走,沟两边的山越来越高,满是蒿、艾、蕨、荆,全部枯萎,发着黑色,像石头上经年的苔。沟里的河水不大,河滩却宽,隔几里一个村子,粗高的杨树不少,其间是横七竖八的房子和麦草垛,也是黑色。有人吆着牛犁地,牛还是黑的,只有鼻脸洼白,翻出的土似乎也不是了黄土,是黑土。扶犁的人穿着臃臃肿肿的黑棉裤棉袄,脸上眉目不分,而站在地头的妇女头上裹着红头巾,尖锥锥地叫喊着她的儿子。

还在深入,沟就窄起来,路已被逼到了沟梁上。到处有了沙棘树,一树的尖刺里结着红果。还有一种蒿,仅仅生出个籽荚,籽荚也是箭头一样,走过去,乱箭就射满裤子。再是不断地看见很粗很糙的杨树,从根就开始长须枝,而且还被藤蔓纠缠,虽然都干枯了,隆起成架,树就不成了树,是一座一座的木塔。到了迎面是最高的那个峰了,沟分成三股,荒草荆棘更塞拥其间,时隐时现着水流的亮光。已经无法前行了,去问不远处的一个人,这人手里提着一把砍刀,好像是要砍些柴火,并没见砍下什么荆棘树枝,一直站着默默地看我们,以为是傻子,一问他话,他却立即活泛了。

问:渭河源头在哪儿?

答:这就是哈。

问:这就是? 渭河就生在这儿?!

答:是三眼泉,泉还得往里走,但走不进去。

是走不进去。没想那人却说:走不进去,就到龙王庙拜拜哈。我们这才发现半山腰有座庙,那人就领我们爬上去。庙前的场子上尽是荒草,荒草旋着涡倒伏着,像是风的大脚才踏过。庙里没有龙王像,但有香炉,也有个功德箱。那人给我们讲三眼泉,一个叫遗鞭泉,一个叫禹仰泉,一个叫吐云泉。因为冷,就尿多,我跑到庙后的避背处方便,回来他已讲了禹仰泉,便只听到了遗鞭泉和吐云泉的传说。

当年唐李世民率军西征,到了山沟最边的泉饮水时,不小心将马鞭遗落泉中,再捞马鞭已没了踪影。班师回朝到长安,发现马鞭在渭河里漂着,才知晓渭河除了明流,还有暗流。这个泉从此叫遗鞭泉。

吐云泉在三条沟中间的沟里,天一旱,山下的人都来泉里求雨。有一年求雨的人散去,一个叫花子来偷喝了供酒醉在泉边的草丛里,突然见泉里钻出一个白胡子老人,坐在石头上吃烟。吐一口烟,天上有一片云,再吐再有,一时浓云密布,大雨滂沱。

听完了故事,我们要走,那人却说:不给龙王烧烧香吗?问哪儿有香,他从功德箱后竟取出了一把香,说一把香十元。烧完了香,才明白那人是看庙的。

现在,我该说说定西的吃食了。

在别的人眼里,起码我同车的朋友、司机,都不觉得定西的饭好,他们抱怨走到各县各村,上顿是酸面,下顿是酸面,顿顿都有蒸土豆和咸白菜。但我爱吃定西的饭。每到一处,问吃什么饭,我都是:酸面吧,炝些葱花,辣子汪些,蒸盘土豆。吃的时候,狼吞虎咽,满头大汗。朋友就讥笑我:唉,凤凰之所以高贵,非醴泉不饮,非练实不食,你贱命啊!我是贱命,在陕南山村生活了十九年后进的西安城,小时候稀汤寡水的饭菜吃惯了,从此胃有记忆,蓄存了感情嘛。酸面其实和我老家的浆水糊涂面差不多,都有浆水菜,却煮土豆片或豆腐条,都不用味精和酱油,只不过酸面的面条多是苦荞面做的,而土豆比我老家的土豆更干更面。

第一顿的定西饭就是酸面和蒸土豆了,以我的经验,当然先吃酸面,吃过两碗了才去吃土豆的,没想到拳大的一个土豆掰开来,里边竟干面如沙,如吃栗子。我是一手拿着让嘴吃,一手就在下边接着掉下来的碎散渣,然后就噎得脖子伸直,必须要喝汤喝水。土豆是定西的主要食物,又如此好吃,这是有原因的:一是这里的日照时间长,缺水,自然环境决定了它的质量;二是这更是上天的安排。按说,定西压根就不宜于人类生存,而既然人生存在了这里,它必然要给人提供食物。在中国,有两样食物可以当作神物的,一是红薯,一是土豆……在定西,大多的地只能种土豆。当收获的时候,一面坡一面坡的土豆刨出来堆在地头,它和土地一个颜色,人们挑担背篓地把它运回去,你感觉那是把土疙瘩运回去了。在我们走过的村庄里,家家都有地窖,储藏着几千斤甚或上万斤土豆,一年四季吃土豆,有的家庭竟然一天三顿纯吃土豆。家里有老人过世的,还未满三年,他们每顿饭都要给灵牌前献饭,献的就是土豆。而曾经去过一家,中堂的柜上献的竟是生土豆。问怎么献的是生土豆,他们说家里老人已过世三年了,已不给先人献饭,这是敬神哩。他们把土豆当作了神,给神上香跪头地供奉。

第一次见小吴,请他为我们做向导,他在挎包里装了牙刷牙膏,装了纸烟和打火机就跟着我们走了。走出了院门,已经上了车,他又跑回家。我们不知道他遗忘什么东西了,再返回车上,他的挎包里鼓鼓囊囊,翻开一看,竟然是六七个土豆。他说定西人出门,习惯要带些土豆的,万一走到什么地方,前不着村后不着店,就可以就地烧土豆吃了。虽然我们在外,并没有在野地里烧土豆,却亲眼见到有烧土豆的。那是在一个下午,车驶过一个梁凹,见几个孩子狼一样从路上往地里的一个埝上跑,到了埝前就刨一个土堆,竟然刨出了土豆,红口白牙地吃起来。我们觉得好奇,停了车跑近去。原来他们一个半小时前要到梁后的镇子去买东西,就先在这里把地埝的干圿子挖开,垒成空心圆堆,留个火门,用柴烧,烧到圿子都红了,把火门里的灰掏出来,再用一块圿子堵严火门,然后在顶端开口,把口袋里的土豆放进去,再把红圿子往里放几块,一层土豆一层烧红的圿子,又再把剩余的热圿子打细盖在上面,用湿土揞上,从镇上买了东西回来,挖开土堆,土豆也就熟了。这几个孩子都是圆头圆脸,小鼻小眼,长得就像个土豆,但争着吵着吃烧成的土豆,让我觉得是那么美好和可爱。

但是,我在渭源县一个村干部家,看到了墙上镜框中的一张照片,唏嘘了半天。那是摄于二十世纪七十年代的照片，拍摄的是公社社员农业学大寨在梯田工地上吃午饭的场面：一条几十米长的塑料布铺在地上，上面摆的是蒸熟的土豆，两边或坐或蹲了百十多人都在吃土豆。这些人形容枯瘦，衣衫破旧，可能是摄影师当时在吆喝：都往这儿瞅，瞅镜头！所有的吃者都腮帮鼓凸，两眼圆睁。

当改革开放几十年后，中国绝大多地区从政治上、经济上、文化上都发生了变化，江南一带以商业的繁荣已看不出城乡差别，陕北也因油田煤矿而迅速富裕，定西，生存却依然主要靠土豆。过去是土豆、酸面、咸菜吃不饱，现在是这些东西能吃饱了，有剩余的了。但如何再发展？地下没有矿产，地上高寒缺水，恐怕还得在土豆上做文章。在渭源，我参观了土豆脱毒基地中心，那里进行着关于土豆的一系列科研，土豆在质量上、产量上大幅度提高。各届政府下大力气在生产、加工、销售上制定政策，实施举措，已经使定西土豆声名远播，全国各地的客商纷纷前来订货。我曾问过好多人：仅靠土豆能行吗？他们说：靠山吃山，靠水吃水么。一斤苹果能卖出几斤粮食的价钱，你知道今年一斤土豆能顶几斤苹果的价？我说：多少？他们揸起了四个指头，说：呀呀，四斤哈！

山梁下的河湾有一片楼房，楼层不高，也就两层或者三层，不知是什么企业的生产地还是新农村的示范点，而从山梁往河湾去的岔道口，竖了一堵新砌的墙，墙上有好多标语，其中一条是：昂首向天鱼亦龙。

车在一条川道的土路上往前跑，车后的土雾就像拖着个降落伞，车要猛一刹住，土雾又冲到了前边，前边的路就什么也看不清了。有趣的是，车在雾气狼烟地往前跑，天上的一堆云也往前跑，疑心这是云在嘲弄土气，果然中午饭时到了一个镇子，尘埃落定，云也散了。

这个镇子是我这次出行见到的最大镇子,五百户,两千多人口,巷道很深,而且有几条。从东边的那条巷进去,好多家院门口都有人端碗蹴着吃饭,有的是酸面,有的是面前放着一碟盐,蘸着吃土豆,见了我们,都笑笑的,欠起身,说:吃哈?那棵已枯了半边的柳树下,走来一个老汉和一个小伙,老汉捐着锨,小伙穿着西服,手里握了个手机,可能是父子,可能小伙从西安或兰州打工回来不久,两人说着什么话,老汉就躁了,骂道:你们老板一年赚二百万?你放屁呀,咋能赚二百万?!小伙还要犟嘴,抬头瞧见我们经过,没再言传。

　　寻着了村长,村长是个黑脸大汉,正朝一户院门里的人怒吼,指责猪屎在门口路上这么几堆,也不清扫,是长着眼睛出气哩看不见,还是手上脚上生了连疮了拾掇不了?!院门里立即跑出个拿了锨和笤帚的妇女。他好像还气着,拿眼往巷头看,巷头一只狗碎步往过跑,突然停住,掉头又跑回去了。小吴认识村长,把我们做了介绍,他把我们从头到脚注视了一番,很快脸上就活泛了,说:噢噢,先吃呀还是先转哈?我说:我们四个人的,你锅里饭够吃吗?他一挥手,说:那先转!扭头给清理猪屎的妇女说:去,给你嫂子说去,擀面,擀四个人的面!

　　这村长其实是个蛮热情的人,他领我们出这家进那家,说他们村很有名哩,来过好多记者,报纸上写过大半版的表扬文章。表扬也好,不表扬也好,日子是给自己过的,他这个村长把村子弄成个富裕村就行了。现在村子里有两项指标是全县最高的,一是学生多,几乎一半人家出过大学生,毕业了都在兰州、天水和县上工作;二是搞翻砂的人多,东头三家,西头四家,北头两家,南头还有五六家,主要是造锅,造火盆,最大的锅能做二百人的饭。

　　村长说的属实情,顺便问过七八户人家,都有孩子大学毕业后在城里干事。一个老太太拍着罩在棉袄上的新衫子说:这是今年娃给买的衣服哈,我说买啥呀,农村里穿啥还不是一样哈,可娃偏要买,给我买了衫子,给老汉买了条裤子!院子里在火盆上生火的老汉果真穿了件西式裤,说:这裤子不好,只能单面子穿。而去了几个翻砂户,院子里却是大大小小的锅坯,大棚里都是销铜炉,有砸炭末的石臼窝子,有烧炉时六七人才能拉得动的大风箱。但神龛里所敬的神不一样,有敬的是雷火神,有敬的是土地神,有的棚墙上贴着像。好奇了那一摞一摞铸造好了的各类锅,问一个能卖多少钱,他们好像都忌讳什么,不回答,只拿指头叩着锅,说:你瞧哈,没一个沙眼!小吴拉我到旁边,低声说:他们各家都竞争哩,有的把价压得低,怕别的人家有意见,就口里没实话。

后来在村长家吃饭,当然除了酸面外仍是蒸土豆,吃得坐在那里一时都不得起来。村长家的院子更大,他既种药材又搞翻砂,台阶上堆了几大堆挖出的当归和黄芪,而翻砂的工人就雇了四五个,一个在清理销铜锅,两个在修整着锅坯,一个在那儿砸炭末,一个在把炭末水往晾干的锅坯上涂,无论我们吃饭或者说话,他们全不理会,安静地干自己的活。因为又吃好了,我的情绪很高,就夸说着村长你是不是村里最富的,村长哈哈大笑,说:打铁就得自己硬呀,当村长的都不富还怎样带动别人?!他高兴了,就喊叫着老婆从屋里取个铜火盆要送我,我说:啊谢谢,可我不烤火,要火盆没用。他说:这火盆不是烤火的,我们这儿兴家里摆个火盆就是好光景哈!这火盆特大,铜铸的,纹饰精美,灿灿发光,确实是件象征富贵的好东西,但我怎么能要呢,我没要。

我们站在院子里的太阳下照相,村长和我照了,还要他老婆也和我照,他老婆刚才还在院子里收拾碗筷,却半天不知人在哪儿了。村长又喊了几声,老婆从屋里出来了,她换了身新衣服,脸上还敷了些粉,她照了三次,第一次说她眼睛可能闭了,第二次说她没站好,第三次照完了,说:我不上相哈!

经过一地,看见两座山长得一模一样,隔着一条小沟,相向而坐,山头上又都隐隐约约有着红墙和琉璃瓦的翘檐。问路人这山上是什么庙,回答左边是观,住着一老道,右边是寺,住着一老尼。想上去看看,但上山的路却都在后边,就进沟往里走。

沟很窄,光线幽暗,怀疑两山是硬被推开的。山壁上,沟里的石头,连同石头与石头之间长出的树,都生了苔藓,苔藓是黑的,白的,也有铁锈色。有一种鸟,不知道站在哪里,清脆地叫:嘀哩嘀哩。小吴说那是嘀哩鸟,就会自己呼自己名字。脚底下湿汪汪的,司机趔趄一下,我说:小心滑倒!还未说完,我先滑倒了,才发现路上也全是苔藓,很小很小米粒一般的苔藓。

进去约一里,竟是一平阔地,两山连接为一体,形成环状,整个沟谷变为一个宫。宫里生长着各种草木,都不高,却千姿百态,能想象若是春天和夏天,这里将是何等的欣欣向荣,万象盎然。

原本进来是要去寺观的,仰头看两边的山头,寺观都修在峰尖崖沿,路如绳索直垂下来,一时倒没了攀登的欲望,我们就只在宫里待着。

直待了近两个小时吧,朋友说:都快成婴儿啦!大家笑笑,才顺原路返回。

一棵两个人才能搂得住的柳树就在村口,这个村里在杀一头驴。

其实,杀驴杀的是驴的鞭。

那头公驴被拉出了棚,它并不知道它将要死,见院子里突然有了许多人,说说笑笑的热闹,还高兴地喊了一下。它的喊是在打招呼,竟把一个小丫头吓得后退了几步,它也就笑了,嘴唇掀开来,龇着大牙。

这时候,从隔壁院子里也拉来了一条母驴,母驴是个俊驴,细长腿,大肥臀,嘴里还一直嘟囔着什么,似乎不愿意,被拉着绕公驴转了一圈,又转了一圈,臂上的肉就哆儿哆儿地颤。

公驴在那时不掀嘴唇笑了,整个身子激灵地抖了一下,耳朵就耸起来,鼻孔里呼呼喷气。它要往母驴近前扑,但被人紧紧地拉着,扑不过去,肚子下的鞭忽地出来了,戳着如棍。

一个人从堂屋里出来,好像才喝了酒,脖子梗着,还能看到那暴起的血管,在嚷:都闪开,闪开!一手在身前,一手在身后,在身后的手里握着一个杆子,杆子上安了月形的铲刀,太阳照在铲刀上,溅着一片子光。看热闹的人当然就闪开了,一些年轻的女子转身往院门口跑,偏被几个小伙拦住,说:嗨跑啥咯!女子说:杀了你!握铲刀的人已经走到了公驴的身后,他全神贯注,十分地庄严,院子里就立即也安静了,只听到公驴还在喷气,喷出的气像一团一团的烟。公驴不停地动,握铲刀的人也在动,动着碎步,突然,一条腿在地上蹬住了,一条腿一个跨步,嗨的一声,铲刀冲出去又收回来,他就站住不动了。这一连串的动作太快,人们还没看清是怎么回事,地上已经有了一根肉棍,肉棍在蹦跶着。

公驴这时候才叫起来,叫声惨烈,拉公驴的是两个人,一个人丢了手就去捡肉棍,捡了两回,两回都从手里蹦脱了。

定西的许多村子不叫村,叫庄,也有叫堡的。叫堡的都是在村子不远处,或山上或半坡里,有个小小的城堡。这些城堡差不多修筑于清末民初,土夯墙,又高又厚,有堡门,堡子里还常有小庙。那时期,一旦军阀混战的散兵路过,或是有了土匪强盗,钟声一响,村子里的人就往堡子里搬,并选出堡头,组织自卫,时间有两天三天的,也有三月半年的。现在,这些堡子还在,但都废了,我们去看过几个,要么堡子里什么都没有了,只留着小庙,要么小庙也坍塌了,只有几棵松柏。

在看完五个堡子的那个下午,我有些感冒,住在一户人家的热炕上发汗,那炕非常热,坐一会儿就得侧侧身子,人越发四肢无力。原计划要去北边的裴家堡的,这家主人是个教师,说他家有本县上编的文史册子,上面有一篇写裴家堡故事的,看看就不用去了。我让把册子拿来看,没想到那篇纪实文章让我读得胆战心惊,感冒更加严重,竟在这户人家住了一夜。

这篇文章是汪玉平、裴小鹏写的,我在此有删减地抄录如下:

中华民国十九年农历五月初二,马廷贤部在冯玉祥部的追剿下西进。二百多人经过裴家庄时,怕遭到村民的伏击,还向堡子方向喊:不要开枪,我们是过路的。当时正值农忙,村民都在地里忙活,堡子里只是些老人和孩子,敌前锋部队顺利通过了裴家庄。不久,敌后续部队六七十人在一个姓杨的营长带领下到达裴家庄,却冲进堡子抢了一些枪、面粉和油就下了山,对堡子里的老人和孩子并未伤害。

在堡子附近山坡地里干活的村民,看到敌马队出了堡子,就大喊:土匪抢走东西了⋯⋯堡头裴忆存和裴怀二,还有一些村民,赶快跑回堡子。此时敌人下山后正向西行进,裴忆存和裴怀二迅速把西南的一门狗娃儿(土炮)装上弹药,朝着敌马队开了一炮。炮声一响,敌马队中一人从马上栽了下来,惊慌失措的敌人把落马者抬上马背,急忙向西驰去。

正西进的马廷贤在得知他的部下被打死,立即召集会,会上有人主张攻打堡子,有人主张继续西进,而死的就是杨营长,杨营长的女人又哭又闹要给丈夫报仇,部队就折过头来攻打堡子。

堡子里的人一见,把魁星楼前的大钟敲得震声响,在村子和地里干活的村民听见钟声相继都跑回堡子。在堡头的组织下,村民们赶快用口袋装上土,把堡门牢牢地堵住,堡墙上的五门狗娃儿炮和一些没被抢走的火枪,都备足了弹药,长矛、大刀和平时干活的工具,此时都成了护堡的战斗武器。

从堡子里看到敌人在做晚饭,估计晚饭后敌人就来进攻,堡头们也吩咐各家各户赶快做饭。由于村民进堡时走得忙,在村里住的人没把灶具带上来,一听说做饭,这才缺这少那,相互间借用,女人们一边带着孩子,一边生火做饭,不懂事的娃娃一下子聚在一起,在院子里嬉戏打闹。

夕阳下山后,敌人开始行动,一部分仍留在村里,大部分人马沿山坡向堡子行进。在堡墙上观察的人一下子紧张起来,喊:土匪上来了,土匪上来了!一些还没吃饭的村民,放下筷碗,拿起了武器,在堡子周围严阵以待。

敌人骑着马,身上背着枪,手里拿着马刀,后面还有十几个人抬着梯子,当他们来到堡门前停下,向堡子里喊话,向堡子里要面粉和油。几个堡头商议只要敌人能够退兵,这个条件可以接受。不一会儿,从各户收集来的几袋面粉和十多斤清油从堡墙上吊了下去。过了一会儿,敌人又对着堡子里人喊:我们团长说了,你们打死了我们营长,把凶手交出来,再放下两个女人给我们做饭,不然就踏平你们堡子。

堡头和堡里的男人们当然不能把自己的女人和同胞交给敌人,断然拒绝了要求,在一阵叫骂声中,双方开了火。一时间枪声不断,炮声轰鸣。在后堡前墙上还击的裴老五被敌人击中,从堡墙上摔了下去,当时就死了。正在双方激战的时候,刚才晴朗的天空,忽然电闪雷鸣,狂风席卷着尘土直冲向天空。霎时,瓢泼大雨将进攻的敌人打得晕头转向,一个个从山坡上滑了下去,撤回了村庄。

敌人撤退后,堡头把裴老五被打死的事暂时封锁,怕引起村民的慌乱,组织青壮年守在堡墙上注视着敌人的动静,妇女儿童和老年人拥挤在各自的草房里,惊恐不安地度过了一夜。第二天吃早饭时,裴老五的母亲叫老五吃饭,这才知道儿子已经死了,她没有掉一滴眼泪,亲自安排儿子的丧事。而裴俊华的爷爷向堡头提出，要带自己的一家人出堡去，堡头不同意。因为昨天下午大家在一起商量过不能分散。裴老汉再三要求，堡头们认为，既然屁股上有疮不能守堡，留下来也帮不上忙，就把他一家八口人从墙上用绳放了下去。

事后裴俊华给人讲，他爷爷当时一定要离开堡子是有原因的，在这之前，他家里来了个道士，吃了饭临走时给了他爷爷一张画的符，说不久裴家庄要发生灾难，到时就把符烧了，放在碗里吃了，然后要离开村子，就能避灾。所以，他爷爷的举动让堡头和村民们感到不愉快，却也保全了他们一家。

到了太阳一竿高的时候，敌人全都离开村子，并没有走昨天的路从裴家沟口进入，而是从左侧的红崖沟进入，绕到堡后的蜡山嘴，准备从背后向堡子攻击。蜡山嘴离堡子很近，站在上面居高临下，能俯视到整个堡子的情况。堡子里的村民及时调整各炮位的方向和守护人员的配备。不久，敌人的炮弹一发发落在堡里，密集的子弹不断把堡里守护的人打下堡墙。战斗持续到中午，守护人大部分或死或伤，裴忆存、裴怀二、裴恒川及裴宝华的三叔、四叔相继战死，裴善琴的父亲冒着敌人不断射来的子弹，跪在土炮前装弹药，被子弹打穿两颊。后来亲戚收尸时，他仍保持着装弹的姿势。

昨晚的那场雨，阻挡了敌人的进攻，也使存放在庙里的火药受了潮不能使用，枪炮逐渐失去了战斗作用。敌人从东西两侧，顺着梯子爬上堡墙，被堡里尚存的守护者用大刀、长矛、铁连枷打下去。如此使十多个爬上来的敌人从堡墙上滚下山坡。此时，堡里所有能搬动的东西都用来打击敌人，连猪吃食的槽也当作武器扔了下去。敌人改变了进攻方式，爬在梯子最前边的一个，都拿着盒子手枪，接近墙头时用手枪朝堡内乱射，使堡里人不能接近堡墙。堡里已没有几个能够战斗的人了，敌人很快从堡墙爬了进来,打开堡门,见人就砍,能够爬起来的村民与敌人进行白刃战。裴麻子用马刀砍伤了好几个敌人,被大门拥进来的敌人围在当中乱刀砍死。堡头裴殿瑞的父亲被敌人绑在庙里柱子上,身上浇上油,被活活烧死。一个不到十岁的男孩,跑到堡墙上要往外跳,被迫上来的敌人一马刀从屁股捅进去,摔下了墙。两个年轻人逃出堡子,一个还带着狗,藏在山洞,连人带狗被打死。另一个叫裴七十一,他一直跑到离堡子一里多远的红土柯寨地,被一个追上来的敌人开膛破肚。

堡子里已看不到活人,他们就放火烧房子。庙的正殿里有存放的火药,很快正殿起了火,殿里三大菩萨像和东殿的三个神像在大火中消失。几个敌兵冲进西殿,把九天圣母的头发拉散,上衣扯开到胸前,点了几次都没点着,就慌忙离开堡子。

敌人攻进堡子时,年轻力壮的村民都已战死,堡里占多一半的老人、妇女、儿童成了他们屠杀的对象。裴小鹏的二奶被一刀砍死,她倒下时,身子护住了儿子裴建璟,裴建璟活了下来。他的奶奶怀里抱着六岁的女儿菊娃,头上被砍了一刀,硬是护住了菊娃。裴随斗和他妈被敌人追杀,他妈为护裴随斗,胳膊被砍掉,裴随斗去救他妈,脸上挨了一刀。

现年八十六岁的裴金对,当时八岁,她回忆说:初三土匪从后山打枪打炮,男人们都到后堡去了,我妈怀里抱着我,背着我哥裴老二,还有我的两个嫂子,躲到淑英奶奶放柴的庵房里。圈里有一根杠子,我妈坐在杠子中间,两个嫂子坐在两边,怀里都抱着娃娃。忽然打来一炮,坐中间的我没事,两边的两个嫂子一声没吭倒在炕上死了。我二嫂伤在胸脯上,娃娃半个脸上的肉翻过来。我大嫂伤在小肚子上,一直叫肚子疼,当天就死了。我大和我哥都到后堡去守堡,我哥刚往墙上爬,被土匪一把抱住,扔在着了火的正殿。土匪走了他才从火里跑出来,腿被扭伤了。我大肩被打伤了,活到初十就死了。求浪的大叫裴昌生,当时只有七岁,土匪没拉住,他从堡墙上跳下去,滚到山坡下沟里活了下来。裴对泉从东堡墙上跳下去,土匪几枪没打上。后堡的人杀完了,房子大部分被火点着,土匪开始往外撤,有几个看到我们,向我妈要白元,我妈把头上的一支银簪子给了,有一个土匪站在堡墙上喊:女人和娃娃再不要杀了。土匪就走了。土匪走后,我们到后堡,满地都是死人,墙根下有两堆人,有的还在呻唤。死的人太多,没有棺材,大多数都被软填了。我家打开了一个柜子和门板把我的两个嫂子埋了。到初四下午死人基本上都入了土,没有被杀死的娃娃,都被别村的亲戚接走了。堡子里只有我妈领着我、我二哥的两岁儿子裴映冬。到了初十我大死了,我妈领我们离开堡子,临走时,我妈挖出了埋在院子里的一罐甜胚子,在地里埋了几天,挖出来还甜得很。

受裴家堡祸难的影响,几天里情绪缓不过来。司机说:瞧你这人,那是八十年前的事了,还有啥放不下的?!是八十年前事,如果还有什么史料,清代的、明代的、宋代的,甚至秦代,这里战事频繁、烽烟弥漫,不管谁赢谁输,老百姓苦难不知又是何等的惨烈,这些当然都岁月如烟如风地过去了,我想的是,定西为什么就叫定西呢?它是中国西北上,历来称作边关,是历代历朝都希望它安定吧,它安定了,中国也就安定了。现在,在整个中国的版图上,定西可以说是安定的,安定得似乎让人忘记了它,忘记了它曾经不安定。虽然,它也是国内没有充分开发的地区之一,这可以说还是好事,使它保持了它固有的东西,包括地理环境,包括人们的生活方式,风土人情,包括没有在过度开发中拉大的贫富差距,也包括它的落后。但是,毕竟贫穷使人凶狠,富裕使人温柔,当我们需要定西安静平稳而定西的富裕远远还滞后于全国水平的时候,整个中国还应该为定西做些什么呢?怎样才能使定西更富裕更公正更和谐美好呢?

在定西的各个县镇,凡是走到哪一户人家,你感到吃惊的都那么喜欢字画。只要一谈起字画,他们就睁大眼睛,也不再木讷,给你说起他家墙上的字画是什么人的,哪一年请回来的,村里谁家的字画最好,这个县上甚至定西城天水城兰州城书画家谁谁曾经来过,在谁家屋里吃过饭,还在谁家里写过字。说过了,还怕你不信,须要领着去别的人家里看字画。有日子过得滋润的,也有日子过得狼狈的,但不论是新盖的房还是已经破败的房,房里都挂着字画。我在通渭的一户人家里,看到上房的中堂上的一幅字写得并不如挂在厦子房里的字好,建议调换一下,主人说:厦子房的字好是好,可写字的那人品行差,而且还是个跛子哈。原来,他们还特讲究书画家的德行、职位和相貌的,德行高的有职位的身体端正健康的书画家作品挂在上房中堂,那要在大年初一的早晨给上香的。

　　这让我不禁大发感慨,目下国内字画的行情见涨,但十之八九是为升迁、为就业、为调动、为贷款、为上学给大大小小的领导送,字画成了腐败的一方面,还有十分之一二为个人收藏,收藏着随时准备倒卖……却绝大多数是人人都爱,是真爱,买了就挂在自己家里,觉得那就是文化,就是喜庆,就是贵气和体面,能教育家人知情达理,能启发孩子们好好念书。

　　除了中堂上必须挂有字画外,定西人还有一点,就是讲究在中堂的柜盖正中摆放或多或少的宝卷。

　　我在头几天里时常听说宝卷长宝卷短的,当时还不知是什么意思,也没在意。后来在一个叫清水的村里,去一户人家,老太太招呼我们坐了,忙把屋里剥苞谷颗的笸篮挪开,把猫食碗拿到了屋外台阶上,就开始用鸡毛掸子拂柜盖,拂着拂着把柜盖正中的一沓旧书小心翼翼地拿起来,用嘴吹上边的灰尘,又小心翼翼地原样放好。我好奇地问:那是什么呀?老太太说:宝卷。便埋怨儿媳妇邋遢,屋子这么脏的,让客人咋待呀?

又说宝卷,啊宝卷原来是一些旧书!在我的经验里,"文革"期间人们要把领袖的著作放在中堂的柜盖上的,莫非这里还依旧着那时的规矩?我说:宝卷?是领袖的书吗?老太太说:我不认得字。我近去看了,是有一本领袖的书,但更多的是一些手抄本,有一些佛经,有《道德经》,有《治家格言》,有《论语》,有《弟子规》,还有《劝善歌》和《中医偏方集锦》。

我和老太太说了这样一段话:

就这些书呀?
不是书,是宝卷。
啊是宝卷,你家咋这么多宝卷?
家家都有,我家的多哈。
谁念哩?
我老汉能念。
你老汉呢?
走了哈。
走哪儿了?
嘿嘿,走了就是走了哈。
去县城了?
死了!
噢。
你们城里人听不懂哈。

噢噢,那你还一直要在这儿放宝卷?

镇宅哈。

离开的时候,我要求能和老太太照个相,老太太在头上脚上收拾起来,院子里的太阳亮灿灿的,我便在院子里放好了一只凳子。她出来了,却抱着她家的狗,狗是白狗,像一堆棉花,她说她老汉死的那年养的这狗,她总觉得这狗就是老汉变了个形儿来陪她的,尤其狗转身往后看的那个样子,和她老汉生前的神气,似模似样。我尊重着老太太抱着狗照相,可她看见我放的条凳,却一下子变了脸,说:快把凳子挪开!我说:你坐着,我站旁边。她挪开了凳子,说凳子放的地方不对,你没看见那里有块砖吗?!后来我才知道,放砖的地方是有土地神的,绝对不能在那上面坐或者站。照完了相,又走了几家,几乎家家院子中间都有一块地方放着砖或放着一盆花。问了土地神是如何安放在那下边的,他们告诉说:挖一个坑,坑里埋个罐子,罐子里有五色粮食,粮食里有个石刻的或木雕的土地神像,然后封好,地面上做个标志,这土地神就护了。

离开了这个村子,我们一路还在议论着宝卷镇宅、土地神护院的事,司机就嘲笑起定西人的旧规程,说:啥年代了,还愚昧这个呀!司机是从小在西安长大的,他不了解农村。我说这不应算是愚昧,中国农村几千年来,环境恶劣,物质贫乏,再加上战乱频繁,苦难那么多而能延续下来,社会靠什么维持,仅仅是行政管理吗,金钱吗,法律吗,它更要紧的还是人伦道德、宗教信仰啊。司机说:可宝卷摆在那里,土地神埋在那里,只是个仪式么。我说:是仪式,有仪式就好呀!

……

在漳县、岷县发现村民家中的宝卷后,我们对宝卷产生了兴趣。老太太家的宝卷，以及那个村子里别的人家中的宝卷，都是一些我们知道的儒、释、道方面的经典，而定西历史上是佛道兴盛过的地方，又出过许多大儒，又是有孙思邈呀、李白呀、李贺呀许多遗迹，那么，还有没有一些我们没见过的经典古籍呢？于是，我们每到一处，都要打听，就听到了一个关于宝卷的故事。

一九九二年七月五日，有人在遮阳山东溪寒峡的一个洞口石壁上发现了"石室"二字，不知何人何时所刻。进入洞后，在洞底又发现了一木棺，吓得没敢打开。消息传出，漳县文化馆干部赶来查看，认定"石室"二字为北宋大诗人、监察御史张舜民题刻，进洞后又证实那不是木棺，是一木箱，木箱里存放着一大批古代书籍，这些书籍经清理，为古代佛经宝卷手抄本，因受潮粘连严重，能辨认出的经名有八部：《佛说大乘通玄法华真经》《法航普渡地华结果尊经》《佛说赴命皈根还乡宝卷》《还宗佛法身出细普贤经》《正信除疑无修证自在宝卷》《叹世无为宝卷》《古佛天真考证龙华宝经》《普静如来钥匙宝卷》。

后据当地人提供线索，几经曲折，找到这批藏经的原主，原来这些经卷一是他们家历代相传保留下来的，二是民国初年从岷县一地抄录来的。一九五八年时，他拣其中破烂的一套上交了乡政府，而把抄写工整装帧讲究的一套在后半夜藏入东溪山顶上的鸦儿洞。事后又觉得有人好像发现藏经，不久又和女儿偷偷把这些经卷转移到了东溪寒峡的一个山洞里。当初，他并没注意到洞口岩壁上有"石室"二字，而这一疏忽，竟然正暗合了一句老话：石室藏经。

我们曾去漳县政协想见见这批宝卷，可惜那天是星期天，政协机关没人，未能见到。后又去拜见了一位文化馆的退休干部，从他口中得知，仅漳县在山洞里发现的宝卷就有四十余部，都是一九四九年后，尤其是"文革"中群众偷偷保藏的。有北京、天津来的专家鉴定过，确认其中九部系国内外从未见于著录及公私收藏的孤本。

再一次返回到定西城,小吴说:明日请你们吃饭吧。

但还是夜里的三点,小吴就把我们全叫醒了,催促着要去饭馆。我说:你神经病呀,这时候吃什么饭?他说:早饭。我说:什么早饭?他说:牛肉汤。我说:这就是你请客?!小吴说:牦牛骨头汤呀!

小吴为了表明他请我们喝牦牛汤是多么真诚,而牦牛骨头汤又是多么美味和有营养,就讲了这是岷县最具特色的饭食,岷县与藏族聚居区接壤,其实也是汉族、回族、藏族、羌族杂居区,这种汤煮法特别讲究,要从下午四点开始煮,一直到第二天早上四点方能煮好哩。

受着诱惑,我们赶到了那家餐馆,真是没有想到,餐馆门口竟排上了长长的队。队列中有年轻人,更多的是老头老太太,似乎还都熟悉,互相招呼,说说笑笑。一打问,才知道这些老年人常年来喝,喝上了瘾。

但当牦牛骨头汤端上桌后,我们都喝不了,膻味太重。

小吴能请我们吃饭,有一个原因,是他知道我们该返回西安了,虽然那顿早饭并没有吃好,他还是特意找了一家酸面馆再次请了我们。就在这次饭桌上,我们在商量着怎么个返回法,是北上兰州,从兰州返回呢,还是从漳县经武山、天水,然后返回。小吴说:第二条路线是正确的,顺路可以去看看贵清山。我说:贵清山是什么山?小吴说:你不知道贵清山?那可是个好地方,不但是定西名山,甘肃名山,陕西恐怕也没有哈!司机说:有华山好?小吴说:好。司机说:有太白山好?小吴说:好。司机一挥手,说:不可能! 气得小吴脸都变了。我忙打圆场,说了个故事,这故事是我单位的一个作家写了一篇文章发在《西安晚报》上,其中有一句:我妈是世界上擀面最好吃的人。没想当天就有读者给他打电话:你妈怎么能是世界上擀面最好吃的人呢,擀面最好吃的是我妈!

我们最后还是选择了第二条路线,从定西再去漳县,从漳县到武山县的半路上,拐上了去贵清山的一条黄土梁。

梁叫番桥梁,名字很好听,但路实在太窄,还曲折不已。沿途有许多村庄,一簇树,几十间瓦房,不是卧在洼地里就是趴在半坡上。偶尔见有人骑在毛驴上,驴很小,人却高大,两只脚几乎就撒拉在地上,但他表情庄重,见我们停了车给他拍照,竟不说一句话,也不笑。约莫一小时后,路两边有了小叶杨,一种叶子呈白色的杨,极其白,似乎有粉,一种叶子呈黄色,金子一样的黄。那天正好是立冬日,太阳还是明亮,白的叶子和黄的叶子落在地上,车一行过,飞翻跳跃着无数的碎金碎银。再过了几十里吧,路拐入另一条梁上,能隐约看到远远的有寺院,地势也是越来越高,而梁两边的坡上没有了树,也没石头,一片一片大小不等田地有的种了冬麦,是绿的,没有种冬麦的耕过了歇着,准备将来种土豆,便只是赭色,整个的坡塬状如巨大无比的百衲衣从贵清山方向的高地直铺了过来。

到了高地,突然间眼前出现一个大河谷,天地变化,霎时觉得是驾了巨鹏从天而降,按住了云头俯瞰着人间。谷地里林木黝黑,成片状,成带状,顺着高高低低的峰峦向后蜿蜒,有云卧在其间,云白得像一堆堆棉花垛子。黄土高原上看惯了沟壑峁台,猛然见这片峡谷山林,真有些不知所措,以为是幻觉,是异想,异想天开。车随着路往峡谷开,连续的绕弯和打折,一搂粗的、两搂粗的紫杉擦身而过,无数垂落下来的藤萝就覆盖了车前玻璃。我和我的朋友大呼小叫要车停下,小吴说:不停不停,绕着谷往后山开,直接到三峰。

不知怎么在谷底里拐来拐去,也不知怎么又在盘旋而上,一尽在恍惚里,车就到了黄土梁上。这里的黄土梁和所有的黄土梁一样,起起伏伏,能望到天边。一个大转弯后,车停在了偌大的土场上,小吴说:到山顶了!

这是山顶？我疑惑不已，山顶怎么和黄土梁连在一起，贵清山原来仅是梁塬的沟壑吗？但定西任何地方的沟壑都是土层，这里却是石质，从谷底往上看着全是奇峰林立，嵯峨险峻啊！这时候我才明白，世上有的东西是测高的，有的东西是探深，山可以在地面上往天空长，山也可以从谷下往地面长。贵清山它是一座地面下的山。

在土场上，四周即是紫杉，一棵紧密着一棵，高大得仰头望不到顶尖，倒怀疑这个土场硬是在紫杉林中开辟出来的。土场上太阳白花花的，紫杉林里仍是苍郁，好像那里永远是夜，而黑白分界刀割一样整齐，我站在分界线上，一半的身子暖和，一半的身子寒凉。

沿着一条漫下山路往前走，其实已经走在山峰上，靠着一棵树说：拍个照吧！一低头，树后便是万丈深渊，吓得老老实实从路中间走，害怕着有风，走过了百来米吧，路断了，是这个峰和另一个峰架着了一座木桥。从木桥上想极快地跑过去，因为担心桥会塌，却腿哆嗦着只能一步一步挪，小吴喊：不要往下看，不要往下看！是不敢看了，终于过了桥，死死抓住桥头的铁索，往下仅看了一眼，刀劈一般地直立，崖壁上直着斜着长着杉，有鸟在锐叫，有树叶无声地飘落，立时头晕，出了一身冷汗。好的是进了一道长廊，廊栏护着，这就到了中峰。到了中峰，却思想了一个问题：在黄土梁上，土那么厚，难得见树木，即使有，也仅是些小叶杨、槐和榆，却不成林，出地便为灌丛，而紫杉却在峭壁悬崖上生长，长成如此大木？！古书上讲，中国地势东南低而西北高，天下水聚东南，东南富庶，人多聪慧，易出俊贤，西北瘠贫高寒，人多蠢笨，但出圣人。那么，这里的紫杉就够得上是圣树了。

中峰阔大，就建有庙宇，到处是石碑，还有一些平房和菜地。有三个道姑正在吃饭，饭依然是蒸土豆，见了我们老远就说：吃呀不，锅里有哈。我没有客气，去拿了两个土豆，一边吃一边四处走动。在别的佛寺道观里,常见到一些奇奇怪怪的花木,这里没有花丛,树都长得凛然伟岸。到左边崖沿上去看,峡谷对面云腾雾罩,只有一排峰尖,如锯齿,似乎凭空浮着,感觉是海市蜃楼的景象,或者是画上去的。到右边崖沿去,那里的峡谷更深,云雾填满,丢一块石头下去,半天才听到咕咚声。走过来的道姑说:早上还打电哩,一打电,谷底里呼隆隆响,像过火车。再到前边的崖沿,能看到另一座峰,比中峰小,几乎是一个锥体,锥尖上竟然就一个庙,庙小得如一个人蹴在那里。

从来没见过这般奇怪的庙,要近去看,路又断了,连接的还是一桥,这桥完全是几根木头搭成的,亏得桥上有廊,不至于让你看到外边。

过了桥到庙上,庙墙就齐着峰沿,峰沿上长满了树,一直手抱着树绕着庙下的一个斜道到了庙后边,小吴说从这儿还可以直下到峡谷里,峡谷里有神笔峰,你想不想看?我当然想看,但小吴又说从这里下去要过转树砼,即一棵大树立在路上,必须抱着树转一圈方能下去,我立即不敢下了,说还是从原路回到谷底再进峡里看神笔峰吧。

折回中峰,听道姑说山上事,她爱说话,说了峡谷十里,说了紫杉林二百亩,说了山上曾经的和尚和道士,说了她们三个是哪一年出家的,每日的法事如何做,怎样的吃喝。让我印象最深的,从此再不能忘的倒是两件事。

一是这里三峰环翠,西峰刚直,南峰峻急,中峰体秀身圆,土石和美,并且左有青龙蜿蜒,右有白虎低沉,前有朱雀欲飞,后有玄武伏降,本应存有王气,要出大人物的。然而,寺院道观并没建在面山枕山、左右临水的山脉重心位置,而选于天地交会最利升仙的山峰凸点上,因此,这里一直安稳,与其说寺观是选中了这里的山水所建,不如说正是建造了寺观才保护了山的峻美、树的茂密。

二是每年农历四月初一至初八,是浴佛庙会,根据"佛生时龙喷香雨浴佛身"之说,以各种名香浸洗佛像,而平常山上很难下雨,庙会前却必有一场雨,庙会后也必有一场雨,竟然几百年来从未延误过。

最后,我们下到峡谷去看神笔峰。神笔峰果然端直插天,大家都嚷嚷着让我好好写篇文章,记下此时此景,我一时脑子里翻涌着许多前人诗句,什么满身黑痕多、独立在人间,什么众鹰盘旋、落霞堆地,什么松上云从容、涧底水急湍,但觉得没一句能准确地描写这神笔峰的神采和看到神笔峰的心境,我说:大收藏家是以眼收藏的,今日看到神笔峰了,我也就拥有了神笔峰。

要离开贵清山了,小吴又和我们戏嘴了。

没哄吧?

没哄。

好吧?

好。

哈这就对了!

问你一句?

问。

为啥这么多天你不早早说来贵清山?

一路上都是黄土塬梁的,最后要给你们个惊喜哈,祖国山河可爱,定西不能排外么,离开定西的时候看看贵清山,给你们留个好印象哈!

没来贵清山,定西已经留下好印象了呀。

那来了贵清山呢?

定西有贵清,清贵乃定西。

第三辑　生活滋味

吃　面

陕西多面食,耀县有一种,叫盐汤面,以盐为重,用十几种大料熬成调料汤,不下菜,不用醋,辣子放汪,再漂几片豆腐,吃起来特别有味。盐汤面是耀县人的早饭,一下了炕,口就寡,需要吃这种面,要是不吃,一天身上就没力气。在县城里的早晨,县政府的人和背街小巷的人都往正街去,正街上隔百十米就有一家面铺,都不装饰,里边摆三张两张桌子,门口支了案板和大环锅,热气白花花的像生了云雾,掌柜的一边吹气一边捞面,也不吆喝,特别长的木筷子在碗沿上一敲,就递了过去。排着长队的人,前头的接了碗走开,后头的跟上再接碗。也都不说话,一人一个大海碗了,蹴在街面上吃,吃得一声价儿响。吃毕了,碗也就地放了,掌柜的婆娘来收碗,顺手把一张餐纸给了吃客,吃客就擦嘴,说:"滋润!"

这情景十多年前我见过。那时候,我在县城北的桃曲坡水库写《废都》,耀县的朋友说请我吃改样饭,我从库上下来吃了一次,从此就害上了瘾。在桃曲坡水库待了四十天,总共下库去吃过六次,水库到县城七八里路,要下一面塬坡,我都是步行去的,吃上两碗。一次,返回走到半坡,肚子又饥了,再去县城吃,一天里吃了两次。

后来回到西安,离耀县远了,就再没吃过盐汤面。西安的大饭店多,豪华的宴席也赴了不少,但那都是应酬,要敬酒,要说话,吃得头上不出汗。吃饭头上不出汗,那就没有吃好。每每赴这种宴席时,我就想起了盐汤面。

今年夏天,我终于对一位有小车的朋友说:咱到耀县吃盐汤面吧!洗了车,加了油,两个小时后到了耀县,当年吃过的那些面铺竟然还在,依旧是没装修,门口支着案板和环锅。我一路上都在酝酿着一定要吃两碗,结果一碗就吃饱了,出了一头汗。吃完后往回走,情绪非常好,街道上有人拉了一架子车玫瑰,车停下来我买了一枝。朋友说:"我以为你是贵人哩,原来命贱。"我说:"咋啦?"他说:"跑这么远,过路费都花了五十元,就吃一碗面呀?"我说:"有这种贱吗?开着车跑几小时花五十元过路费十几元油费就要吃一碗啊!"

那面很便宜,一元钱一碗,现在涨价了,一碗是一元五角钱。

茶　事

以茶闹出过许多事来：

我的家乡不产茶，人渴了就都喝生水。生水是用泉盛着的，冬天里泉口白腾腾冒热气，夏季里水却凉得冰牙。大人们在麦场上忙活，派我反反复复地用瓦罐去泉里提水，喝毕了，用袄袖子擦着嘴，一起说：咱这儿水咋这么甜呢！村口核桃树旁的四合院里住着阿花，她那时小，脖子上总生痱子，在泉的洗衣池中洗脖子，密而长的头发就免不了浸了水面，我想去帮她，却有些不敢，拿树叶叠成小斗舀水喝，一眼一眼看她，王伯家的狗也来泉里喝水，就将我的瓦罐撞碎了。我气得打狗，也对阿花说：你赔我，你赔我！阿花说：我赔你什么，是我撞碎你的罐子吗？后来阿花大了，我每日都想能见到她，见到了却窘得想赶紧逃走，逃到避人处就又发恨，自己扇自己耳光。阿花的一个亲戚在关中平原，我们称山外人的，他突然来到阿花家，村人都在议论小伙子是来阿花家提媒了。这事使我打击很大，但我不敢去问阿花，伺机要报复那山外的人。山外没有核桃，我们摘了青皮核桃让他吃，他以为任何果子都是肉包核，当下就啃了一口，涩得舌头吐出来。又在他钻进水茅房大便的时候，拿了石头往尿窖子里一丢,尿水从尿槽子里溅上去,弄了他一身的肮脏。他一嘴黄牙,这是我最瞧不上的,他说他们那儿的水盐碱重,味苦,没有山里的水甜,他说这话时样子很老实,让我好生得意。可是第二天,我从泉里提了一大桶凉水往麦场送的时候,他看见了,却说:你们不喝茶啊?我说这儿不产茶。他说:我们山外吃饭就吃蒸馍,渴了要喝茶的。他的话把我噎住了,晚上思来想去觉得窝火,天明的时候突然想出一句对付的话:山外的水苦才用茶遮味哩,我们这儿水甜用得着泡茶吗?中午要把这话对他说,但没有寻着他,碰着小三,小三说:你知道不,山外黄牙走了,早上坐车回去啦!我兴奋他终于走了,却遗憾没把想了一夜的话当面回顶他。

到了二十世纪七十年代末,我从家乡到了西安上大学,西安的水不苦,但也不甜,我开始喝开水,仍没有喝茶的历史。暑假里回老家,父亲也从外地的学校回来,傍晚本家的几位伯叔堂兄来聊天,父亲对娘说:烧些煎水吧。水烧开了,他却在一只特别大的搪瓷缸里泡起了茶。父亲喝茶,这是我以前并不晓得的,或许他是在学校里喝,但把茶拿回家来喝,这是第一次。伯叔堂兄们都说:喝茶呀?这可是公家人的事!茶叶干燥燥的,闻着有一股花香味,开水一冲就泛了暗红颜色。这便是我喝到的头口茶,感觉并不好,而且伯叔堂兄们也龇牙咧嘴。但是,那天的茶缸续了四次水,毕竟喝茶是一种身份地位的待遇。父亲待过几天就往学校去了,剩下的茶娘包起来放在柜里。那一年大旱,自留地里的辣子茄子旱得发蔫,我和弟弟从河里挑水去浇,一下午挑了数十担,累得几乎要趴在地上。一回家弟弟就说:咱慰劳慰劳自己吧。于是取了茶来泡了喝。剩下的茶就这么每天寻理由慰劳着喝了,待上了瘾,茶却没有了。因为所见到的茶叶模样极像干蓖麻叶末或干芝麻叶末,我们就弄了些干蓖麻叶揉碎了用开水泡,麻得舌头都硬了,又试着泡芝麻叶,倒没有怪味道,但毕竟喝过半杯就不想再喝了。

在大学读书了三年,书上关于茶的描述很多,我却再没有喝过茶,真正地接触茶则是参加工作后,那时的办公室里大家各自有个办公桌,办公桌的抽屉是加了锁的,每人的面前有一只烟灰缸和一只茶杯。开水是共同的,热水瓶里没水了,他们就喊:小贾小贾,瓶里怎么没水了?!我提了瓶就去开水房打水,水打了回来,各自从抽屉里取了茶叶捏那么一点放在杯里,抽屉又锁上了,再是各自泡水喝。大家是互不让茶的。有一天办公室只有我和老赵,老赵喝茶是半缸子茶叶半缸子水,缸子里的茶垢已经厚得像刷了生漆,他冲了一杯,说:你喝茶不?我说我没茶。他给我捏了一点,我冲泡了喝起来,他告诉我谁喝的是铁观音茶,谁喝的是茉莉花茶,谁又是八宝茶,开始又嘟囔谁个最没意思,自己舍不得买茶却爱喝茶,总是沾他的便宜。我听了心里就发寒:他一定要记着今日给过我茶叶的事的。正是因为有了要还他茶叶的念头,也考虑了别人都喝茶我喝白开水显得寒酸的缘故,在月初发薪时,我咬咬牙从三十九元的工资里取出两元钱买了一筒茶,首先让老赵喝了一次。就是这一筒茶使我从此离不开了茶。好多年间,我已经是很标准的办公室人员的形象了:准时上班,拖地擦桌子,然后泡一缸茶,吸一支烟,翻天覆地地看报纸。先后喝过的是花茶、砖茶、八宝茶,脑子里没有新茶陈茶的概念,只讲究浓茶和淡茶,也知道空腹不要喝茶,喝了心发慌,晚上不要喝浓茶,喝了失眠,隔夜茶不要喝,茶垢不要洗。唯一与办公室别的同志不一样的是喝八宝茶时得取出里面的枸杞,枸杞容易上火,老赵就说:给我给我。他把三四粒枸杞丢进口里嚼,说这可是好东西哩!

那年月干部常常要下乡,我从事的是出版社的编辑工作,要了解各县的文艺创作状况,就在苹果仅仅只有核桃般大的时节去一个县上,县委宣传部的一个干事接待了我,正是星期六,他要回家,安排我夜里睡在他办公兼卧室的房间里,临走时给了我去灶上吃饭的饭票,又叮咛:要喝水,去水房开水炉那儿灌,茶叶就在第二个抽屉里。夜里,宣传部的小院里寂静无人,我看了一会儿书,觉得无聊,出来摘院子里的青苹果吃,酸得牙根疼,就泡了他的茶喝。茶只有半盒茶,形状小小的,似乎有着白茸毛,我初以为这茶霉了,冲了一杯,杯面上就起一层白气,悠悠散开,一种清香味就钻进了口鼻,待端起杯再看时,杯底的茶叶已经舒展,鲜鲜活活如在枝头。这是我从未见过的茶叶,喝起来是那么的顺口,我一下子就喝完了,再续了水,又再续了水,直喝下三杯,额上泛了细汗,只觉目明神清,口齿间长长久久地留着一种爽味。第二天,一早起来我又泡了一杯,到了中午,又泡了一杯,眼见得茶盒里的茶剩下不多,但我控制不了欲望,天黑时主人还没有返回,我又泡了一杯。茶盒里的茶所剩无几了,我才担心起主人回来后怎么看待我,就决定再不能在这里待下去,将门钥匙交给了门房去街上旅舍去睡,第二天一早则搭车去了临县。那么干事到底是星期天的傍晚返回的还是第二天的黎明返回,我至今不知,他返回后发现茶叶几近全无是暗自笑了还是一腔怨恨,我也不知,我只是十几天后回到西安给他去了一信,表示了对他接待的感激,其中有句"你的茶真好",避免了当面见他的尴尬,兀自坐在案前满脸都是烫烧。

贼一样喝过了自觉是平生最好的茶,我不敢面对主人却四处给人排说,听讲的人便说我喝过的那一定是陕青,因为那个县距产茶区很近,又因为是县委的人,能得到陕青中的上品,又可能是新茶。于是,我知道了所谓的陕青,就是产于陕西南部的青茶,陕西南部包括汉中、安康、商洛,而产茶最多的是安康。我大学的同学在安康有好几位,并且那里还有我熟悉的几个文学作者,我开始给他们写信,明目张胆地索贿,骂他们为什么每次来西安不给我送些陕青呢,说我现在要做君子呀,宁可三日无肉,不能一晌无茶啊!结果,一包两包的茶叶从安康捎来,虽每次不多,却也不断,但都不是陕青中的上品,没有我在宣传干事那儿喝到的好。再差的陕青毕竟是陕青,喝得多了,档次再降不下来,才醒悟真正的茶是原本色味的,以前喝过的花茶、胡茶皆为茶质不好用别的味道来调剂,而似乎很豪华地流行于甘、宁、青一带的八宝茶,实是在那里不产茶,才陈茶变着法儿来喝罢了。从此以后,花茶是不能入口了,宁喝白开水也不再喝八宝茶,每季的衣着是十分简陋,每日的饭菜也极粗糙,但茶必须是陕南青茶,在生活水平还普遍低下的年月里,我感觉我已经有点贵族的味道了。

当我成了作家,可以天南海北走遍,喝的茶品种就多了,比如在杭州喝龙井茶,在厦门喝铁观音茶,在成都喝峨眉茶,在云南喝普洱茶,在合肥喝黄山茶,有的茶价五百元一斤,有的甚至两千元。这些茶叶也真好,多少买了回来,味道却就不一样了,末了还是觉得陕南青茶好。说实在的,陕青的制作很粗,茶的形状不好,包装也简陋,但它的味重,醇厚,合于我的口舌和肠胃,这或许是我推崇的原因吧。

为了能及时喝到陕青,喝到新鲜的陕青,我是常去安康的,而且结交了一批新的安康的朋友,以至有了一位叫谭宗林的专门在那里为我弄茶。谭先生因工作的缘故,有时间往安康各县跑,又常来西安,他总是在谷雨前后就去了茶农家购买茶叶及时捎来,可以说我每年是西安最早喝到新陕青的人。待谭先生捎了半斤一斤还潮潮的新茶在西安火车站一给我打电话,我便立即通知一帮朋友快来我家,我是素不请人去吃饭的,邀人品茶却是常事,那一日,众朋友必喝得神清气爽,思维敏捷,妙语迭出,似乎都成了君子雅士。谭先生捎过了谷雨茶,一到清明,他就会在茶农家几十斤地采购上等青茶,我将小部分分给周围的人,大部分包装好存放于专门购置的大冰柜里,可以供一年享用了。朋友们都知道我家有好茶叶,隔三岔五就吃喝着来,可以说,我的茶客是非常多的。

我也和谭先生数次参加一些城里的茶社庆典活动,西安城中的大小茶社没有我未去过的,为茶社题写店名,编撰对联,书写条幅,为了茶我愿意这般做,全不顾了斯文和尊严。我和谭先生也跑过安康许多茶厂,人家叫干什么就干什么,平日惜墨如金,任何人来索字都必要出重金购买,却主动要为茶厂留言,结果人家把题写的条幅印在茶袋上、茶盒上满世界销售,明明是侵犯了我的权益,又无故遭到外人说我拿了多少广告费,人是不敢有缺点的,我太嗜茶贪茶,也只有无话可说。人的一生要交结众多朋友,朋友是走一批来一批的,而最能长久的是以茶为友的人。我不大食肉,十几年前因病戒了酒后,只喜欢吸烟喝茶,过的是有茶清待客,无事乱翻书的日子。每当泡一杯陕青在家,看着茶叶鲜鲜活活的可爱,什么时候都觉得面对了春天,品享着春天。茶叶常常就喝完了,我在门上贴了字条:"送礼不要送别的,可以送茶。"但极少有送茶来的,来的都是些要喝我茶的人,这时候我就想起唐代快马加鞭昼夜不停从南宁往长安送荔枝的故事,可惜我不是那个杨贵妃,也不知谭先生现在哪儿?

品　茶

　　西安城里，有一帮弄艺术的人物，常常相邀着去各家，吃着烟茶，聊聊闲话。有时激动起来，谈得通宵达旦，有时却沉默了，那么无言儿待过半天；但差不多十天半月，便又要去一番走动呢。忽有一日，其中有叫子兴的，打了电话，众朋友就相厮去他家了。

　　子兴是位诗人，文坛上很有名望，这帮人中，该他为佼佼者。但他没有固定的住处，总是为着房子颠簸。三个月前，托人在南郊租得一所农舍，本应是邀众友而去，却突然又到西湖参加了一个诗会，得了本年度的诗奖。众人便想，诗人正在得意，又迁居了新屋，吃茶闲话，一定是有别样的滋味了。

　　正是三月天，城外天显得极高，也极清。田野酥软软的，草发得十分嫩，其中有蒲公英，一点一点的淡黄，使人心神儿几分荡漾了。远远看着杨柳，绿得有了烟雾，晕得如梦一般，禁不住近去看时，枝梢却并没叶片，皮下的脉络是楚楚地流动着绿。

　　路上行人很多，有的坐着车，或是谋事；有的挑着担，或是买卖。春光悄悄儿走来，只有他们这般儿悠闲，醺醺然，也只有他们深得这春之妙味了。

打问该去的村子,旁人已经指点,问及子兴,却皆不知道,讲明是在这里住着的一位诗人,答者更是莫解,末了说:

"是某书记的小舅子吗?那是在前村。"

大家啼笑皆非,喟叹良久,凄凄伤感起来:书记的小舅子村人尽知,诗人却不知其然,往日意气洋洋者,原来是这样的可怜啊!

过了一道浅水,水边蹲着一个牧童,正用水洗着羊身。他们不再说起诗人,打问子兴家,牧童凝视许久,挥手一指村头,依然未言。村头是一高地,稀落一片桃林,桃花已经开了,灼灼的,十分耀眼。众人过了小桥,桃林里很静,扫过一股风,花瓣落了许多。深走五百米远,果然有一座土屋,墙虽没抹灰,但泥搪得整洁,瓦蓝瓦蓝的,不曾生着绿苔。门前一棵荚子槐,不老,也不弱,高高撑着枝叶,像一柄大伞。东边窗下,三根四根细竹,清楚地动人。往远,围一道篱笆,篱笆外的甬道,铺着各色卵石,随坡势上下,卵石纹路齐而旋转,像是水流。中堂窗开着,子兴在里边坐着吟诗,摇头晃脑,得意得有些忘形。

众人呼叫一声,子兴喜欢地出来,拉客进门,先是话别叙情,再是阔谈得奖。亲热过后,自称有茶相待,就指着后窗说:好茶要有好水,特让妻去深井汲水去了。

从后窗看去,果然主妇正好在村口井台上排队,终轮到了,扳着辘轳,颤着绳索,咿咿呀呀地响。末了提了水罐,笑吟吟地一路回来了。

众人看着房子,说这地方毕竟还好,虽不繁华,难得清静,虽不方便,却也悠暇,又守着这桃花井水,也是"人生以此足也"。这么说着,主妇端上茶来,这茶吃得讲究,全不用玻璃杯子,一律细瓷小碗。子兴让众人静静坐了,慢慢饮来,众人窃窃笑,打开碗盖,便见水面浮一层白气,白气散开,是一道道水痕纹,好久平复了。子兴说,先呷一小口,吸气儿慢慢咽下,众人就骂一句"穷讲究",一口先喝下了半碗。

君子相交一杯茶,这么喝着,谈着,时光就不知不觉消磨过去,谁也不知道说了多少话,说了什么话,茶一壶一壶添上来,主妇已经是第五次烧火了。不知什么时候,话题转到路上的事,茶席上不免又一番叹息,嘲笑诗人不如弃笔为政,继而又说"阳春白雪,和者盖寡",自命清高。子兴苦笑着,站起来说:

"别自看自大,还是多吃茶吧!怎么样,这茶好吗?"

众人说:"一般。"

"甚味?"

"无味。"

"要慢慢地品。"

"很清。"

"再品。"

"很淡。"

子兴不断地启发,回答都不使他满意,他有些遗憾了,说:"这是龙井名茶啊!"

这竟使众人都大惊了。他们住在这里,一向是喝着陕青茶,从来只知喝茶就是喝那比水好喝一点的黄汤,从来不知茶的品法;老早听说龙井是茶中之王,如今喝了半天了,竟没有喝出特别的味儿来,真可谓蠢笨,便怨恨子兴事先不早说明,又责怪这龙井盛名难副,深信"看景不如听景"这一俗语的真理了。

"好东西为什么这么无味呢?"

大家觉得好奇,谈话的主题就又转移到这茶了。众说不一,各自阐发着自己的见解。

画家说:"水是无色,色却最丰。"

戏剧家说:"静场便是高潮。"

诗人说:"不说出的地方,正是要说的地方。"

小说家说:"真正的艺术是忽视艺术的。"

子兴说:"无味而至味。"

评论家说:"这正如你一样,有名其实无名,无乐其实大乐也!"

众人哈哈一笑,站起身来,说时间不早了,该回家去了,就走出门来,在桃林里站了会儿,觉得今日这茶品得无味,话也说得无聊,又笑了几声,就各自散了。

看　人

最好的风景是在街头上看人。嚼了口香糖,悠然悠然从一个商店门口踱到另一个商店门口,要买东西又似乎没多带钱,或衔一支烟的,立于电车站牌下要等一个朋友的,等得抓耳搔腮,火烤火燎。——遇得人交谈便掏出采访本来记的不是好记者,在口袋里插一支钢笔是小学生,插两支的是中学生,插得更多了,就不再是更大的知识分子,是小贩,修理钢笔的。若故作了一种观察的姿势,且不说显出村相,街头立即会有诸多人驻下脚同你看一个方向,交通堵塞,警察就要举着警棒过来了。——知非诗诗,未为奇奇(这是书上写着的),把一切的有意都无意着,你真可潇洒一回,自由地看那好的风景了。

街头上的人接踵走过,少小时候,大人们所讲的过队伍莫非如此?可这谁家的队伍没完没了,从哪里来,往哪里去?地理学家十次八次在报纸上惊呼:河流越来越干涸了。城市是什么,城市是一堆水泥,水泥堆中的人流却这般汹涌!于是你做一次孔子,吟"逝者如斯夫",自觉立于岸上的胸襟,但瞬间的灿烂带来的是一种悲哀:这么多的人你一个也不认识呀,他们也没一个认识你,你原本多么自傲,主体意识如何高扬,而还是作为同类,知道你的只是你的父母和你的妻子儿女,熟人也不过三五数。乡间的葬礼上常唱一段孝歌,说:"人活在世上有什么好,说一句死了就死了,亲戚朋友都不知道。"现在你真正体会到要流出眼泪了。

姑且把悲苦抛开吧,你毕竟是来看人的风景的。你首先看到的是人脸,世上的树叶没有两片相同,人脸更如此,有的俊,有的丑,俊有不同的俊,丑有不同的丑,但怎么个就俊了丑了?你看着看着,竟不知道人到底是什么,怀疑你看到的是不是人。这如同面对了一个熟悉的汉字,看得久了就不像了那个汉字。勾下头,理性地想想,人怎么细细的一个脖子,顶一个圆的骨质的脑袋,脑袋上七个洞孔,且那么长的四肢,四肢长到梢末竟又分开岔来,形象多么可怕!更不敢想,人的不停地一吸一呼,其劳累是怎样的妨碍着吃饭、说话和工作啊!是的,人是有诸多的奇妙,却使作为具体的人时不易察觉而疏忽了。在平常的经验里,以为声音在幽静时听见,殊不知嚣杂之中更是清晰,不说街头的脚步声、说话声和车子声(这些声音往往是嗡嗡一团),你只需闭上眼睛,立即就坠入一种奇异的境界,听得到脖子扭动的声,头发飘逸的声,衣服的磨蹭声,这声音不仅来自你耳朵的听觉,似乎是你全身的皮肤。由此,你有了种种思想,乜斜了每个人的形形色色的服饰,深感到人在服饰上花费的精力是不是太多了呢,为什么不赤裸最美好的人的身体呢,若人群真赤裸了身体,街头又会是什么样的秩序呢?据说人是曾有过三只眼的,甚至双乳也作目用,什么原因又让其日渐退化消亡?小时候四条腿,长大了两条腿,到老了三条腿,人的生存就是这么越来越尴尬。谁也知道那漂亮的衣服里有皱的肚皮,肚皮里有嚼烂的食物和食物沦变的粪尿,不说破就是文明,说穿就是粗野。小孩无顾忌,街头上可以当众掀了裤裆,无知者无畏,有畏就是有知吗?树上有十只鸟,用枪打下一只鸟,树上是剩有九只鸟还是一只鸟也没有?这问题永远是大人测验小孩的试题,大人们又能怎样地给自己出类似的关于自身的拷问呢？突然间,你有了一种醒悟,熊掌的雄壮之美是熊的生存需要而产生的,鹤足的健拔之美是鹤的生存需要而自然形成的,人的异化是人创造的文明所致,人是病了。人真的是病了,你静静地听着,街头的人差不多都在不断地咳嗽。

　　人行道的,那一边的,人都是脸和肚子朝前地走过来;这一边的,人又是屁股和脑勺在后地走过去。正面来的,可以见到美的傲的扬头的女子,看到低着脑门的深沉的男人。从每一个人的表情上,或严肃的,或微笑的,或笑不动容的,或有笑容无声的,你立即知道他们的职业是公安人员还是在宾馆做招待。看多了那些西装革履,夹着小皮包,露着凸凸的小肚的公司的大采购和个体的小老板,看多了额上密密皱纹,对上司是谦谦后生,待下级是大呼小叫的机关干部,看多了抬脚操步正经规矩又彬彬有礼的教师、长发如狮的画家、碎步吊臀的戏曲艺人,即便是服饰上没有明显标志,姿态上又缺乏特点,你只要侧耳听一听他们正说着的笑话,也便分辨出这是社会上的哪一类人了。中国人的笑话总是包含着性的成分,社会地位低的,从事简单劳动的总是围绕了性的实在的操作而衍义,知识分子却津津乐道于一种感觉,而见面不能交心又不能不说话不亲近,就只讲同伙中的某某怎么为儿媳倒洗脚水呀,熬鸡汤买乳罩呀的,那百分之百是我们的有着相当权力的领导。好了,在山川看风景,有人喜欢丑石,有人喜欢枯木,但更多的人愿意欣赏芳草艳花,在街头看人的风景,你当然赏心悦目是女人,当然是年轻漂亮的女人。那些并排走的,大声地说话,笑,表现了无限纯情的女孩子,她们步伐跳跃,如有弹簧,秀发飘动,如云如焰,你惊羡青春的气息,但气息表现在哪儿,你又说不清,却完全体会到了贾宝玉的"女孩儿是清水做的"的感觉。最妖娆的是那些少妇们了,她们有极大方的,也有好腼腆的,年龄正当,阴阳互补,恰是长熟时期,其态媚人,如火之有焰,灯之有光,珠贝金银之有宝色。

你为她们担心,街头的男人总是看她们,如果看一眼,眼珠就在被视物上留有痕迹,那么,她们的衣服上是一层又一层的眼痕,晚上回家脱衣一抖,满地都是能踩泡儿的眼珠子了。中午的太阳照着,她们的身影拖得很长,步行的或骑车的男人不远不近地跟着,总是要踩住她们的影子,企求合二为一,影子如果有感觉,影子无时无刻不在疼痛着。对于男人们的高度注意,当然你可以看出她是乐意接受呢还是烦恶。乐意的恐怕百分之百,即使面对了很狠很馋的目光,说一声"讨厌!"那也说得十分得意。由此可想,法律若能按人的心理而定,那么要惩治一个少妇人,什么刑具也不要,只让世上的男人都不看她,不理她,这个女人就完了。作为一个女人,完全知道自己的美的价值,只是怎样利用这种价值而区别了她们的品格。吊膀的女人是吊膀女人的神气,温顺女人是温顺女人的神气,因美而贵,因贵而傲的女人,她们常常表现出目空一切,其实她们的内心最龙腾虎跃,她们只是有好的眼角余光,搭眼一扫便知道了每个男人的优劣和对她们的态度。她们最看不起那些小殷勤的男人,却会调动这些小殷勤而安全自处,她们更清楚对她们不献小殷勤的男人反倒深爱着她们,这不是老谋深算,也便是有心没胆,瞧,瞧,她们在以毒攻毒了,以同样的冷漠来增加自己的神秘和魅力,或是培养鼓动起胆怯者的大勇,偏要看到沉默的火山口喷发熔浆。想一想,到那时,他们刚的一面还有吗?其如水之柔情反倒使任何温顺的女人黯然失色了。

　　街头这边的人行道上,不可能看到走过去的脸面,但是,识人最好的是识脸面,脸面却不是唯一的。戏曲舞台上,演员登场常有背身而出,那肩臂的一高一低,那屁股的一抖一动,都有戏,便明白这是一个什么角色。赌博桌上,仅看着一双双参赌人的手,也就知道了这一个赌徒是多么迫不及待,那一个赌徒却早胸有成竹了。现在,看着前面卷着一个髻儿的,一脚端正,一脚外撇的水蛇腰的女人,你不妨张开你想象的翅膀吧

(有趣的是,这种想象十有八次与事实相符):她是在商场工作吗?她坐在柜台的里边,鞋总是有意无意就脱了,口里在暗唱着一支歌,脚的趾头就十趾高下动着节奏,那趾甲一定是染过红的。发型盘那么个髻儿,脖子却黑瘦,她是在脸上涂了厚的脂粉却忘记了脖子和耳根,精美的小提包鼓囊囊的,是装着钱,还是一堆化妆品,甚或什么都没有,是一包卫生纸。这女人长在前边的眼睛一定在滴溜溜四处张望了,随时要对着一个熟人大声尖叫,她会跑过每一个橱窗前从玻璃里看自己的形象,遇着一个整齐的男人心会怦然跳动,手不自觉地再理一下头发,会在她家的巷口与人挤眉弄眼地说谁家媳妇是骚狐子,进了门却踢蹬了高跟鞋就歪在沙发上喊累死我了,开始骂丈夫什么时候了,饭没做好?你看过了独个的人,也不妨看看一伙两个三个的人,那走势和说话的神态,能判断出这是夫妻,夫妻是结发夫妻,还是两副旧家具的一对新人,关系是亲是疏,家境是贫是富。或压根不是夫妻,是同志,是邻居,甚或是情人,这情人是才有了关系还是偷情了数年?你注意到了吗?立于人行道的这边,看男人对女人的回头率是最好的角度了。男人的秉性永远是看着别的女人好,他们即使在家里有美貌的妻子,即使与妻子和睦亲爱,他们不分老少丑美,但凡在街头见着漂亮的女人,没有不投一眼过去的。有原本慢悠悠骑车而行的,猛地发现了前后有可观的,或故意减速,让那女的前行,看了后影又忍不住要看脸面,疾驶前行,在那平行的瞬间,头就扭动了。这一瞥的惊美,或是永留记忆,常忆常新,引无限冲动;或是一小时,几分钟后淡然忘却;或是看了后影,希望值太高,脸面甚是失望,这就要无声地自己嘲弄自己了。你常会发现那些与漂亮女人保持距离的男人,身子弓下去,头却仰扬着,这男人一定是在做一种祈祷:这女人如果能进前边的一个巷子去,这女人或这类女人是与我有缘的,以后便能接触。所以,这样的男人就要在一个巷口把头耷拉下来,因为那女子并没有进他所企望的巷口,而提前拐进了另一个巷口;或者如愿以偿,这是街头常有男人突然哼了歌子的原因。男人的这种秉性若认作卑鄙,世上就全是流氓,不,他们是在表现着爱美。这个时候,你就觉得人生是多么好,男人是多么好,如果一个男人见到漂亮的女人不愉悦,那这男人干什么事情还有激情,有创造力吗?男人是创造世界的,女人是征服男人的,事情就是这样。当然了,街头上仍是有淫邪的男人的目光,年轻而从未有接待过女人经验的,夫妻感情破裂,长期分居的,干脆就是色鬼流氓,知其肉不知灵的,他们百无聊赖,就蹲于街房墙根,斜眼上瞧,专看那女人走过的刹那胸部位的耸动,然后低下头去,用手使劲地掐一下无可奈何的一张僵脸,响响地咽一口唾沫了。或者一只脚踏在栏杆的铁链上,胳膊又撑在膝盖上顶着一颗脑袋,一边看一边摇晃铁链,他们哀叹美女如云,怎么自己的老婆那么丑呢?能解脱的想,河里的鱼再好,没碗里的鱼好,哪一个女人娶到家来都会变丑的吧。解脱不了的,就骂:世上的好女人都是让狗□着!

在街头看人的风景,你实在是百看不厌。初入城市的乡民怎样于路心张望,而茫然不知往哪里去,警察的指手画脚,小偷制造拥挤,什么是悠闲,什么是匆忙,盲人行走,不舍昼夜,醉汉说话,唯其独醒。你一时犯愁了,这些人都在街头干什么,天黑了都会到哪儿去,怎么就没有走错地方而回到自己家里?如果这时候一声令下,一切停止,凝固的将是怎样的姿势和怎样的表情?突然发生地震,又都会怎样地各自逃命?每个人都是有他的父亲和母亲的,街头的人流,几十年前,同样流过的是这些人的父母吗?几十年后,流过的又是这些人的儿女吗?如若不是这样,人死了会变成鬼,鬼仍活在这个世上,那么一代代人死去仍在,活着的继续生出,街头该是多么的水泄不通啊!世界上有什么比街头丰富呢,有什么比街头更让你玄思妙想呢?在地铁入口,在立交桥头,人的脑袋如开水锅冒出的水泡,咕噜咕噜地全涌上来;蹾下来,平视着街面,各式各样的鞋脚在起落。人的脑袋的冒出,你疑惑了他们来自的另一个世界的神秘;鞋脚起落,你恐怖了他们来到这个世界要走出什么的方阵。芸芸众生,众生芸芸,这其中有多少伟人,科学家、哲学家、艺术家、文学家,到底哪一个是,哪一个将来是?你就对所有人敬畏了,于是自然而然想起了佛教上的法门之说,认识到将军也好,小偷也好,哲学家也好,暗娼也好,他们都是以各自的生存方式在体验人生,你就一时消灭了等级差别,丑美界限,而静虚平和地对待一切了。

进入到这样的境界,你突然笑起来了:我怎么就在这里看人呢,那街头的别人不是也在看我吗?于是,你看着正看你的人,你们会心点头,甚或有了羞涩,都仰头看天,竟会到天上正有一个看着你我的上帝。上帝无言,冷眼看世上忙人。到了这时,你境界再次升华,恍惚间你就是上帝在看这一切,你醒悟到人活着是多么无聊又多么有意义,人世间是多么简单又多么复杂。这样,在街头上看一回人的风景,犹如读一本历史,一本哲学,你从此看问题,办事情,心胸就不那么窄了,目光就不那么短了,不会为蝇头小利去钩心斗角,不会因一时荣辱而狂妄和消沉,人既然如蚂蚁一样来到世上,忽生忽死,忽聚忽散,短短数十年里,该自在就自在吧,该潇洒就潇洒吧,各自完满自己的一段生命,这就是生存的全部意义了。

弈　人

在中国,十有六七的人识得棋理,随便于何时何地,偷得一闲,就人列对方,汉楚分界,相士守城保帅,车马冲锋陷阵,小小棋盘之上,人皆成为符号,一场厮杀就开始了。

一般人下棋,下下也就罢了,而十有三四者为棋迷:一日不下瘾发,二日不下手痒,三日不下肉酒无味,四五日不下则坐卧不宁。所以以单位组织的比赛项目最多,以个人名义邀请的更多。还有最多更多的是以棋会友,夜半三更辗转不眠,提了棋袋去敲某某门的。于是被访者披衣而起,挑灯夜战。若那家妇人贤惠,便可怜得彻夜被当当棋子惊动,被腾腾香烟毒雾熏蒸;若是泼悍角色,弈者就到厨房去,或蹴或趴,一边落子一边点烟,有将胡子烧焦了的,有将烟拿反,火红的烟头塞入口里的。相传二十世纪五十年代初,有一对弈者,因言论反动双双划为"右派"遭返原籍,自此沦落天涯。二十四年后甲平反回城,得悉乙也平反回城,甲便提了棋袋去乙家拜见,相见就对弈一个通宵。

对弈者也还罢了,最不可理解的是观弈的。在城市,如北京、上海,何等的大世界,或如偏远窄小的西宁、拉萨,夜一降临,街上行人稀少,那路灯杆下必有一摊一摊围观下棋的。他们里些有家不归之人,亲善妻子儿女不如亲善棋盘棋子,借公家的不掏电费的路灯,借夜晚不扣工资的时间,大摆擂台。围观的一律伸长脖子(所以中国人长脖子的人多!),双目圆睁,嘶声叫嚷着自己的见解。弈者每走一步妙着,锐声叫好;若一步走坏,懊丧连天,都企图垂帘听政。但往往弈者仰头看看,看见的都是长脖颈上的大喉结,没有不上下活动的,大小红嘴白牙,皆在开合,唾沫就乱雨飞溅,于是笑笑,坚不听从。不听则骂:臭棋!骂臭棋,弈者不应,大将风范,应者则是别的观弈人,双方就各持己见,否定,否定之否定,最后变脸失色,口出秽言,大打出手。西安有一中年人,夜里孩子有病,妇人让去医院开药,路过棋摊,心里说:不看不看,脚却将至,不禁看了一眼,恰棋正走到难处,他就开始指点,但指点不被采纳反被观弈者所讥,双双打了起来,口鼻出血。结果,医院是去了,看病的不是儿子而是他。

在乡下,农人每每在田里劳作累了,赤脚出来,就于埝头对弈。那赫赫红日当顶,头上各覆荷叶,杀一盘,甲赢乙输,乙输了不服,甲赢了欲再赢,这棋就杀得一盘末了又复一盘。家中妇人儿女见爹不归,以为还在辛劳,提饭罐前去三声四声喊不动,妇人说:"吃!"男人说:"能吃个屌!有马在守着怎么吃?!"孩子们最怕爹下棋,赢了会搂在怀里用胡碴扎脸,输了则脸面黑封,动辄擂拳头。以致流传一个笑话,说是一孩子在家做作业,解释"孔子曰……而已",遂去问爹:"而已是什么?"爹下棋正输了,一挥手说:"你娘的脚!"孩子就在作业本上写了:"孔子曰:……你娘的脚!"

不论城市乡村,常见有一职业性之人,腰带上吊一棋袋,白发长须,一脸刁钻古怪,在某处显眼地方,摆一残局。摆残局者,必是高手。来应战者,走一步两步若路数不对,设主便道:"小子,你走吧,别下不了台!"败走的,自然要在人家的一面白布上留下红指印,设主就抖着满是红指印的白布四处张扬,以显其威。若来者一步两步对着路数,设主则一手牵了对方到一旁,说:"师傅教我几手吧!"两人进酒铺坐喝,从此结为挚友。

能与这些设主成挚友的,大致有两种人,一类是小车司机。中国的小车坐的都是官员,官员又不开车,常常开会或会友,一出车门,将车留下,将司机也留下,或许这会开得没完没了,或许会友就在友人家用膳,酒醉半天不醒,这司机就一直在车上等着,也便就有了时间潜心读棋书,看棋局了。一类是退休的干部。在台上时日子万般红火,退休后冷落无比,就从此不饲奸贼猫咪,宠养走狗,喜欢棋道,这棋艺就出奇地长进。

中国号称礼仪之邦,人们做什么事都谦虚相让,你说他好,他偏说"不行",但偏有两处撕去虚伪,露出真相。一是喝酒,皆口言善饮,李太白的"唯有饮者留其名"没有不记得的,分明烂醉如泥,口里还说:"我没有醉……没醉……"倒在酒桌下了还是:"没……醉……醉!"另外就是下棋,从来没有听过谁说自己棋艺不高,言论某某高手,必是:"他那臭棋篓子呗!"所以老者对少者输了,会说:"我怎么去赢小子?!"男的输了女的,是:"男不跟女斗嘛!"找上门的赢了,主人要说:"你是客人嗨!"年龄相仿,地位等同的,那又是:"好汉不赢头三盘呀!"

象棋属于国粹,但象棋远没有围棋早,围棋渐渐成为高层次的人的雅事,象棋却贵贱咸宜,老幼咸宜,这似乎是个谜。围棋是不分名称的,棋子就是棋子,一子就是一人,人可左右占位,围住就行,象棋有帅有车,有相有卒,等级分明,各有限制。而中国的象棋代代不衰,恐怕是中国人太爱政治的缘故吧?他们喜欢自己做将做帅,调车调马,贵人者,以再一次施展自己的治国治天下的策略,平民者则作一种精神上的享受,以致词典上有了"眼观全局,胸有韬略"之句。于是也就常有"……他能当官,让我去当,比他有强不差!"现在人皆浮躁,劣根全在于此。古时有清谈之士,现在也到处有不干实事、夸夸其谈之人,是否是那些古今存在的观弈人呢?所以善弈者有了经验:越是观者多,越不能听观者指点;一人是一套路数,或许一人是雕龙大略,三人则主见不一,互相抵消为雕虫小技了。

虽然人们在棋盘上变相过政治之瘾,但中国人毕竟是中国人,他们对实力不如自己的,其势凶猛,不可一世,故常有"我让你两个马吧!""我用半边兵力杀你吧!"若对方不要施舍,则在胜时偏不一下子致死,故意玩弄,行猫对老鼠的伎俩,又或以吃掉对方所有棋子为快,结果棋盘上仅剩下一个帅了,成孤家寡人。而一旦遇着强手,那便"心理压力太大",缩手缩脚,举棋不定,方寸大乱,失了水准。真怀疑中国足球队的教练和队员全都是会走象棋的。

这样,弈坛上就经常出现怪异现象:大凡大小领导,在本单位棋艺均高。他们也往往产生错觉,以为真个"拳打少林,脚踢武当"了。当然便有一些初生牛犊以棋对话,警告顶头上司,他们的战法既不用车,也不架炮,专事小卒。小卒虽在本地受重重限制,但硬是冲过河界,勇敢前进,竟直捣对方城池擒了主帅老儿。

有一单位,春天里开展棋赛,是一英武青年与几位领导下着棋。一间厅子,青年坐其中,领导分四方,青年皓齿明眸,同时以进卒伺四位对手攻击,四位领导皆十分艰难,面色由黑变红变白,搔首抓耳。青年却一会儿去上厕所,一会儿去倒水沏茶,自己端一杯,又给四位领导各端一杯。冷丁对方叫出一子,他就脱口接应走出一步。结果全胜。这青年这一年当选了单位的人大代表。

说孩子

和女人在一起,最好不要提起她的孩子——一个家庭组合十年,爱情就老了,剩下的只是日子,日子里只是孩子,把鸡毛当令箭,不该激动的事激动,别人不夸自家夸。——她会全不顾你的厌烦和疲劳,没句号地要说下去。人的心是一辈一辈往下疼的,如摆砖溜儿,一块砖撞倒一块砖,不停地撞下去。我曾经问过许多人,你知道你娘的名字吗?回答是必然的。知道你奶奶的名字吗?一半人点头。知道你老奶奶的名字吗?几乎无人肯定。我就想,真可怜,人过四代,就不清楚根在何处,世上多少夫妇为"续香火"费了天大周折,实际上是毫无意义!全然地拒绝生育,当然是对人类的不负责任,但除过那些一定要生儿生女,一定要生儿不生女的人外,现代社会里的夫妇要孩子纯粹是一种精神的需要,有个乐趣,如饲猫饲狗,或许为了维系家庭。一个女人曾对我说,夫妻是衣服的两片襟,没有孩子就没有纽扣啊!

有了孩子,谁都希望孩子小时候乖,长大了有出息。结婚生育,原来是极自然的事,瓜熟蒂落,草大结籽,现在把生儿育女看得不得了了,照仪器呀,吃保胎药呀,听音乐看画报胎教呀,提前去医院,羊水未破就呼天喊地,结果十个有八个难产,八个有七个产后无奶。十三年前我在乡下,隔壁的女人有三个孩子,又有了第四个,是从田地里回来坐在灶前烧火,觉得要生子,孩子生在灶前麦草里。待到婴儿啼哭,四邻的老太太赶去,孩子已收拾了在炕上,饭也煮熟,那女人说:"这有啥?生娃像大便一样的嘛!"孩子生多了,生一个是养,生两个三个也是养,不见得痴与呆,脑子里进了水,反倒难产的,做了剖宫产的孩子,性情古怪暴戾,人是胎生的,人出世就要走"人门",不走"人门",上帝是不管后果的。

我长久地生活在北方,最愤慨的是有相当多的人为一个小小的官位尔虞我诈,钩心斗角,到位上了,又腐败无能,敷衍下级,巴结上司,没有起码的谋政道德,后来去南方了几趟,接触了许多官员,他们在位一心想干一番事业,结果也都干得有声有色。究其原因,他们说,不怕丢官,丢了官我就去做生意,收入比现在还强哩!这是体制和社会环境所致。如今对儿女的教育何尝有点不像北方干部对待官职的态度呢?人口越来越多,传统的就业观念又十分严重,做父母的全盼望孩子出人头地,就闹出许多畸形的事体来。有人以教孩子背唐诗为荣耀,家有客人,就呼出小儿,一首一首闭了眼睛往下背。但我从没见过小时能背十首唐诗的"神童"长大成了有作为的人。有人省吃俭用地买钢琴呀,买绘画的颜料笔纸呀,用金钱加拳头要培养个音乐家和画家,结果只能培养出一大批挣便宜钱的半通不通的"辅导"。社会是各色人等组成的,是什么神就归什么位,父母生育儿女,生下来、养活到大,施之于正常的教育就完成了责任,而硬要是河不让流,盛方缸里让成方,装圆盆中让成圆,没有不徒劳的,如果人人都是撒切尔夫人,人人都是艺术家,这个世界将是多么可怕!接触这样的大人们多了,就会发现,愈是这般强烈地要培养儿女的人,这人愈是活得平庸。他自己活得没有自信了,就将希望寄托在儿女身上。这行为应该是自私和残酷,是转嫁灾难。试想,你自己都是那样,还苛刻地要求儿女,儿女会怎么看你？儿女的生命是属于儿女的,不必担心没有你的设计儿女就一事无成,相反,生命是不能承受过轻和过重的,教给了他做人的起码道德和奋斗的精神,有正规的学校传授知识和技能,更有社会的大学校传授人生的经验,每一个生命自然而然地会发出自己灿烂的光芒的。

如果是作小说,作家们懂得所谓的情节是人物性格的发展,而活人,性格就是命运。曾经流行过一种测验法,即让你随口说出三个动物来,每个动物又以最少三个词来比喻,第一个动物的比喻词便是你的自我感觉,第二个动物的比喻词是别人对你的看法,第三个动物的比喻词是原本的你。我测过百余人,发觉自我感觉不管如何变化,总超不出两类,一是良好,如龙,是飞腾的龙,威严的龙,美丽的龙；一是喋喋抱怨,如牛,吃的是草挤出的是奶的牛,一生辛勤的牛,为人耕作的牛。可以说,人是很难认识自己的,这如眼睛看不见眼睛一样。但认识自己,设计自己却是人至关重要的事！天才不是三百年才出现一个两个的,天才是每个人都存在的,关键是是否发现自己身上的天才。遗憾的是很多很多的人至死没有发现和发展自己的天才潜能,所以,伟大的人物总是少,众生才芸芸。

我也是一个父亲,我也为我的独生女儿焦虑过,生气过,甚至责骂过；也曾想,我的孩子如果一生下来就有我当时的思维和见解多好啊。为什么我从一学起,好容易学些文化了,我却一天天老起来,我的孩子又要从一学起?！但当我慢慢产生了我的观点后,我不再以我的意志去塑造孩子,只要求她有坚忍不拔的精神,只强调和引导她从小干什么事情都必须有兴趣,譬如踢沙包,你就尽情地去踢,画图画,你就随心所欲地画。我反对要去做什么"家",你首先做人,做普通的人。继承了我的秉性,孩子胆小,我的亲戚们让孩子在外要刚硬,谁敢打你你就打他。我说,社会毕竟不是整日打架的社会,学得那么刚硬还像个女孩子吗?小不忍到底要坏大谋的。

　　我对待儿女的观点,是会被相当多的人反对的,或许将永远落下不称职的父亲的声名。我虽然常常看着小学生、中学生不分昼夜地在书桌前用功,心中充满了悲哀——大人们都在自己的岗位上消极怠工,却把恶果转嫁于孩子——但我也得让女儿去做作业,去复习,去拿回考试的高分。我现在唯一能做到的,是不能忍受着一些女人向我讲述她为孩子设想的伟大而美丽的前景,她不停地在说,使用着连续的逗号,好不容易出现一个句号了,我得赶紧就说:"哎呀,差点忘了,某某要我回个电话的!"我得逃避,我终于学会了逃避。